grandes dias
E OUTRAS HISTÓRIAS

grandes dias
E OUTRAS HISTÓRIAS

DONALD BARTHELME

Tradução
Daniel Pellizzari

Introdução
Dave Eggers

ROCCO

Título original
FORTY STORIES

Primeira publicação nos EUA por G.P. Putnam's Sons, 1987
Publicada na Penguin Books, 1989
Esta edição publicada na Penguin Classics com a introdução de Dave Eggers, 2005

Copyright © Donald Barthelme, 1987
Copyright introdução © Dave Eggers, 2005

Todos os direitos reservados.

O direito moral do autor foi assegurado.

O autor agradece a autorização da Farrar, Strauss, & Giroux, Inc. para reproduzir: "Concerning the Bodyguard" e "Great Days" de *Great Days*. Copyright © 1977, 1978, 1979 *by* Donald Barthelme. "Concerning the Bodyguard", originalmente apareceu em *The New Yorker*. "Letters to the Editore" de *Guilty Pleasures*. Copyright © 1974 *by* Donald Barthelme. Originalmente apareceu em *The New Yorker*.

Os contos a seguir apareceram primeiro em *The New Yorker*. "Chablis", "On the Deck", "Opening", "Sindbad", "Jaws", "Bluebeard", "Construction", e "January".

Estes textos são obras de ficção. Nomes, personagens, lugares e incidentes são produtos da imaginação do autor, foram usados de forma fictícia, e qualquer semelhança com pessoas reais, vivas ou não, estabelecimentos comerciais, acontecimentos ou localidades é mera coincidência.

Direitos para a língua portuguesa reservados
com exclusividade para o Brasil à
EDITORA ROCCO LTDA.
Av. Presidente Wilson, 231 – 8º andar
20030-021 – Rio de Janeiro, RJ
Tel.: (21) 3525-2000 – Fax: (21) 3525-2001
rocco@rocco.com.br
www.rocco.com.br

Printed in Brazil/Impresso no Brasil

Preparação de originais
PEDRO KARP VASQUEZ

CIP-Brasil. Catalogação na fonte.
Sindicato Nacional dos Editores de Livros, RJ.

B294g

Barthelme, Donald
Grandes dias e outras histórias / Donald Barthelme; tradução de Daniel Pellizzari. – 1. ed. – Rio de Janeiro: Rocco, 2019.

Tradução de: Forty stories
ISBN 978-85-325-3150-6
ISBN 978-85-8122-777-1 (e-book)

1. Ficção americana. 2. Contos americanos. I. Pellizzari, Daniel. II. Título.

19-58380
CDD: 813
CDU: 82-34(73)

Leandra Felix da Cruz – Bibliotecária – CRB-7/6135

O texto deste livro obedece às normas do
Acordo Ortográfico da Língua Portuguesa.

Para Marion, Anne e Katharine

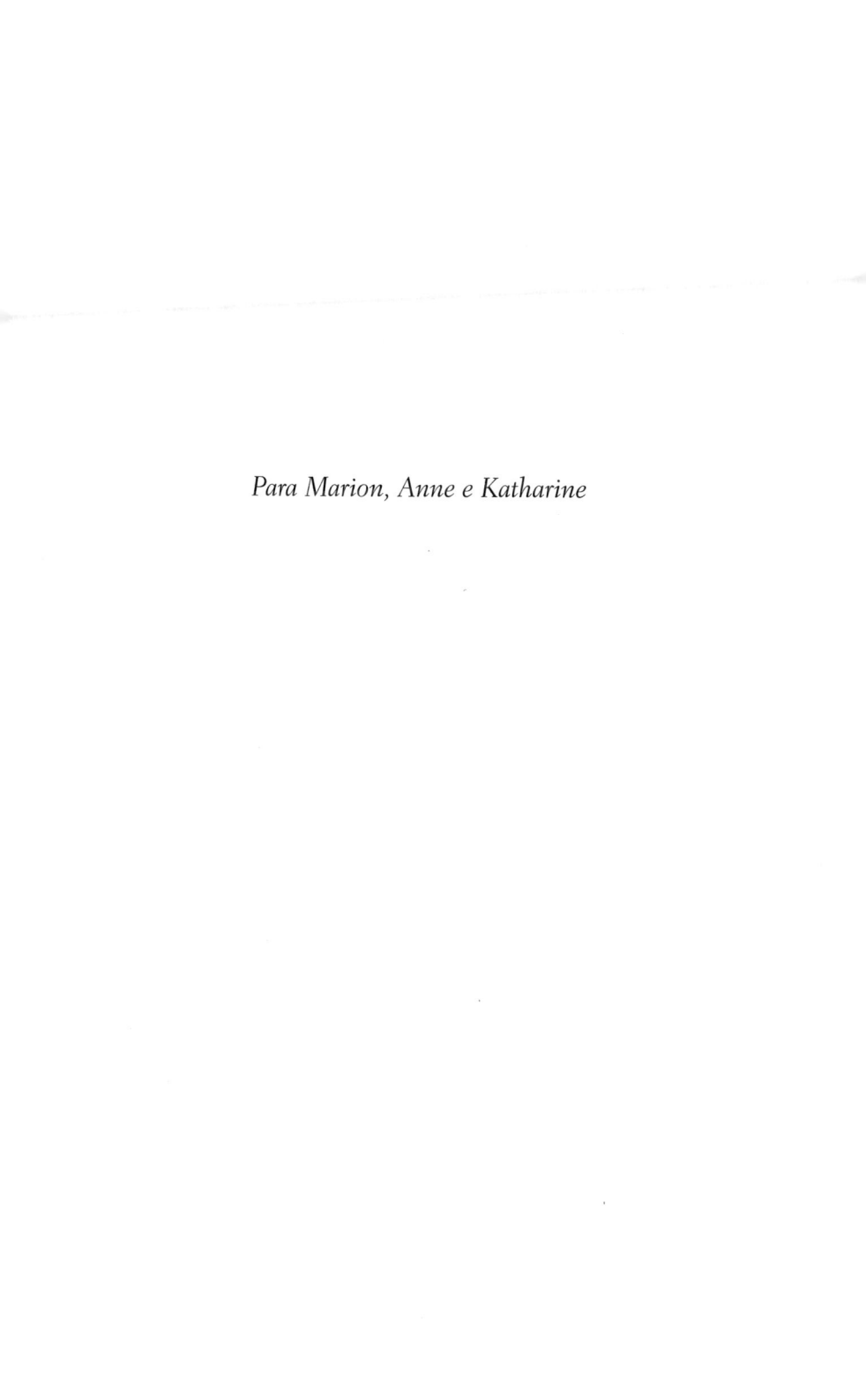

Sumário

Apresentação (Dave Eggers)	9
Chablis	25
No convés	29
O gênio	32
Estreia	40
Simbá	44
A explicação	52
A respeito do guarda-costas	63
Downsizing	69
O palácio às quatro da matina	76
Mandíbulas	85
Conversas com Goethe	90
Afeição	94
O novo proprietário	102
O soldado sapador Paul Klee extravia uma aeronave entre Milbertshofen e Cambrai, março de 1916	105
Terminal	111
A experiência educacional	115
Barba-Azul	119
Partidas	126
Visitas	135
A ferida	145

No Museu Tolstói	149
A fuga dos pombos do palácio	160
Alguns momentos de sono e vigília	171
A tentação de Santo Antônio	180
Frase	189
Pepperoni	197
Alguns de nós têm ameaçado nosso amigo Colby	200
Raio	205
O catequista	216
Ouriços na universidade	224
Concreto ensacado	230
Capitão Blood	235
Rua 61 Oeste, 110	241
O filme	246
Viagem noturna a muitas cidades distantes	256
Construção	262
Cartas ao *editore*	269
Grandes dias	275
A neném	289
Janeiro	292

Apresentação

Dave Eggers

A pergunta que muitas pessoas e engenheiros fazem, nas reuniões e nas ruas, nos últimos tempos, é a seguinte: Se Donald Barthelme aparecesse nos dias de hoje — se entrasse em cena de supetão em 2004 ou 2005, por aí — o que aconteceria com ele? Que tipo de recepção ele teria?

A resposta é que as pessoas ficariam curiosas. Depois, é bem provável que ele acabasse desprezado. Talvez até o espancassem na rua usando porretes de matar focas.

Vivemos em uma época séria, e ainda que Donald Barthelme não tenha culpa disso, acabaria pagando o pato. O fato é que uma obra como a de Don B — divertida, sutil, bela e mais aparentada com a poesia (em sua perfeita ambivalência em relação à narrativa) do que praticamente qualquer outra prosa atual — hoje seria considerada frívola, desimportante. Boa parte da ficção dominante vem sofrendo um processo de jornalistização, que não admite variações estilísticas e que encara inovações de estilo como sinal de futilidade. Ao ler obras contemporâneas com estilos marcantes, alguns leitores se impacientam e a maioria dos críticos se enfurece. Conte uma história, dizem. Vamos com isso, conte logo de uma vez e ponto final. Deixe de frescura.

Na verdade, se Donald Barthelme surgisse hoje, usando veludo cotelê, brim e um chapéu de feltro, seria até surpreendente ele conseguir uma editora. Acabaria trabalhando na Mail Boxes Etc., operando a máquina que coloca aquelas coisinhas de isopor dentro de caixas remetidas a pessoas do outro lado do planeta, que depois não vão saber como se livrar delas.

Exagero. Na verdade, como toda obra de grande excelência acaba encontrando uma editora mais cedo ou mais tarde — reza a máxima que sustenta nossa fé —, D. B. acabaria mesmo sendo publicado. Mas teria sido publicado em alguns dos periódicos mais respeitados e visíveis, como aconteceu ao longo de décadas? Não, não e não. Neste século as coisas são diferentes, pelo menos até este momento. Ninguém tem muita paciência para coisas que não dizem a que vieram nem têm um sentido claro e linear. E desde quando Barthelme fazia um sentido claro e linear? Com que frequência seus contos tinham início, meio e fim? Com que frequência ele contou uma história de modo perfeitamente simples e fácil?

Talvez uma ou duas vezes, quando se distraiu.

* * *

Aqui estão as verdades e mentiras que sabemos a respeito de Donald Barthelme: Por muitos anos ele foi marujo de um cargueiro japonês chamado *Ursula Andress*. Usava cartola e dirigia um Chevy Lumina. Sofria de romantismo descontrolado, e em termos de imagística, lirismo e poder de evocação sua prosa estava no mesmo patamar de Nabokov, e seu senso de absurdo só se compara ao de Borges. Matava tudo que comia. Namorou a jovem Audrey Hepburn e Eartha Kitt madura.

Mas será que Barthelme foi mesmo o filho bastardo de Nabokov e Borges, como tantos alegaram? Talvez. Ainda que, como é óbvio, em termos de idade ele e V. N. não tivessem muitos anos de diferença — eram praticamente contemporâneos. Foram amigos? Parece que não. Dizem por aí que Barthelme fez algumas perguntas a Vlad em uma festa e este respondeu que voltaria a entrar em contato dentro

APRESENTAÇÃO

de seis meses, assim que terminasse de redigir as respostas em fichas azuis. Quatro meses mais tarde ele estava morto. V. N., no caso. Essa história é apócrifa.

* * *

Como ler este livro:

Mergulhe os pés em água fria. Recomendo o Adriático em julho. Alguns peixinhos vão se aproximar. Meio que lembram bagres, mas bem menores, e meio que lembram enguias. Têm cara de Wilfred Brimley e abordarão os pés como esquilos abordando uma mulher sentada em um banco com um saco de nozes deliciosas na mão. Esses peixes não encostarão nos pés; vão apenas chegar perto e dar a impressão de estarem loucamente satisfeitos somente por estarem perto deles, dos seus pés. A água é gelada o suficiente para ter um coração puro.

Com os pés nessa água, leia *Grandes dias e outras histórias*. Leia primeiro os títulos, e reconheça que esses quarenta títulos estão entre os melhores agrupamentos de títulos jamais agrupados. Reconheça que tanto "Alguns de nós têm ameaçado nosso amigo Colby" quanto "Ouriços na universidade" foram classificados pela crítica entre os dez melhores títulos já criados, e reconheça que Barthelme tem cancha para respaldar esses títulos com contos de beleza e nuances extraordinárias. Aproveitando a oportunidade, reconheça que Barthelme parece ir mais longe nessas esquisitices curtas do que muitos romancistas vão em livros duas vezes mais extensos.

Leia aos pouquinhos. Leia um conto, olhe para a água e tente imaginar a aparência de Donald Barthelme. Você o ama como a um tio, mas nunca viu sequer uma fotografia dele. Caminhe até a praia, onde está sua mochila, e pegue folhas de papel em branco e uma canetinha. Agora rabisque algumas versões de como Donald

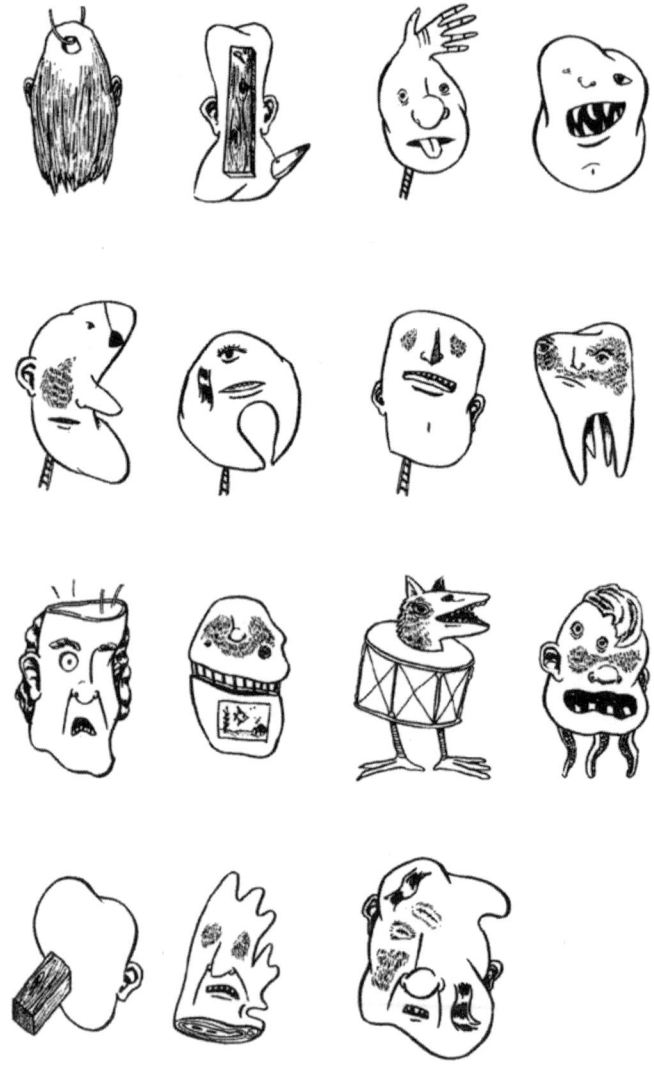

Barthelme talvez fosse, em termos de aparência física. Na página anterior, confira, por favor, quinze de tais desenhos. Se algum leitor desta apresentação conheceu o sr. Barthelme ou viu fotografias dele, indique por favor, por intermédio desta editora, qual das imagens ficou mais parecida. O autor da apresentação receberá então um cheque de 70 dólares por fazer um desenho tão bom. Agradeço de antemão.

* * *

Aqui vai uma excelente frase da apresentação de David Gates para *Sixty Stories* [Sessenta contos], um livro diferente, mas não inteiramente estranho, deste mesmo autor:

"Muito do prazer de ler Barthelme está na maneira com que ele faz o leitor se sentir bem-vindo mesmo enquanto o sujeita a um nível de entretenimento vertiginosamente alto."

Isso é uma das coisas mais fundamentais que um iniciante precisa saber a respeito de Barthelme. Ainda que às vezes seja difícil entrar nos textos, e que às vezes eles sejam difíceis de acompanhar, enquanto você está se orientando, ele não para de sorrir de um jeito caloroso e muito compassivo. O leitor tem a sensação de que o autor é um bom sujeito. De que ele sabe muito bem quando está sendo difícil e quando está enchendo linguiça. Sabe até onde vai a tolerância do leitor para cada coisa. À diferença de muitos dos seus contemporâneos e de muitos outros inventores de novos estilos de prosa, ele não dá a impressão de se levar a sério demais e aparenta estar realmente interessado em ser lido. É um escritor social. Um escritor que parece estar na sala ao lado, esperando que o leitor termine e diga o que achou.

Voltando a David Gates: a apresentação de Gates é tão boa que, falando sério, você também precisa ler. Está republicada adiante, em letras bem miudinhas.

Donald Barthelme ainda estava vivo em 1981, quando este livro foi publicado pela primeira vez, e aprovou o título despretensioso e nada comercial. Sempre me perguntei o porquê, pois criar títulos era um de seus grandes talentos. Ele tinha batizado os livros em que esses contos haviam sido originalmene publicados de *Sadness* [Tristeza] ou *Great Days* [Grandes dias] ou *Come Back, Dr. Caligari* [Volte, dr. Caligari] ou *Unspeakable Practices, Unnatural Acts* [Práticas indizíveis, ações desnaturadas], e os títulos individuais dos contos praticamente levantam o indicador para nos fazer cócegas: *"I Bought a Little City"* ["Comprei uma cidadezinha"], *"Our Work and Why We Do it"* ["Nosso trabalho e por que o fazemos"], *"The Falling Dog"* ["O cão em queda"], *"See the Moon"* ["Vê a Lua"]. Mesmo os títulos com uma única palavra — *"Paraguay"* ["Paraguai"], *"Margins"* ["Margens"], *"Aria"* ["Ária"] — parecem eriçados (para usar uma das palavras das quais Barthelme se adonou) de estranheza. Sendo assim, por que se conformar com *Sessenta Contos*? Talvez ele tenha perdido as esperanças de achar um único título capaz de abarcar um cenário tão vasto, ainda que isso nunca o tivesse impedido antes. Ou talvez, como o narrador de "Comprei uma cidadezinha", ele "não quisesse ser imaginativo demais". Deve ter pensado que sessenta era um número bem redondo — seria bem a cara dele fingir se importar com números bem redondos — e em seguida escolheu algo modesto e razoavelmente eufônico para acompanhar. Sessenta Textos? Sessenta Ficções? Não seria apenas intolerável, mas impronunciável.

Mas a respeito da palavra "contos". Naturalmente a ideia de conto de Barthelme subverte o modelo tchekoviano ainda vigente; ações modestas de pessoas modestas conduzindo a uma epifania modesta. Em um ensaio de 1964, pronto para a briga, ele caracterizou maldosamente esses textos como "construídos como uma ratoeira para ao final ofertarem um minúsculo insight, em geral relacionado com inocência violentada". As parábolas de Kafka, os pastiches de S. J. Perelman, os monólogos de Samuel Beckett, as fanfarronadas absurdas de Rafael Sabatini, contos de fadas, filmes, histórias em quadrinhos — tudo isso contribuiu na mesma medida para sua noção de como um conto deve ser quanto para as estruturas requintadas de *Dublinenses* ou *Em nosso tempo*. Tempos depois parecia mais à vontade para elogiar ficção tradicional ou neotradicional: admirava Updike e Cheever, Ann Beanie e Raymond Carver. Mas sua própria obra continuava a tomar distância de qualquer gênero que desse a impressão de estender os braços em um sinal sufocante de boas-vindas — incluindo a suposta "metaficção", gênero ao qual os críticos geralmente o acusavam de pertencer. Ele protestou contra isso e frisou que apenas muito raramente — como no questionário no meio do romance *Snow White* [Branca de Neve] — ele fazia referências explícitas ao caráter fictício de sua própria ficção. Ainda assim, especialmente em imitações de narrativa oitocentista como *"Views of My Father Crying"* ["Visões do meu pai chorando"] e *"The Dolt"* ["O pateta"], ele parece saborear a narrativa convencional pelo charme antiquado e não por acreditar na possibilidade de carregar o leitor boquiaberto até um estado de suspensão de descrença. Para Barthelme, enredos e personagens não são a *raison d'être* da ficção, mas bons e velhos tropos que às vezes até podem ser divertidos de usar. Mais de uma vez, descreveu os próprios textos como *slumgullions* [um tipo de ensopado]: outra palavra com a marca de Barthelme, não apenas agradável aos ouvidos e aos olhos mas incrivelmente precisa. Seus contos são uma reunião substanciosa, densa e saborosa disso, daquilo e de mais algumas coisas, misturadas para os fins indissociáveis de prazer e sustento.

Ainda assim, depois de descobrir e aperfeiçoar o que chamamos de Conto de Barthelme — *"The Indian Uprising"* ["O levante Indígena"], por exemplo, que mistura no ensopado Velho Oeste, alienação urbana dos anos 1960, *Morte em Veneza* e só Deus sabe o que mais — ele ficou meio agitado e não parou mais. Como diz o narrador de "Comprei uma cidadezinha": "Que bela cidadezinha, pensei, é a minha cara. Como era a minha cara, comecei a fazer mudanças." Ele passou a arquitetar contos que são puro diálogo (*"Morning"* ["Manhã"]), contos que são quase ensaios (*"On Angels"* ["Sobre anjos"]), quase parábolas (*"A City of Churches"*, ["Uma cidade de igrejas"]), quase paródias (*"How I Write My Songs"*, ["Como escrevo minhas canções"]) ou quase lendas (*"The Emperor"*, ["O imperador"], contos que se apropriam de trechos extensos de material "encontrado" ("Paraguai"), contos que para variar um pouco retornam à narrativa linear e tradicional (*"Bishop"*, ["Bispo"]), contos dentro de contos ("O pateta"), contos que parecem pura improvisação ("Ária"). Eram a cara dele. Só havia um problema: homem de leituras infinitas, Barthelme sabia que todos esses formatos já haviam sido usados até a exaustão. Faz parte do encanto que exercem sobre o leitor: saber que ele sabe que sabemos que ele sabe. Mas um escritor tão ambicioso quanto Barthelme não ficaria atado a esses métodos obsoletos por muito tempo. E então, o que fazer?

Barthelme talvez ficasse muito à vontade entre os alto modernistas: marchando na vanguarda, ombro a ombro com Joyce e Woolf, Eliot e Pound, *making it new*. Chutando longe os paradigmas

APRESENTAÇÃO

exauridos, retorcendo a narrativa em uma fita de Moebius, tornando a consciência de sua consciência de sua consciência o reduto de seu cantar, recortando Baudelaire, Wagner, teatro da época de James I e música pop contemporânea e apoiando os fragmentos nas ruínas, construindo épicos homéricos/dantescos com blocos de texto escavados de Confúcio e John Adams. De *The Waste Land* aos ready--mades de Duchamp — e mais além, passando por *Almoço nu* e "*The Adventures of Grandmaster Flash on the Wheels of Steel*" — o procedimento artístico característico do século vinte foi (escolha um termo) colagem, apropriação, *assemblage*, bricolagem ou *sampling*. (Aqui vai um diálogo do conto "O gênio" de Barthelme, presente: "P: Qual você considera a ferramenta mais importante do gênio de hoje? R: Cola de borracha). Este método recombinatório de criar o novo, baseado em recortar e colar, naturalmente implicava que *não* existe nada de novo, ainda que os modernistas não tenham feito muito esforço para divulgar esse fato. O grande problema é que, na época em Barthelme entrou em cena, até mesmo criar o novo estava ficando ultrapassado. Dentre as obras que ele utilizou — ao lado de *Hamlet*, do *Tractatus* de Wittgenstein e de "*Mannish Boy*" de Muddy Waters) — está o próprio *The Waste Land*.

Para Barthelme, a questão de o que fazer depois de o modernismo já ter feito tudo não era mera lamúria de intelectual carreirista; era também uma agonia íntima. Seu pai era um arquiteto modernista tradicional, admirador de Mies van der Rohe, Frank Lloyd Wright e Le Corbusier. "Estávamos imersos em modernismo", disse Barthelme em 1981 em entrevista a J. D. O'Hara. "A casa em que morávamos, projetada por ele, era modernista, e a mobília era modernista, e os quadros eram modernistas, e os livros eram modernistas". Como a casa ficava em Houston, no Texas, Barthelme também cresceu imerso no tipo de cultura americana vigorosamente subversiva que modernistas expatriados como Pound e Eliot aprovavam por princípio — basta lembrar-se da persona de Pound, o velho ranheta Ez — e diante da qual recuavam por instinto. Barthelme contou a O'Hara que ouviu no rádio Bob Wills & His Texas Playboys tocando uma colagem animada de country, jazz, blues, música mexicana e pop ao estilo de Bing Crosby. Nos clubes de jazz da cidade, ouviu músicos como Erske Hawkins e Lionel Hampton transformarem canções pop em obras originais e tipicamente modernistas através de improvisos sobre suas estruturas subjacentes. "Você ouvia um desses caras pegar uma música velha e banal, como '*Who's Sorry Now?*' por exemplo, e fazer coisas incríveis com ela, torná-la bonita, literalmente torná-la nova", relembrou. "Todo o interesse e o drama estavam na manipulação formal desse material bem raso. E eram figuras heroicas, sabe, muito românticas". Pode ter sido testemunha de embates letais como o evocado em seu conto "*The King of Jazz*" ["O rei do jazz"], em que o mestre do trombone Hokie Mokie (em si o sucessor de "Spicy MacLammermoor, o antigo rei") tenta se defender de um concorrente mais jovem.

Assim, tanto o lar quanto a comunidade de Barthelme, bem como suas leituras e sua escrita, proporcionaram um caso proveitosamente grave de ansiedade de influência — e a influência sobre a qual ele parecia mais ansioso era a do próprio modernismo. "Lembre", disse a O'Hara, "que fui exposto muito cedo a uma cruzada quase religiosa, o movimento modernista na arquitetura, o qual, para colocar em termos bem delicados, acabou não dando muito certo". Sempre se interessava pela maneira com que escritores mais jovens reverenciam e em seguida destronam os antecessores, às vezes mediante o processo que Harold Bloom chama de "desleitura" — a interpretação de Milton como profeta visionário satânico feita por Blake, para usar um dos exemplos de Bloom, ou a prática alto modernista de propositadamente se apropriar ou trocar o contexto de fragmentos da literatura canônica, ameaçorem e reverenciados na mesma medida. Barthelme, como Bloom, dificilmente ignoraria as conotações edípicas: seu melhor romance, afinal de contas, é *O pai morto*, cujo personagem-título — uma estátua-carcaça falante que lembra o Rei Lear, Tolstói, Jeová e o *Nobodaddy* de Blake — é arrastado até a cova, protestando e discursando ao longo de todo o trajeto. Ainda assim Barthelme, como ele mesmo gostava de frisar, era "um homem de duas caras". A própria aridez desse título sugere sua estupefação diante de um paradigma tão exageradamente simples; nenhum modernista tradicional teria sido tão vulgarmente obtuso.

Historiadores da literatura chamam Barthelme de pós-modernista, e ele não protestou contra esse termo com a mesma veemência que reclamou de ser chamado de metaficcionista. "Os críticos... têm procurado um termo que descreveria a ficção após o grande período do modernismo", disse em 1980 em entrevista a Larry McCaffery — "'pós-modernismo', 'metaficção', 'surficção', 'superficção'. Esses dois últimos são terríveis; acho que 'pós-modernismo' é o menos feio e mais descritivo". Mas no ensaio "Não saber", de 1987, escrito dois anos antes de sua morte, Barthelme se declarou "incerto" quanto ao termo e afirmou que não era possível enxergar com clareza "quem deveria estar dentro do ônibus e quem fica de fora". Como o rótulo é aplicado tanto a obras supostamente mais estranhas que as modernistas (mais estranhas que *Finnegans Wake*) quanto a obras bem mais conservadoras (os contos de Raymond Carver, os prédios de Philip Johnson), "pós-modernista" é útil como marca cronológica, como "setecentista", e inútil como caracterização de uma estética específica, como "barroco". Então pode ser mais sensato encarar Barthelme simplesmente como mais um escritor que surgiu depois de escritores mais velhos já terem feito o que ele gostaria de ter feito — como Dante surgindo depois de Virgílio, que surgiu depois de Homero — e que precisou fazer um esforço imenso, como sempre acontece com os escritores, para entender como reconciliar a admiração pelos antecessores com a ambição de criar algo próprio.

O Pai Morto particular de Barthelme era Beckett — que tinha seu próprio Pai Morto. "Sou oprimido por Beckett, assim como Beckett era por Joyce", disse a Charles Ruas e Judith Sherman em uma entrevista de 1975. "Por sinal, vamos deixar claro que não estou me apresentando como sucessor ou herdeiro do sr. Beckett, de forma alguma. Estou apenas dizendo que para mim ele é um problema, por conta da imensa atração exercida por seu estilo. Sem a menor dúvida não sou o único escritor a ter sofrido uma influência enorme de Beckett, e que por isso mesmo quer manter uma boa distância dele... Também existem outros leões no caminho... É que para mim Beckett é o maior dos problemas." Às vezes Barthelme se permite escrever usando algum estilo beckettiano: o incansável monólogo costurado por vírgulas de "Traumerei" (cf. *O inominável*), a zombaria esticométrica de vaudeville de obras maduras como *"The Leap"* ["O salto"] (cf. *Esperando Godot*) ou o pedantismo cômico de "Daumier" e *"A Shower of Gold"* ["Uma chuva de ouro"] (cf. *Murphy*). Mais radicalmente beckettiana é a compulsão de Barthelme por voar às cegas e abordar o incognoscível como área de exploração, além de sua apreensão da barulheira cubista da mente. "Os sinais conflitantes e a impureza do sinal concedem verossimilhança", declarou a J. D. O'Hara. "Como quando você vai a um velório e percebe, contra a vontade, que as coisas não estão sendo feitas com muito esmero." (Aqui, por sinal, ele capta de forma quase exata o tom e a cadência de Beckett — mas Beckett teria usado o "alguém" formal ao invés da construção coloquial com "você").

Como Beckett, Barthelme usa seu gosto refinado e sua vasta erudição para indicar a inutilidade de ambas as coisas em última análise. "Seria mesmo importante saber que tal filme é bom e que aquele outro é horrível, e discorrer a respeito de forma inteligente?", pergunta o narrador ao final de *"The Party"* ["A festa"]. "Que elegância fantástica! Não serve para nada!" Como Beckett, ele é um observador meticuloso e catalogador incansável das coisas deste mundo, sabedor de que não oferecem qualquer certeza ou segurança.

Ondas de peles-vermelhas... amontoados contra as barreiras que construímos com manequins, seda, descrições cuidadosas das atribuições de cargos... Analisei a composição da barricada mais próxima e encontrei dois cinzeiros, cerâmicos, um marrom-escuro e outro marrom--escuro com a borda alaranjada... um travesseiro vermelho e outro azul, um cesto de lixo feito de palha... uma flauta entalhada iugoslava, de madeira, marrom-escura, e outros itens. Decidi que eu não sabia de nada.

— "O levante Indígena"

Como Beckett, ele é obcecado por Deus, mas descrente.

— Não passamos de pobres lapsários inúteis com glândulas uropígeas escangalhadas e que somente pela graça de Deus...
— Você acha que Ele quer que a gente se rebaixe tanto?
— Acho que Ele não está nem aí. Mas é a tradição.

— "O salto"

E como Beckett — ou como Shakespeare, a propósito — ele não se preocupa muito com a distinção entre o sombrio e o cômico.

Ainda assim, Barthelme jamais teria escrito uma frase como a fala de Nell em *Fim de partida*: "Nada[*] é mais engraçado que a infelicidade, com certeza." Seu espírito é ao mesmo tempo mais alegre e mais mundano. *"The world is waiting for the sunrise"* ["O mundo aguarda pelo nascer do sol"], diz o

---

[*] Tradução de Fábio de Souza Andrade, CosacNaify, 2002.

APRESENTAÇÃO 17

narrador em "*The Sandman*" ["O homem de areia"]. (Naturalmente essas palavras não são do narrador ou de Barthelme; ele está citando uma velha canção popular). E ainda que possamos esperar para sempre — não seria essa, de fato, a Regra Número Um? —, a ausência de sua chegada não torna o nascer do sol menos real. Barthelme possui uma noção vívida do absurdo, mas não se identifica com a desolação opressora; mesmo que tudo *seja* vaidade, ele não se ressente do mundo e da carne por conta de tal ninharia. "Transformar o mundo em anátema", escreve em *Branca de Neve*, "não é uma resposta adequada ao mundo". Tanto como escritor quanto como cidadão, Barthelme apreciava atos de decência política, como o esforço do narrador de "O homem de areia" em conseguir ajuda para garotos negros presos por sodomizar e sufocar um garotinho. "Admito que soa insensível mencionar que o grau de brutalidade foi mínimo, mas me permita explicar que não foi pouca coisa, naquela época e naquele lugar, obrigar a polícia a mostrar os garotos para a imprensa. Foi uma conquista, de certo modo." Esse "de certo modo" solapa a "conquista" com um suspiro beckettiano; ainda assim, a conquista permanece. Da mesma forma, ainda que o prazer físico e a conexão humana sejam difíceis de alcançar e impossíveis de conservar, Barthelme nunca parece se sentir traído por sua ausência, e nunca duvida de seu valor absoluto. Em "*The Zombies*" ["Os zumbis"], o sintoma definitivo do embotamento nas mãos de um "zumbi ruim" é "passar por um belo seio e nem se dar conta". Quer dizer então que Barthelme é mais sábio e humano que Beckett? Ou apenas finge, sem ter coragem de expor as implicações definitivas do que sabe?

O ceticismo de Beckett se estende até a linguagem em si — até a própria linguagem, isto é, com a qual expressa seu ceticismo sobre a linguagem. "(...) seria melhor, enfim, tão bom", nos diz seu Molloy,[*] "apagar os textos em vez de escurecer as margens, tapá-los até que fique tudo branco e liso, e que a idiotice assuma sua verdadeira face, uma desgraça sem sentido e sem saída." Barthelme não estava nem um pouco disposto a seguir o decano a esse ponto; "A agilidade combinatória das palavras", escreveu em "Não saber", "a geração exponencial de sentido que ocorre assim que se permite que elas dividam a cama, permite que o escritor se surpreenda, torna a arte possível, revela quanto do Ser ainda não encontramos". Propõe o argumento anti-beckettiano de que a arte, com sua habilidade de "imaginar realidades alternativas", é "fundamentalmente melhoradora", que "o empenho do artista, em todos os tempos e em qualquer lugar, busca atingir um modo original de cognição" — e que a tarefa particular do escritor é "devolver o frescor a uma linguagem gasta pelo excesso de uso". Será que esta ênfase na maneira em vez de no assunto não inclui Barthelme entre os Tios Loucos marginais da literatura — Firbank, Edward Lear, John Lyly — em vez de entre os augustos Pais Mortos? Será que não expõe Barthelme como deficiente em sinceridade moral? Ao ser pressionado por O'Hara a esse respeito, Barthelme tinha a resposta na ponta da língua. "Acredito que todas as minhas frases são vibrantes de moralidade, no sentido em que cada uma delas busca se engajar com o problemático", afirmou. "A troca de ênfase de *o que* para *como* me parece o impulso primordial da arte desde Flaubert, e não se trata de mero formalismo nem tem nada de superficial, é uma tentativa de se chegar à verdade, e muito rigorosa."

Como um escritor não tem como inventar um novo vocabulário na mesma medida em que um pintor não tem como inventar um novo espectro, ter como projeto restaurar o frescor da linguagem — "purificar o dialeto da tribo", como definiu Pound — levou Barthelme a catar palavras, frases, tons de voz e modos de dicção do passado obscuro e esquecido, do coloquial contemporâneo e dos léxicos surrealmente especializados da tecnologia, da filosofia e até da área militar. "Misturar pitadas de várias áreas da existência para criar algo que até então não existia é, por incrível que pareça, uma empreitada otimista", escreveu em um ensaio curto sobre o conto "Paraguai". "A frase 'Gel eletrolítico dotado de uma taxa de captação muito superior à regra' é utilizado para imobilizar os animais' me deixou muito feliz — talvez mais do que ela merecera. Mas gel eletrolítico é uma coisa que existe no mundo; 'taxa de captação' vem do jargão da tecnologia de áudio; e os animais em si são uma salada de realidade e invenção." Barthelme tinha um ouvido excelente para textos mal-escritos. "Tenho um enorme interesse em... frases desajeitadas de algum jeito bem específico", declarou em entrevista a Jerome Klinkowitz em 1970. Em textos como "Como escrevo minhas canções", ele elevou o canhestro — a voz passiva, a palavra mal-escolhida, a cadência deselegante, a ideia banal — ao poético com o mero uso de uma moldura. "Outro tipo de canção que quase todo mundo adora", conta Bill B. White, seu compositor ficcional, "é a canção com mensagem, com algum tipo de ideia que a gente escuta e depois fica matutando. Muitas

---

[*] Tradução de Ana Helena Souza, Editora Globo, 2014.

canções desse tipo são compostas e recebidas com entusiasmo todos os dias". Tinha orgulho até mesmo do "tom de alto-falante" orwelliano que obteve nesta frase de *"The Rise of Capitalism"* ["A ascensão do capitalismo"]: "O subdesenvolvimento cultural do trabalhador enquanto técnica de dominação é onipresente no capitalismo tardio." Por quê? Em parte, como explicou a O'Hara, porque a "lenga-lenga metálica" sabota a verdade da afirmação com uma contraverdade sombria: nada jamais será feito a respeito disso. Mas também em parte porque, como sabiam os modernistas há tanto tempo, a feiura também tem uma estranha beleza, disponível a todos que a analisarem de perto.

Com seu jogo carinhoso com as palavras, sua erudição e sua sinceridade subjacente acerca da força redentora da arte, Barthelme não se parece tanto com Beckett, mas com Nabokov, a outra montanha humana do modernismo tardio. Nabokov, é claro, era melhor com idiomas, mas Barthelme tinha pelo menos a mesma carga de leitura, realizada com a mente mais aberta: não para reforçar um conjunto de preconceitos elitistas, mas para explodir os poucos que ainda nutria. (É difícil imaginar Nabokov estudando a conquista do México, fazendo anotações sobre encantos de vodu ou escutando Muddy Waters.) Barthelme, é notório, prestava pouquíssima atenção nele, tanto que até chegava a ser suspeito. (Em *"After Joyce"* ["Depois de Joyce"], ensaio de 1964, dispensou Nabokov após uma única frase na companhia de — por algum motivo — Henry Green; isso foi quase uma década após *Lolita*). Se Beckett era o Pai Morto de Barthelme, Nabokov pode ter sido seu soturno Tio Claudius: inquietantemente parecido, mas radicalmente oposto em espírito. Assim como Nabokov, Barthelme pode ser sagaz e alusivo às raias da incompreensibilidade, mas nunca prega peças nos leitores com frieza e nunca busca, como fazia Nabokov, enganá-los. Como diz o narrador de "O homem de areia" a respeito da namorada teimosa, depressiva e sexy, Barthelme não é chegado nesse negócio de distância — "mas de jeito nenhum". Sob a onisciência fulgurante da superfície bate um coração amável. Ele parece querer que o leitor entenda todas as piadas, compartilhe a agilidade jovial dos saltos conceituais e linguísticos, a abundância da memória profusamente abastecida, em vez de ficar sentado em um dos lugares mais baratos da plateia encarando o autor com admiração ressentida. Em ensaios e entrevistas, explicou com o mínimo possível de mistificação como montava os textos — levando em conta que o processo da escrita é essencialmente misterioso — e sugeria maneiras de abordá-los. Muito do prazer em ler Barthelme está na maneira com que ele faz o leitor se sentir bem-vindo mesmo enquanto o sujeita a um nível de entretenimento vertiginosamente alto.

Minha comparação de Barthelme com Beckett e Nabokov sugere que eu acredito que ele também é um Rei do Jazz. Será que ele realmente se garante em uma *jam session* com esses caras determinando o tempo e Joyce e Woolf sentados em uma mesa nos fundos atentos a qualquer nota errada? Vai saber. Faz menos de quinze anos que ele se foi; talvez daqui a cinquenta tenhamos uma visão mais clara do que ele realizou. Sem dúvida ele se tornou canônico: aparece em todas as antologias e nas prateleiras de todas as livrarias, logo após John Barth. Mas muita gente não lida e ilegível acaba virando canônica. Ao contrário de companheiros de geração como Harold Brodkey, Don DeLillo, John Gardner ou Cormac McCarthy, Barthelme não dá a mínima para esse negócio de Seriedade Profunda. É estranho, porque os contemporâneos que gostava de ler eram sujeitos como Thomas Bernhard, Max Frisch, William Gass, Walker Percy, Garcia Márquez, Peter Handke — todos bem sérios, e alguns até demais. Barthelme possui todas as ansiedades políticas, sociológicas, literárias, filosóficas e espirituais com as quais um escritor pode ser abençoado, mas ainda assim ler sua obra nunca parece dar trabalho. Não é um bom sinal para quem deseja ser um Rei do Jazz, mas pode impedir que autor fique fora de catálogo. Nem o defeito que ele confessou a J. D. O'Hara — "não proporciono emoções suficientes" — como se fosse mesmo verdadeiro. Ele nunca era emotivo, mas isso é diferente. Qualquer leitor sofisticado o bastante para se interessar por Barthelme percebe a tristeza da qual ele tanto se esforça por escapar com brincadeiras e sente a alegria quando uma última frase — confira *"Report"* ["Relatório"], confira *"The Death of Edward Lear"* ["A morte de Edward Lear"], confira "Traumerei" — acerta na mosca.

Barthelme é um escritor quintessencial do século vinte, com seu rosto de Jano encarando ao mesmo tempo passado e futuro e com um terceiro olho voltado para dentro. E, ainda assim, é também uma anomalia. Ninguém que veio antes se parece muito com ele: nem Beckett nem Nabokov, nem realistas minimalistas como Hemingway, nem fabulistas como Kafka e Borges, nem parodistas e pastichadores como Perelman e Firbank. E ele não se tornou o Pai Morto particular de ninguém. De vez em quando George Saunders, Mark Leyner ou Jim Shepherd escrevem algo que nos lembra dele. (Compare *"Pastoralia"* ["Pastorela"], de Saunders, em que homens das cavernas de mentirinha estão aprisionados em um parque temático no futuro, com "*Game*" ["Jogo"] de Barthelme, cujos personagens estão confinados na sala de controle de um silo nuclear.) Alguns camaradas ainda mais jovens parecem ter lido Barthelme — ou lido pessoas que o leram. O título preemptivamente irônico do romance *Uma comovente obra de espantoso talento*, de Dave Eggers, lembra Barthelme; assim como a habilidosa linguagem claudicante no início de *Tudo se ilumina*, de Jonathan Safran Foer. Mas se existiu uma Escola Barthelme, assim como houve uma Escola Carver, ela mal deixou vestígios. Ele é erudito demais, intelectualmente ágil demais e múltiplo demais. (Aquela conversa sobre ter "duas caras" é uma subavaliação — ele tinha no mínimo trinta vezes mais, como se vê neste livro.) Um aspirante a imitador de Barthelme teria primeiro de escolher qual Barthelme imitar.

Em "Não saber", Barthelme escreveu que a arte é "um registro genuíno da atividade mental". Estes contos são relatórios de suas expedições aos mundos não mapeados da linguagem e do pensamento, da percepção e da memória, empreendidas sem nenhum conceito prévio acerca do que ele nos contaria e sobre qual forma teriam os relatórios — primeiro ele precisava ir até lá. Não são contos sobre W fazendo X para Y e obtendo Z como resultado, mas contos sobre o que se passa em uma consciência vasta, multiforme e ruidosa, cada um deles tomando sua forma única a partir da intuição do criador acerca das exigências do próprio conto. Cada um cantando a própria canção, com a própria voz. Assim: *Sessenta contos*. Como ele mesmo disse. Não é um título nada modesto.

* * *

Hora de compartilhar intimidades:

1. Não li toda a obra de Barthelme. E fui apresentado a ela bem depois do momento em que a deveria ter conhecido. E como acabou se revelando um padrão em minha vida, ouvi falar de Barthelme porque um amigo meu reconheceu semelhanças entre meu trabalho e o dele. Quando finalmente o li — cinco anos atrás, começando com *Sessenta contos* e passando imediatamente ao livro que você tem nas mãos — fiquei estupefato. E me senti um ladrão. Ou melhor, senti que estava invadindo um território já explorado com mais competência por D. B.

2. Ao reler este livro no verão de 2004, percebi mais semelhanças, desta vez com contos que eu tinha acabado de escrever, muitos anos depois de ler *Grandes dias e outras histórias* pela primeira vez. Ou Barthelme é meu pai espiritual, ou eu sou um vigarista.

3. Foi bem difícil reler o livro desta vez, porque é uma das poucas antologias que me inspira a ponto de cada frase me dar vontade de interromper a leitura e escrever alguma coisa. Barthelme detona todas as minhas sinapses e as reconecta de novas maneiras. Promove um estouro de manada de gnus na minha mente. É uma selva inteira

cheia de animais, na verdade, com todas as cores e formas, e ele manda todos invadirem meu cérebro, gritando, defecando, fornicando.
4. Este é o fim do trecho em que compartilho intimidades.

* * *

Agora vamos ouvir Michael Silverblatt, o célebre e adorado apresentador do programa de rádio americano *Bookworm* [*Traça*] e ex-colega de Donald Barthelme. Primeiro vamos fazer algumas perguntas a Michael, e em seguida vamos imprimir as respostas. As perguntas são:

Quantas pessoas podem comer gumbo *em uma mesa para quatro sem que isso se torne arriscado?*
Que pergunta interessante. Uma vez Don cozinhou *gumbo* em nossa casa, na avenida Linwood em Buffalo. Fornecemos ingredientes e acompanhamentos; ele trouxe O Ingrediente Secreto. A ausência de quiabo fresco em Buffalo deixava Don realmente desolado, algo que não entendíamos, porque somos do Nordeste. O Ingrediente Secreto operou sua magia e dez pessoas comeram *gumbo* sem correr o menor risco ao redor de uma mesa para quatro. Não sei o que teria acontecido sem Don. (Isso aconteceu mesmo — como você sabia que eu teria o que responder sobre *gumbo*?)

Donald Barthelme permitia que os alunos o chamassem de Buck? (Há boatos sobre isso.)
Ninguém que eu tenha conhecido jamais o chamou de Buck. Isso pode ter acontecido mais tarde. Éramos próximos entre 1971 e 1980, e ao longo desses anos todo mundo o chamava de Don. Por que alguém o chamaria de Buck? Lembro-me de ficar maravilhado demais na presença dele para usar qualquer nome. Lembro que ele nunca explicava como pronunciar Barthelme, deixava o pessoal seguir

falando do jeito que quisesse. Lembro-me de resmungar algumas coisas até ele pedir que eu o chamasse de Don.

A prosa de D. B. é sociável. E D. B.? Ele era sociável ou um desses sujeitos engraçados em texto mas sérios em pessoa?
Sociável? Não sei. Don costumava sumir das festas; lembro que uma vez procuramos por ele dentro de um carro, certos de que tinha se perdido em uma noite com neve e sem táxi. Desaparecia até nas festas que dava no próprio apartamento. Sério? Ele era um pouco severo, sempre generoso, muito engraçado — mas as coisas engraçadas que ele dizia eram um pouco sérias. Muitas vezes ele me alertou que "fomos colocados na Terra para amarmos uns aos outros". Uma vez ele disse "você inferniza minha vida" para uma amiga querida, que respondeu de bate-pronto "você inferniza minha vida". Lembro que isso foi dito da forma mais amistosa possível, enquanto Don assava uma costela para a janta. Ele gostava de cozinhar.

Castigos físicos aparecem em boa parte da obra de D. B. — não de forma escancarada, mas implícitos — e me pergunto se isso também aparecia em sala de aula.
Donald podia ser assustador, mas nunca me ameaçou com castigos físicos. Às vezes ele largava de repente uma frase como "Minha papa! Minha papa!" e ficava bastante decepcionado quando eu não me dava conta que era uma referência a "Fim de partida". (A papa em questão era mingau, exigido com insistência pelo Nagg de Beckett.) Era uma prova oral.

Quantas penas D. B. usava no cocar, e como ele as batizou?
Essa pergunta me deixa tenso. Ainda que nunca tenha visto o cocar em questão, sei que D. B. adulterou uma fotografia de Henry James, adicionando um cocar com três penas. Duvido que tivessem nomes.

Essa adulteração foi intitulada *Chefe Henry James* e acabou virando um cartão-postal vendido em lojas de coisas artísticas.

Chegou a conhecer o pai de D. B.? Quais dos pais arrolados por D. B. em "Um manual para filhos" você acha que ele era?
Nunca conheci o pai dele, mas conversei com um dos irmãos, conheci duas das esposas e um dos filhos. Posso garantir que se trata de uma família notável. Em meio ao clã dos escritores, Don era um agitador generoso, quase um ativista. Acho que D. B. falava sério quando escreveu "Pais são professores do que é verdadeiro ou não, e pai algum jamais ensinaria conscientemente algo não verdadeiro. Assim, é em meio a uma nuvem de inconsciência que o pai transmite sua instrução".

Uma coisa eu garanto: como professor, nunca vi Don questionar o conteúdo de algum conto, somente a linguagem. E editava palavra por palavra. Tinha um pavor especial de frases feitas e construções previsíveis. Às vezes pedia que a turma fizesse uma votação para escolher uma palavra melhor que substituísse a ordinária em questão. Ou seja, Donald nunca modificou o senso de verdade (na medida em que isso se aplica à ficção) de um escritor-aluno, somente a linguagem com que era manifestado. Nisso ele era excepcionalmente não autoritário (confira a pergunta anterior sobre castigos físicos).

Conte uma de suas lembranças favoritas sobre D. B. em menos de 200 palavras.
Ele parecia triste. Eu e um amigo falamos em dar um cachorro de presente para ele. Acabamos dando uma coleção de nossos objetos favoritos e ele arrumou tudo numa espécie de altar; adorava fazer colagens. Todos começamos a fazer altares em cantos de salas ou em prateleiras. Eu tinha um altar para Donald. Certa vez, para que

se animasse, fizemos ele cantar. (Para os curiosos: ele cantou "Marching Down Broadway" do disco *Harry*, de Nilsson — que também continha a faixa "City Life", futuro título de sua melhor antologia.) Meu momento favorito era sair com ele para visitar estúdios de artistas, conferindo novos trabalhos. Uma das coisas mais emocionantes que ele me ensinou foi como olhar para a arte na presença do artista. Era muito estimado, em parte porque seus comentários eram cheios de rodeios. Lembro que disse a um pintor que a assinatura no canto da tela era grande demais. Eu estava junto quando Don perguntou ao compositor minimalista-formalista Morton Feldman se ele levava uma vida regrada, e pediu mais bagunça em suas composições.

Agora conte outra, em 75 palavras.

Você concorda com a assertiva desta apresentação segundo a qual se D. B. entrasse em cena hoje em dia teria muitas dificuldades para encontrar uma editora e certamente não poderia ter esperanças de publicar com tanta frequência na mídia dominante? (Nossa assertiva, no caso, é a de que leitores/críticos não têm mais paciência para a intersecção entre excentricidade estilística e sentido, e que qualquer tipo de extravagância, qualquer tipo de digressão, parece indicar falta de seriedade.)

Ah, não sei. Sem dúvida concordo que inovações grandiosas andam em falta. Mas isso é porque muito do que se chama de inovação hoje em dia na verdade é Barthelme requentado. Como ele escreveu a respeito de uma circunstância similar (a morte do pós-modernismo), "quem pode dar o salto em direção à grandeza estando atado aos vagões calcinados de uma estética defunta?" As frases de Donald levaram ao limite mais extremo possível a junção entre o estilo declarativo de Hemingway (um tipo de frase que até então era o estilo mais imitado nos Estados Unidos) e sonhos, nonsense, surrealismo. Não precisamos de outro Donald. Precisamos de uma vida melhor.

De que cor eram os olhos dele?
Castanhos.

Ele andava por aí carregando uma escada?
Não.

Ele comia animais?
Sim.

Ele ria como um guepardo?
Muitas vezes, ou como folhas secas farfalhando.

* * *

É o fim desta apresentação. Os responsáveis esperam que ela tenha proporcionado algum insight, mas têm plena consciência de que isso não aconteceu. Este é o melhor livro que você vai ler este ano, então, por favor, comece logo.

CHABLIS

Minha esposa quer um cachorro. Ela já tem uma neném. A neném tem quase dois anos. Minha esposa diz que a neném quer o cachorro. Minha esposa quer um cachorro faz um bom tempo. Quem precisou informar que isso não seria possível fui eu. Mas agora a neném quer um cachorro, diz minha esposa. Pode até ser verdade. A neném é muito íntima da minha esposa. Andam juntas o tempo todo, bem agarradas. Pergunto à neném "Você é a minha menina? É a menina do papai?". A neném responde "Mamã" e não diz isso apenas uma vez, fica repetindo "Mamã mamã mamã". Não vejo motivo para comprar um cachorro de cem dólares para essa porcaria de neném. O tipo de cachorro que a neném quer, segundo minha esposa, é um *cairn terrier*. Esse tipo de cachorro, segundo minha esposa, é presbiteriano, como ela e a neném. Ano passado a neném era batista — isto é, ela comparecia ao Encontro de Mães da Primeira Igreja Batista duas vezes por semana. Este ano ela é presbiteriana, porque os presbiterianos têm mais balanços e escorregadores e coisas do tipo. Acho isso uma sem-vergonhice e comentei com ela. Minha esposa é presbiteriana legítima desde pequena e diz que isso basta como justificativa; quando criança ela frequentava a Primeira Igreja Presbiteriana de Evansville, Illinois. Eu não frequentava a igreja porque era uma ovelha negra. Eram cinco filhos na minha família e os homens se revezavam no posto de ovelha negra, o mais velho sendo a ovelha negra por um tempo enquanto estava na fase de dirigir bêbado ou algo assim até ir ficando mais cinza ao talvez arranjar um emprego ou se alistar, para aí se tornar uma ovelha branca ao se casar e ter um neto. Minha irmã nunca foi uma ovelha negra porque era menina. Nossa neném é um neném bem decente. Passei anos dizendo à minha esposa que ela não podia ter um neném porque era caro demais. Mas elas vencem pelo cansaço. São excelentes em vencer pelo cansaço, mesmo que leve anos, como neste caso. Agora eu fico em volta da neném e a abraço sempre que tenho chance. O nome dela é Joanna. Ela usa macaquinhos da OshKosh e fala "não", "mamá", "sai" e "mamã". Fica mais adorável nos momentos em que está molhada, quando acabou de tomar banho, e o cabelo loiro está todo molhado e ela fica enrolada numa toalha bege. Às vezes quando está assistindo à tevê ela esquece que tem outras pessoas por perto. Dá para ficar olhando para ela. Quando está assistindo à tevê ela parece meio palerma. Prefiro quando está molhada.

Essa história de cachorro está virando um problemão. Falei para a minha mulher: "Olha só, você conseguiu a neném, precisamos mesmo dessa porcaria de cachorro?" O cachorro vai acabar mordendo alguém ou se perdendo. Consigo me ver andando pelo loteamento inteiro perguntando "vocês viram um cachorro marrom?" para todo mundo. "Qual o nome dele?", vão me perguntar, e vou fazer uma cara bem séria e responder "Michael". É esse o nome que ela quer dar: Michael. É um nome idiota para um cachorro, e eu vou ter que sair procurando por esse animal possivelmente raivoso e perguntar aos outros se "viram um cachorro marrom? O Michael?". É o suficiente para se pensar em divórcio.

O que essa neném vai fazer com esse cachorro que não poderia fazer comigo? Correr por aí? Eu posso correr por aí. Ela foi comigo ao parquinho da escola. Era domingo e não tinha ninguém por lá, e ficamos correndo. Eu saí na frente e ela veio atrás de mim com rapidez, com aqueles passinhos dela. Fiquei segurando enquanto ela escorregava pelo escorregador. Ela atravessou com dificuldades um enorme cano que eles têm por lá, fixado numa base de concreto. Pegou uma pena e passou um tempão olhando. Fiquei preocupado imaginando que a pena poderia ter alguma doença, mas ela não colocou na boca. Aí corremos mais um pouco pelo campo de *softball*, ressecado e sem grama, e cruzamos a arcada que conecta ao prédio principal as salas de aula temporárias, de madeira que está perdendo a pintura amarela, Joanna vai estudar nesta escola algum dia, se eu continuar no mesmo emprego.

Dei uma olhada em uns cachorros na Pets-A-Plenty, que tem pássaros, roedores, répteis e cães, todos em perfeitas condições. Eles me mostraram os *cairn terriers*. "Vêm com os livros de orações?", perguntei. Aquela vendedora nem sabia do que eu estava falando. Os *cairn terriers* custavam duzentos e noventa e cinco por cabeça, com os documentos. Comecei a perguntar se eles tinham uns filhotes ilegítimos a preços mais baixos, mas percebi que não adiantaria nada e a mulher não ia com a minha cara, deu para ver.

Qual é o meu problema? Por que não sou uma pessoa mais natural, como minha esposa quer? Eu me sento bem cedinho à minha mesa, que fica no segundo andar da nossa casa. A mesa fica de frente para a rua. Às cinco e meia da manhã os corredores já saíram, sozinhos ou em pares, correndo atrás da saúde vermelha e esbaforida. Estou bebericando um cálice de Gallo Chablis com uma pedra de gelo, fumando, com medo. Tenho medo que a neném molhada enfie uma faca de cozinha em uma tomada qualquer. Coloquei aqueles protetores de plástico em todas as tomadas mas ela aprendeu a tirar. Conferi os gizes de cera. O pessoal da Crayola criou um giz que não oferece riscos à saúde se for engolido — telefonei para a matriz na Pensilvânia. Mesmo se ela comer uma caixa inteira de gizes de cera da Crayola não vai acontecer nada com ela. Se eu não colocar pneus novos no carro posso comprar o cachorro.

Lembro a vez, trinta anos atrás, em que entrei com o Buick da mãe do Herman em um milharal, na rodovia de Beaumont. Tinha outro carro na minha pista, eu não bati nele, ele não bateu em mim. Lembro-me de dar uma guinada para a direita e descer a vala e passar pela cerca até parar no milharal e então sair para acordar o Herman e nós dois fomos ver o que tinha acontecido com os bêbados animados do outro carro, na vala do outro lado da estrada. Isso aconteceu quando eu era uma ovelha negra, muitos e muitos anos atrás. Foi uma grande manobra, acho. Eu me levanto, parabenizo a mim mesmo na memória e vou até o quarto para olhar a neném.

NO CONVÉS

Tem um leão no convés do navio. O leão parece cansado, exausto. Ondas cor de grafite. Uma grade colocada diante do leão repartindo o animal em quatro partes, cada parte subdividida em dezesseis quadrados, um total de sessenta e quatro quadrados através dos quais se enxergam pedaços de leão. O leão um marrom-castanho sujo em contraste com as ondas cinzentas.

Ao lado, mas sem encostar no leão, membros de uma gangue de motoqueiros cristãos (a gangue se chama Banditos de Jesus e tem dezenove membros, mas apenas três se encontram no convés do navio) exibem seus coletes, que se diferenciam dos coletes de outras gangues por terem mensagens cristãs, "Jesus é o SENHOR" e coisas do tipo, nos distintivos, insígnias e assim por diante. Os motoqueiros, com ombros parrudos, anéis de ouro, correntes, barbas e bandanas vermelhas, expressam uma doçura no modo como inclinam os corpos na direção da garotinha com aparelhos de aço brilhante nas pernas, que sorri no meio deles — escolheram a menina como "mascote" e estão juntando dinheiro para pagar seus estudos.

À direita dos motoqueiros cristãos e um pouco mais perto dos rolos de arame farpado diante do leão está estacionado um Camry (de perfil) coberto com lona e amarrado com cordas novas e reluzentes, calços debaixo das rodas, a metade inferior da plaquinha de preço visível na janela que a lona não cobre por inteiro. O motor está ligado, a fumaça do escapamento duplo encosta nos trinta e cinco fardos envoltos em aniagem empilhados atrás do carro. Tem alguém dentro do carro, ao volante. Essa pessoa se chama Mitch. A fumaça do escapamento do carro irrita o leão, que sacode a cabeça de um lado para o outro arreganhando os dentes amarelos.

Na frente do Camry vermelho amarrado, um homem com o nariz sangrando segura uma bacia de aço sob o próprio queixo. A bacia está cheia de sangue marrom de onde brotam pedaços de gaze manchadas de marrom. Ele segura a bacia com uma das mãos e aperta o nariz com a outra. Sua camisa com listras azuis e amarelas está ensanguentada. "Olá", ele diz, "olá, olá!". Calça de uniforme cinzenta e sapatos marrons. Uma árvore, um pinheiro-do-oregon de dois metros e meio, cresce de um pesado vaso de terracota entre as pernas dele. Ele parece estar tentando não sangrar na árvore. "Eles não têm nada que eu queira", afirma. Uma bola de basquete entalada entre os ramos mais altos no lado esquerdo. Imediatamente à esquerda e à frente do pinheiro, um tonel amarelo de duzentos litros com a indicação PRISMATEX em letras negras, uma mangueira enrolada no topo; debruçada sobre o PRISMATEX, virada de costas, uma jovem de cabelos negros usando um vestido amarelo muito muito fino. Atenção para as coxas e a bunda.

A inclinação do convés se acentua; borrifos de água salgada. O capitão, um homem de rosto vermelho usando um blazer azul, está sentado em uma poltrona diante da jovem, uma lata de cerveja na mão direita. Diz: "Eu teria feito um trabalho melhor se tivesse recebido algum incentivo. Conheci muita gente nessa vida. Deixo meus sentimentos me levarem." Às pernas do capitão está seu cachorro, um scottish terrier preto e branco. O cachorro está com medo do leão, não para de virar a cabeça para trás e espiar o leão. O capitão beija a bainha do vestido amarelo da jovem. Há um tapete oriental enrolado e amarrado com barbante na frente do scottish terrier, e na frente dele uma cadeirinha de bebê onde está sentado um pavão, ao lado dela uma Harley apoiada no cavalete lateral (BUZINE

SE AMA JESUS em letra cursiva no tanque de gasolina). A dona da embarcação, irmã da mulher de vestido amarelo, está agachada ao lado da Harley assando salsichas de cachorro-quente em uma churrasqueira japonesa, um saco plástico com pãezinhos junto ao pé direito. Um namorado está deitado ao lado dela, brincando com a extremidade inferior de seus shorts amarelos. "Às vezes ela é difícil", diz. "Nunca sei o que me espera quando acordo de manhã. Agora nem me interessa. Quando mergulho nisso de cabeça fica assustador." "Um voo tranquilo não depende somente do piloto", afirma o homem seguinte. Tem um balde de fígado cru entre as pernas, fígado para o leão, está mergulhado em fígado até os cotovelos. Ao lado, uma quadra de *shuffleboard* e dois homens empurrando os discos de cores gritantes pra lá e pra cá com fuzis M-1 velhos e surrados. "Coloquei dois sacos de vinte quilos de comida de gato em cima da cama e cobri bem direitinho com uma colcha, mas mesmo assim ela não entendeu o recado." Mais além, um busto de Adriano em mármore sobre um suporte de bambu para plantas, os cachos de mármore de Adriano se encaracolando até encontrarem a barba de mármore de Adriano, ao lado dele uma pessoa entregando a correspondência, empurrando diante dela um carrinho de mão de lona contendo cartas, uniforme azul, dois tons de azul, cabelo ruivo. "Todo mundo gosta de receber cartas, menos quem tem medo delas." Todo mundo recebe cartas. O capitão recebe cartas, os motoqueiros cristãos recebem cartas, o Homem-Fígado recebe cartas, a mulher com vestido escandaloso recebe cartas. Muitos exemplares da *Smithsonian*. Um homem sentado em uma cadeira vermelha de vime.

Inverno no convés. Tudo acima coberto de neve. Música natalina. Então, primavera. Sol fraco, então sol forte.

Você veio e caiu sobre mim, eu estava sentado na cadeira de vime. O vime bradou quando seu peso caiu sobre mim. Você era leve, pensei, e pensei como era bacana da sua parte fazer isso. Nunca tínhamos nos tocado.

O GÊNIO

Os assistentes se aglomeram ao seu redor. É severo, exigente, meticuloso, mas isso é para o bem deles, no fim das contas. Inventa problemas terrivelmente difíceis ou complica o trabalho com comentários repentinos e indiretos que inauguram campos de investigação inteiros — escancarando abismos sob os pés deles. É como se quisesse colocá-los em situações em que a única possibilidade é o fracasso. Mas o fracasso também integra a vida mental. "Tornarei vocês à prova de fracasso", declara em tom de brincadeira. Os assistentes empalidecem.

Será verdade que, como afirmou Valéry, todo homem de gênio contém dentro de si um falso homem de gênio?

"Vivemos uma era de ignorância individual. Ninguém sabe o que os outros sabem. Ninguém sabe o bastante."

O gênio tem medo de voar. A aeronave gigante lhe parece... frágil. Odeia a decolagem e odeia o pouso e detesta estar nas alturas. Odeia a comida, as comissárias de bordo, a voz do comandante e os outros passageiros, acima de tudo aqueles claramente à vontade, que tiram os paletós, afrouxam as gravatas e zanzam pra cima e pra baixo nos corredores com drinques na mão. Por conta disso, raramente viaja. O mundo vai até ele.

P: Qual você considera a ferramenta mais importante do gênio de hoje?
R: Cola de borracha.

Preconizou que os Estados Unidos fossem divididos em quatro países menores. Segundo ele, os Estados Unidos são grandes demais. "Os Estados Unidos não reparam onde colocam os pés", afirma. Esse comentário, que feito por qualquer outra pessoa teria originado um surto de indignação, é acolhido com risinhos bem-humorados. A Câmara do Comércio envia ao gênio quatro caixas de Teacher's Highland Cream.

O gênio define "resposta inadequada":
"Imagine que um amigo me telefone perguntando 'minha esposa está aí?' 'Não', eu respondo, 'elas saíram, a minha esposa e a sua, usando chapéus novos, e estão se oferecendo a marinheiros'. Meu amigo fica atônito com a notícia. 'Mas é dia de eleição!', ele protesta. 'E está começando a chover!', eu digo."

O gênio presta muita atenção no trabalho em curso em áreas diferentes da sua. É muito instruído em todas as ciências (com exceção das ciências sociais); acompanha as artes com a intensidade de um *connoisseur*; é músico amador talentoso. Corre. Não gosta de xadrez. Certa vez foi fotografado jogando tênis com os Irmãos Marx.

Dedicou uma vasta reflexão à tentativa de definir as fontes de seu gênio. Essa tentativa, porém, não o levou a lugar nenhum. O mistério permanece um mistério. Desse modo se satisfez com a seguinte fórmula, repetida toda vez que ele é entrevistado: "Forças históricas."

O governo resolveu conceder algumas novas medalhas ao gênio — medalhas que ele ainda não havia recebido. Uma medalha é concedida por seu trabalho anterior a 1956, outra por seu trabalho de 1956 até o presente e mais uma por seu trabalho futuro.

"Acho que essa coisa, o meu trabalho, fez de mim, de certo modo, o que eu sou. O trabalho é dotado de uma consciência que molda a consciência do trabalhador. O trabalho adula o trabalhador. Apenas o trabalhador mais forte consegue realizar esse trabalho, diz o trabalho. É preciso ser um grande sujeito para realizar esse trabalho. Mas a alienação também é uma possibilidade. O trabalhador se torna negligente. O trabalhador dedica pouca atenção ao trabalho, ignora o trabalho, é *infiel* ao trabalho. O trabalho se ofende. E talvez encontre pequenas maneiras de informar ao trabalhador... O trabalho escorrega nas mãos do trabalhador — um cortezinho no dedo. Entende? O trabalho se torna lento, ressentido, consome mais tempo, se torna mais cansativo. A alegria um dia existente entre trabalhador e trabalho se evaporou. Que bela situação! Não acha?"

O gênio percebeu não ser bem-sucedido na interação com crianças. (Curiosidade)

Riqueza da vida interior do gênio:
1. Estados maníaco-oceânicos
2. Ódio de crianças
3. Tocar piano
4. Genitália subincisada
5. Assinatura da *Harper's Bazaar*
6. Coleção de selos

O gênio recebe uma carta muito lisonjeira da Universidade de Minesotta. A universidade deseja ter a guarda de seus documentos depois que ele morrer. Uma nova ala da biblioteca será construída para abrigá-los.

A carta irrita o gênio. Pega uma tesoura, recorta a carta em tiras finas e compridas e a remete de volta ao Diretor de Bibliotecas.

Empreende longas caminhadas pelas ruas da cidade, atento a detalhes arquitetônicos... especialmente ferro ornamental antigo. Sua mente se enche de ideias para um novo... Mas nesse instante é abordado por um policial. "Com licença. O senhor não é..." "Sou", responde o gênio, sorrindo. "Meu garotinho é seu fã", revela o policial. Tira do bolso um bloquinho. "Se não for incômodo..." Sorrindo, o gênio assina seu nome.

O gênio carrega consigo seus documentos mais importantes em uma caixa de ferramentas verde da Sears.

Este ano ele mais uma vez não ganhou o Prêmio Nobel.

Não era nem o ano do seu país nem o ano da sua disciplina. Como consolo, recebe da Fundação Nacional uma nova casa.

O gênio se encontra com um grupo de estudantes. Os estudantes dizem ao gênio que o conceito de "gênio" não é, atualmente, muito popular. O esforço em grupo, dizem, é mais socialmente produtivo que os esforços isolados de qualquer homem, por mais talentoso que seja. Por sua própria natureza, o gênio se coloca contra as necessidades da maioria. Ao responder a seus próprios imperativos, o gênio tende a, e até mesmo abraça, formas totalitárias de organização social. A tirania dos mais dotados sobre o grupo, ainda que traga alguns avanços em curto prazo, inevitavelmente produz uma série de condições que...

O gênio fuma, pensativo.

Um gigantesco caminhão de mudanças marrom regurgita as obras completas do Venerável Beda, em todas as traduções, sobre o gramado do gênio — um presente do povo de Cincinnati!

P: Os Estados Unidos são um bom lugar para o gênio?
R: Tenho achado os Estados Unidos muito hospitaleiros para com o gênio.

"Sempre me pergunto 'qual a coisa mais importante em que eu poderia estar pensando neste instante?', mas em seguida não penso sobre ela."

Sua carteira de motorista vence. Mas ele não toma nenhuma providência para renová-la. Sente um vago aborrecimento ao pensar na carteira vencida (mas continua dirigindo). Mas abomina a ideia de fazer mais uma vez o exame, de ir fisicamente até o local onde se aplica o exame, de esperar na fila pela pessoa que supervisiona o exame. Conclui que se escrever uma carta para o Departamento de Trânsito pedindo uma nova carteira eles a emitirão sem pedir exame algum, porque ele é um gênio. Ele tem razão. Escreve a carta e o Departamento de Trânsito envia uma nova carteira, entregue em casa.

Na serenidade de seu gênio, o gênio se dedica a corrigir equívocos — os sistemas de esgoto municipais, por exemplo.

O gênio está lendo *O gênio*, romance de 736 páginas de Theodore Dreiser. Chega à última página:
"... Que doce rebuliço é a vida — tão saborosa, tão terna, tão austera, tão semelhante a uma colorida sinfonia."
Grandiosos sonhos artísticos brotam em sua alma enquanto ele encarava as profundezas cintilantes do espaço...
O gênio se levanta e se olha no espelho.

Criou-se uma organização para apreciar seu pensamento: a Blaufox Gesellschaft. As reuniões são mensais, em um cômodo sobre um

café em Buffalo, Nova York. Ele sempre se recusou a ter qualquer relação com a Gesellschaft, que lhe traz lembranças incômodas da Browning Society. Ainda assim não consegue se abster de uma espiada nas *Atas* semestrais, que contêm frases como "A impregnação de todos os nichos da comunidade acadêmica com as ideias de Blaufox deve, *ab ovo*, ser o nosso..."
Ele tem uma crise histérica.

Momentos de insegurança...
"Será que sou mesmo um..."
"O que *significa* ser um..."
"É possível se *recusar* a ser um..."

Seu pior momento: está numa igreja, ajoelhado em um banco quase nos fundos. Aos poucos toma consciência de uma fila inteira de freiras, uma meia dúzia, ajoelhadas a seis metros dele, cabeças curvadas sobre os rosários. Todavia uma das freiras virou a cabeça quase por inteiro para trás e parece encará-lo. O gênio dá uma espiada, desvia os olhos e então volta a olhar: ela ainda está encarando. Pra começo de conversa, o gênio só está visitando a igreja porque a nave tem fama de ser um exemplo particularmente belo de gótico borgonhês. Deita os olhos aqui e ali, sobre o altar, nos vitrais, mas sempre que volta às freiras *sua* freira ainda está encarando. O gênio diz para si mesmo: *Este é o meu pior momento.*

Ele é um bêbado.

"Um conceito abstrato de potência genuína evita, resiste a um encerramento. Os contornos irregulares e indistintos de tal conceito, como uma rede que peixes mastigaram até escancarar buracos enormes, permitem tanto entrada quanto fuga. O que se pode apanhar com uma rede dessas? O cavalo-marinho com um Monet na boca. Como o Monet foi parar ali? O Monet vale menos por ter se molhado? O Monet está com marcas de dentes? Cavalos-marinhos têm dentes? Qual o tamanho do Monet? É de qual período? É uma ninfeia ou um grupo de ninfeias? Cavalos-marinhos comem ninfeias? Será que a casa de leilões Parke-Bernet sabe? Óleo e água se misturam? Uma mistura de óleo e água prejudica a digestão do cavalo-marinho? A arte deve ser cara? Artistas devem usar barba? Barbas deveriam ser proibidas por lei? Arte submarina é melhor que arte terrestre? O que significa a expressão 'te agarra no pincel'? Diz respeito aos pincéis usados por Monet? Na Paris de 1878, quanto custava em média o aluguel de um estúdio espaçoso, com orientação solar norte, em um distrito pouco badalado? Se cavalos-marinhos comem ninfeias, que percentual de sua energia diária de trabalho, expressa em ergs, é assim gerada? Será que os buracos na rede devem ser remendados? Em uma briga entre um cavalo-marinho e um rato-com-asas, em qual você apostaria? Se eu remendar a rede você vai me perdoar? Ninfas roem ninfeias? Tem um neném dourado no bebedouro? Se o aguaceiro for muito aguacento, posso aguar as plantas do aguaçal? Seria a fantasia um substituto adequado para o comportamento correto?"

O gênio propõe um inventário mundial de gênios, para canalizar e harmonizar esforços de gênios de toda parte de modo a criar uma vida melhor para todas as pessoas.
Cartas são enviadas...
A reação é desconcertante!
Chovem telegramas...
Gênios de toda sorte se oferecem para cooperar.
O *Times* publica um editorial elogiando a ideia...
Três mil gênios num único salão!

O gênio fica de mau humor. Ele se recusa a falar com qualquer pessoa por oito dias.

Mas agora um caminhão marrom da UPS chega à sua porta. Traz uma espada cerimonial (com inscrição) forjada em Toledo, cortesia do prefeito e da Câmara de Vereadores de Toledo, Espanha. O gênio brande a lâmina, cortando o ar da meia manhã enquanto assina o recibo de entrega com a outra mão...

ESTREIA

Os atores sentem que a música tocada antes da abertura das cortinas vai inspirar um ânimo errado na plateia. O dramaturgo sugere que a música (intencionalmente lúgubre) seja tocada duas vezes mais rápido. Isso a deixa um pouco mais animada, ao mesmo tempo em que mantém seu caráter essencialmente soturno e sombrio. Os atores ouvem com cuidado e ficam satisfeitos.

O diretor, de macacão branco e camisa de mecânico na cor azul, sussurra aos atores. O diretor é terno com os atores, como um bom pai, acalma, pede opiniões, distribui aspirinas. O dramaturgo nutre imenso respeito pelos atores. Que vozes suaves! Descobriram em suas falas sentidos que ultrapassam tudo que ele imaginara possível.

ARDIS: Mas é sempre assim, sempre.
PAUL: Não necessariamente, caro amigo. Não necessariamente.

O tapete no cenário é obra de um tecelão famoso, aliás um clássico moderno, e custa quatro mil dólares. Foi emprestado à produção (em troca de menção no programa), assim como o sofá de couro e metal cromado. Ninguém pisa no tapete (ou senta no sofá) mais do que o estritamente necessário.

O dramaturgo examina o cenário vazio por muitas horas. Será que a planta (imensa, magnífica) deve ser movida alguns centímetros para a esquerda? Os atores já estão fazendo piadas sobre serem ofuscados por ela no palco. Os atores são pessoas gentis e divertidas, mas também muito vigorosas e fortes fisicamente. Muitas de suas piadas envolvem trechos de diálogos da peça, que se tornam bordões de utilidade geral: "Não necessariamente, caro amigo. Não necessariamente."

Na sala de ensaio, o figurinista estende os esboços sobre uma mesa comprida. Os atores se aglomeram ao redor para ver como estarão vestidos no primeiro ato, no segundo ato. Os figurinos reluzem, não existe palavra melhor para definir. E além disso o figurinista se manteve dentro do orçamento, enquanto o cenógrafo o ultrapassou em dezoito mil e o cenário precisou ser recriado a duras penas.

Um ator cochicha ao dramaturgo. "Um dramaturgo", ele diz, "é um homem que decidiu que o propósito da vida humana é descrever a vida humana. Não acha estranho?" O dramaturgo, que nunca tinha pensado dessa forma sobre sua vocação, acha de fato estranho. Passa o dia inteiro preocupado com isso.

O dramaturgo ama o teatro quando está vazio. Com gente dentro ele não ama tanto; a plateia é um perigo para a peça (ainda que ele só sinta isso às vezes). No teatro vazio, como em uma estufa, sua peça cresce, floresce. Ensaios, ainda que tediosos ao extremo e muitas vezes desanimadores — um ator pode perder hoje algo que tinha ontem —, são um processo inteligente carregado de esperança.

Os atores trocam histórias sobre outros espetáculos dos quais participaram, a maioria sobre momentos desastrosos em cena. "Quando fiz *Caridade* em Londres..." No camarim masculino, um dos atores conta uma longa história sobre uma colega cujo cabelo pegou fogo durante uma encenação de *Santa Joana*. "Derramei refrigerante diet em cima", relata. Fotografias são tiradas para os jornais.

O dramaturgo vai almoçar sozinho em um restaurante chinês que possui um bar. É o único do grupo que bebe na hora do almoço. Os atores, abstêmios e de boa índole, votam em todas as eleições e apoiam com veemência a interrupção da corrida nuclear.

PAUL: Você precisa... transcender... as circunstâncias. Entende?
REGINA: Falar é fácil, rapaz.

O dramaturgo faz uma descoberta impactante. Um de seus melhores diálogos —

ARDIS: A lua está tão linda.
PAUL: Isso porque você não a viu antes da guerra.

— carregado com a tristeza do tempo irrecuperável, também pode ser encontrado, quase com as mesmas palavras, nas *Impressões da América* de Oscar Wilde. Como isso tinha acontecido? Será que ele escreveu as falas ou apenas se lembrou delas? Sinceramente não sabe dizer. Em um ataque de integridade, corta as falas.

O produtor se esgueira até um assento nos fundos do teatro e assiste a uma cena. Então diz "eu amo essa peça. *Amo*". O dramaturgo pede a troca do figurino usado por uma das atrizes no segundo ato. Sente que a roupa faz com que ela pareça muito infantil. O figurinista discorda, mas não insiste. *Agora minha atriz parece mais bonita*, pensa o dramaturgo.

A estreia está próxima. Os atores trazem presentinhos atenciosos para o dramaturgo: um pote de mostarda importada, uma edição ricamente impressa da *Arte de amar* de Ovídio. O dramaturgo entrega aos atores, homens e mulheres, saquinhos de tecido contendo chocolates envoltos em papel-alumínio dourado.

As críticas são boas, muito boas.

> ILUMINA OS CÉUS DA
> OFF-BROADWAY E INSTIGA
> A MENTE HUMANA
> — revista *Cue*

Os atores são elogiados, calorosamente e com discernimento. O público comparece em números animadores. Nos intervalos, o vestíbulo fica lotado de pessoas bem-vestidas e entusiasmadas debatendo a peça. O produtor, aquele homem grande e ansioso, ferve de entusiasmo. Os críticos, ele diz ao dramaturgo, não são dignos de confiança. Mas às vezes temos sorte. Essa peça, ele diz ao dramaturgo, ficará para sempre na história do teatro.

Depois que o espetáculo sai de cartaz, o diretor compra a planta enorme e cheia de pontas que figurava imponente durante todo o segundo ato com sua presença impossível de ignorar. Os atores, recolhendo suas coisas, fazem uma pausa para observar a planta ser levada para dentro de um caminhão. "Será que ele consegue ensinar a planta a ir até a esquina para buscar café e um folhado doce?" "Falar é fácil, rapaz."

Em seu escritório, o dramaturgo começa a escrever a peça seguinte, que vai explorar as conexões entre Santo Agostinho e uma garota cartaginesa chamada Luna e os ossos partidos do coração.

SIMBÁ

A praia: Simbá, animal afogado, crava os dedos na areia de mais uma praia insular.

A mão direita, maravilhosa sobre o piano, abre e fecha. A pele está vermelha e assada, a barba branca e incrustada de sal. A trave quebrada à qual ele se agarrou para fugir de sua embarcação destroçada repousa ali perto.

Escuta valsas vindo das árvores.

Deveria, é claro, se animar, ficar em pé, colher frutas das árvores, identificar uma nascente, construir uma fogueira sinalizadora ou encontrar um curso d'água que o levará até o interior deste lugar estranho e novo, onde ele encontrará uma espécie de ogro aterrorizante a quem passará a perna e em seguida tomará posse dos rubis e diamantes do tamanho de bolas de beisebol que coalham admiravelmente os domínios do monstro.

Sebo nos cotos, meu senhor.

Sala de aula: é verdade, os alunos pediram que eu fosse embora. Eu nunca tinha lecionado nesse turno, como poderia saber como as coisas funcionam de dia?

Acho que não gostaram da minha aparência. Estava de óculos escuros (olhos desacostumados com tanta luz) e um paletó que, admito, ficava grande demais. Eu me postei de forma bem ostensiva perto da frente da sala, *na* frente da sala para ser mais exato, sentado à mesa que fica diante das mesas deles, inquieto.

"Pode ir embora de uma vez, por favor?", pediram os alunos.

Foi um convite da catedrática: "Que tal lecionar de dia? Só uma vez?" Respondi que não conseguia nem imaginar uma coisa dessas, mas que faria o melhor possível. "Não se empolgue, Robert", ela recomendou. "É apenas uma disciplina, temos muita gente de licença e agora com essa porcaria de gripe..." Falei que me prepararia com cuidado e compraria uma camisa nova. "É uma boa ideia", ela concordou, analisando de perto minha camisa, presenteada por meu irmão mais novo, o advogado. Ele estava jogando camisas fora.

As esposas de Simbá relembram: "Eu o conheci, não sabiam que eu o conheci?"

"Não imaginei que alguém como você o teria conhecido."

"Intimamente. Eu o conheci muito bem. Fui sua nona esposa."

"Bem, na época você estava no auge da vida, é claro. É mais razoável esperar alguma coisa."

"Ele me tratava bem, de modo geral. Nos anos em que fomos íntimos. Muitos vestidos caríssimos."

"Nunca se imaginaria isso olhando para você. Agora, quero dizer."

"Olha, eu tenho outras roupas além destas. Não uso minhas melhores roupas o tempo todo. Além de vestidos, ele me deu túnicas. Sapatos de couro amaciado de pele de lagarto."

"Joias, talvez?"

"Rubis e diamantes do tamanho de bolas de beisebol. Acho que me lembro de um chicote cravejado de joias. Para usar com meus cavalos. Eu cavalgava nas falésias bem cedo, nas falésias com vista para o mar."

"Você tinha um mar."

"Sim, havia um mar adjacente à propriedade. Ele gostava do mar."

"Ele devia estar muito bem de vida nessa época. Quando eu o conheci, era um mero comerciante. Um pequeno comerciante."

"Sim, ele começou bem pobre, tentou o comércio por algum tempo, não gostou e seguiu adiante. Na direção do mar."

O Baile das Belas-Artes: no Baile das Belas-Artes promovido pelos Departamentos de Arte e Arquitetura avistei uma jovem trajando o que pareciam ser roupas de baixo masculinas, de algodão. A camiseta não tinha mangas e as cuecas, muito cavadas dos lados, traziam o nome da grife ("EGIZIO") bordado no cós em letras vermelhas com cerca de um centímetro e meio de altura.

"Quem é você?", perguntei.

Ela ergueu as mãos, envoltas em luvas vermelhas de borracha.

"Lady Macbeth", respondeu. Em seguida, pediu que eu fosse embora.

Então saí para o estacionamento carregando minha fantasia, um corne inglês muito lustroso. Se alguém me perguntasse quem eu era, minha intenção era responder que era um dos alegres companheiros de Robin Hood. Uma das alunas me seguiu, querendo saber se eu tinha uma esposa. Respondi, honesto, que não tinha, e disse a ela que isso não era permitido a quem dava aulas à noite. Era uma espécie de lei tácita da qual todos tinham ciência. "Não se pode ter uma esposa e não se pode ter um carro", disse a ela, honesto.

"Então o que você está fazendo no estacionamento?", ela quis saber. Mostrei minha velha bicicleta azul, estacionada entre um Camaro e um Trans Am. "Você tem casa?", ela perguntou, e eu respondi que tinha um quarto por aí, com um rádio e uma daquelas geladeirinhas que ficam em cima de mesas.

O primeiro empório de Simbá em Bagdá: Quando abrimos o Bazar Simbá jamais prevíamos um resultado tão positivo quanto o que obtivemos quase de imediato.

As pessoas pulavam por cima dos balcões e arrancavam os produtos das nossas mãos e das prateleiras atrás dos balcões.

Estoquistas iam e voltavam do estoque aos balcões. Desenvolvemos trajetos de ida e volta de modo que o Estoquista A não colidisse com o Estoquista B. Uns iam em linha reta, outros voltavam serpenteando.

Sempre quisemos ter uma loja, e ainda crianças brincávamos de "loja" com caixinhas minúsculas de cedro que reproduziam produtos verdadeiros. Agora tínhamos uma loja de verdade, cor de pérola com detalhes em jade profundo.

Todos os dias as pessoas pulavam por cima dos balcões e arrancavam produtos das mãos de nossos bravos e pertinazes balconistas. Nossa loja era esplendorosa, esplendorosa. Simplesmente os melhores produtos, era isso que forneciamos. Muitas vezes as pessoas perambulavam há anos tentando encontrar o que havia de melhor, perdidas, indecisas. Então cruzavam nossas grandes portas de bronze ao som de suas murmurantes filigranas. E ali estava o que havia de melhor. Mesmo os artigos mais humildes eram os melhores de sua categoria. Nossos alfinetes de costura eram mais retos que quaisquer outros um dia colocados à venda, e além de tudo espetavam melhor.

Certa vez uma garotinha entrou na loja, sozinha. Tinha apenas algumas moedas de ouro, e nós as tomamos dela e a fizemos feliz. Nunca, em toda nossa carreira de negociantes, tínhamos visto uma garotinha mais feliz do que ela estava ao deixar a loja carregando nos braços os produtos extraordinários comprados com suas poucas, mas genuínas, moedas de ouro.

Certa vez um homem alto entrou na loja, alto mas recurvado, artrítico, estava vergado ao meio mas se percebia que era alto, ou tinha sido alto antes de ficar torto, três ou quatro rugas de sofrimento físico na testa. Pediu comida. Servimos víveres do Taillevent de Paris, os melhores de todos, e não cobramos nem um tostão. Porque ele era torto.

Em nosso bazar cor de pérola tínhamos uma pérola de preço inestimável, um bulbo de tulipa de preço inestimável e uma escrava jovem e bela de preço inestimável. Ficavam à mostra por trás de grossas vidraças nas paredes. Jamais aceitamos qualquer oferta por esses artigos. Seu preço era inestimável. Nessas questões éramos dominados pelo idealismo.

Os alunos: "Agora pode ir embora, por favor?", eles pediram. "Pode, por favor, ir embora de uma vez?"

Depois começaram todos a falar entre si, viraram-se nas cadeiras e desataram a falar entre si, o ar ficou ruidoso, mais parecia um coquetel exceto por estarem todos sentados, a porta se abriu e um garçom entrou com drinques sobre uma bandeja seguido por outro garçom com castanhas d'água envoltas em bacon sobre uma bandeja, e outro garçom com mais drinques. Era igualzinho a um coquetel exceto por estarem todos sentados. Então peguei um drinque de uma bandeja e me juntei a um dos grupos e tentei entender o que estavam dizendo.

Tênis: Sim, ele podia passar o dia inteiro fazendo esse tipo de coisa. Qualquer coisa sobre a qual pudesse falar ao voltar para casa (partindo do princípio de que voltaria vivo a Bagdá), como jogar tênis com dois ogros do tamanho de casas e fazê-los cair de joelhos. Cada ogro tem um único olho vermelho no meio da testa e uma única lente com aro de arame emoldurando o olho. Ele consegue enganar o ogro da esquerda, fazendo com que mude de posição, meramente olhando de relance para o ogro da direita antes de sacar, e qualquer coisa colocada à esquerda do ogro da direita acaba passando direto, o ogro da direita não tem a menor noção de *backhand*. Assim como-ele-jogou-tênis-com-dois-ogros será acrescentado ao repertório, duas ogras acompanhando a partida com atenção, cada uma com seu olho arregalado por trás da lente escurecida, virando para direita, esquerda, direita, esquerda, o sol quicando das lentes como os fachos de dois faróis...

À noite: À noite, os gabinetes do Departamento estão vazios. As faxineiras fazem seus telefonemas, em espanhol, do gabinete do professor Fulano, do gabinete do professor Beltrano, resolvendo seus assuntos. Os estacionamentos são infernos de luz amarela.

Sentado certa noite nos degraus da usina, avistei um homem carregando uma máquina de escrever, uma Selectric III da IBM.

SIMBÁ

Concluí que era um dos sujeitos que roubavam máquinas de escrever da universidade à noite. "Você sabe datilografar?", perguntei. Ele respondeu: "Porra, cara, não seja idiota." Perguntei por que ele roubava máquinas de escrever e ele disse: "Esses merdas não têm mais nada que valha a pena roubar." Eu estava quase sugerindo que ele devolvesse a máquina de escrever quando outro homem surgiu da escuridão carregando outra máquina de escrever. "Essa merda *pesa*", comentou com o primeiro, e ambos foram embora entre palavrões. Uma Selectric III da IBM pesa aproximadamente dezoito quilos.

Os alunos, sem dúvida, cochichavam a meu respeito:

"Ouvi falar que é a primeira vez que ele leciona de dia."

"Se *deixaram* esse babaca lecionar à luz do dia, todos os professores de verdade devem estar mortos."

"Reparou no paletó? Ca-foooona."

Fiquei no corredor observando a todos por trás dos meus óculos escuros. Que grupo mais atraente!, pensei. No presto da manhã, como escreveu Stevens.

Experiência: Simbá não aprende coisa alguma com a experiência.

Um homem prudente, após a primeira, segunda, terceira, quarta, quinta, sexta e sétima viagens, jamais voltaria a pisar no convés de um navio. Cada nau em que ele embarcou acabou indo a pique em no máximo dois dias longe do porto ou o abandonou sozinho em uma ilha deserta, foi abalroada por uma baleia gigantesca (primeira viagem), seduzida para longe da rota por exultantes criaturas aéreas (segunda viagem), roubada por selvagens simiescos com no máximo um metro de altura (terceira viagem), destroçada por um vendaval furioso (quarta viagem), bombardeada do ar por aves imensas carregando pedregulhos gigantescos (quinta viagem) ou lançada contra um litoral escarpado (sexta viagem) pelos ventos incessantes.

Mas existe sempre algo sólido (prancha de madeira, trave flutuante, destroço aleatório da embarcação que foi ao fundo) que pode ser agarrado e uma ilha (guarnecida com rubis e diamantes, quantidades enormes de pérolas de valor incalculável, fardos de âmbar-gris da melhor qualidade) que pode ser pilhada. Simbá sempre acaba regressando a Bagdá mais rico do que antes, com muitos presentes suntuosos para os amigos e parentes que se amontoam em sua casa para ouvir os relatos de seu último atrevimento heroico.

Simbá não é prudente, mas um homem ousado. No *Quem é Quem nos Mares* ele está listado, com desaprovação, como "aventureiro".

Canhão d'água: Os diplomados não querem ir embora do campus. Nós teremos de retirá-los à força. Digo "nós" porque me identifico com a reitoria, ainda que nenhum de seus membros tenha pedido minha opinião sobre o assunto. O canhão d'água me parece o método ideal. Nunca vi um canhão d'água, exceto em reportagens sobre a Alemanha Oriental no noticiário, mas parece um método eficaz e relativamente humano de colocar todo mundo para fora. Bem que eu gostaria de ter meu próprio canhão d'água. Tem certas pessoas que eu não me importaria de colocar para fora.

A equipe de apoio estava à beira do gramado, esperando para dobrar as cadeiras dobráveis. A banda estava guardando os instrumentos. Os diplomados deviam ter escondido algumas tábuas no meio das árvores. Começaram a construir alpendres, muitos deles apoiados no prédio de Ciências, outros no Centro Acadêmico. Acenderam fogueiras para cozinhar e se agacharam ao redor delas assando milho em espetos. Totens foram erigidos diante dos alpendres. O reitor foi até o microfone. "Hora de ir, hora de ir", disse. Os diplomados se recusaram a ir embora.

Valsas: Simbá se levanta, dá uma sacudida e toma o rumo das árvores. Valsas? É uma música exótica, ele nunca ouviu nada parecido. Folga em perceber que mesmo estando em sua oitava viagem o mundo ainda é capaz de oferecer novos encantos.

Ensino: Readentrei a sala de aula e encarei a todos com meu olhar mais severo. Comecei a aula. Eles tiveram de largar os drinques e os camarões espetados em palitos de dentes e prestar atenção.

Era mesmo verdade, declarei, que eu nunca tinha lecionado durante o dia, e que minha geladeira era pequena e meu paletó muito, mas muito folgado.

Ainda assim, continuei, tenho algo a ensinar. Sejam como Simbá! Aventurem-se! Abracem as ondas, deixem que o mar lhes arranque os sapatos, e até mesmo as calças sejam levadas pelas profundezas espumantes. O mar ambíguo espera por vocês, anunciei, casem com ele!

Não tem nada lá, retrucaram.

Errado, respondi, absolutamente errado. Há valsas, bengalas de lâmina e sargaços deslumbrantes de se ver.

O que é uma bengala de lâmina?, eles perguntaram, e com alívio mergulhei de cabeça nos românticos.

A EXPLICAÇÃO

P: Você acredita que esta máquina poderia ser útil para modificar o governo?
R: Modificar o governo...
P: Torná-lo mais sensível às necessidades do povo.
R: Não sei o que é essa máquina. O que ela faz?
P: Bem, dê uma olhada.

A EXPLICAÇÃO

R: Não enxergo nenhuma pista.
P: Ela possui uma certa... reticência.
R: Não sei o que ela faz.
P: Falta de confiança na máquina?

P: O romance está morto?
R: Ah, sim. Mortinho da Silva.
P: Foi substituído pelo quê?
R: Diria que foi substituído pelo que existia antes de ele ser inventado.
P: Pela mesma coisa?
R: Pelo mesmo tipo de coisa.
P: A bicicleta está morta?

P: Você não confia na máquina?
R: Por que eu deveria confiar?
P: (Declara o próprio desinteresse sobre máquinas.)

P: Que belo suéter.
R: Obrigado. Não quero me preocupar com máquinas.

P: Com o que você se preocupa?

R: Eu estava na esquina esperando a mudança do sinal quando percebi do outro lado da rua, entre as pessoas que esperavam a mudança do sinal, uma garota extraordinariamente bonita olhando para mim. Nossos olhos se encontraram, desviei o olhar, em seguida olhei de novo, ela estava olhando em outra direção, o sinal mudou. Avancei para a rua e ela também. Primeiro olhei mais uma vez para ela de modo a ver se continuava me olhando, não estava, mas percebi que ela tinha me percebido. Resolvi sorrir. Sorri, mas de um jeito interessante — o sorriso pretendia informar que eu estava interessado nela, e também que eu percebia que se tratava de uma situação curiosa. Só que estraguei tudo. Meu sorriso foi mais um esgar. Não gosto nem da palavra "esgar". Até que se deu o instante em que nos cruzamos, sabe. Eu tinha resolvido olhar diretamente para ela nesse instante. Tentei, mas ela estava olhando um pouquinho para a minha esquerda, estava olhando para um ponto trinta e cinco centímetros à esquerda dos meus olhos.

P: Isso é o tipo de coisa que...

R: Quero voltar e fazer isso de novo.

P: Agora que analisou a máquina por algum tempo, pode explicar como funciona?

R: É claro. (Explicação.)

P: Ela ainda está tirando a blusa?

R: Sim, ainda.

P: Quer tirar uma foto comigo?

R: Não gosto que tirem fotos minhas.

P: Acredita que em algum ponto do futuro conseguiremos obter satisfação sexual, satisfação sexual "completa", tomando um comprimido, por exemplo?

A EXPLICAÇÃO

R: Duvido que seja impossível.
P: Não gosta da ideia.
R: Não. Creio que nessas condições saberíamos menos do que sabemos agora.
P: Saberíamos menos uns sobre os outros.
R: É claro.
P: Tem seus encantos.
R: A máquina.
P: Sim. Não construímos essas máquinas por confiarmos que farão aquilo que são projetadas para fazer — modificar o governo, neste caso —, mas porque intuímos uma máquina, prontinha, resplandecendo como um shopping center...
R: É preciso se debater com uma história de sucesso.
P: Que não nos levou a lugar algum.
R: (Oferece consolo.)

P: E aí, o que você fez?
R: Caminhei sobre uma árvore. Por vinte passos.
P: Que tipo de árvore?
R: Uma árvore morta. Não consigo diferenciar uma da outra. Podia ser um carvalho. Eu estava lendo um livro.
P: Que livro era?
R: Não sei, não consigo diferenciar um do outro. Não são como filmes. Com filmes dá para lembrar no mínimo quem eram os atores...
P: O que ela estava fazendo?
R: Tirando a blusa. Comendo uma maçã.
P: A árvore devia ser bem grande.
R: A árvore devia ser bem grande.
P: Onde foi isso?
R: Perto do mar. Eu calçava sapatos com solado de corda.

P: Gostaria agora de apresentar algumas mensagens de erro, e quero que as analise com cuidado... estão numeradas. Vou ler com você: variável indefinida... sequência incorreta de operadores... uso incorreto de hierarquia... operador ausente... modo misto, essa é particularmente grave... argumento da função é um ponto fixo... caractere incorreto em constante... constante de ponto fixo incorreta... constante de ponto flutuante incorreta... caractere inválido transmitido em instrução do subprograma, essa é um pé no saco... ausência de instrução END.
R: Aprecio demais todas elas.
P: Há centenas de outras, centenas e mais centenas.
R: Você parece impassível.
P: Não é verdade.
R: Ao que as suas emoções... aderem, digamos assim?

P: Consegue ver o que ela está fazendo?
R: Tirando a blusa.
P: E a aparência dela?
P: .... Absorta.
P: Está entediado com o formato de perguntas-e-respostas?
R: Estou, mas reconheço que permite muitas omissões valiosas: como está o dia, o que estou vestindo, o que estou pensando. Eu diria que é uma vantagem bem considerável.
P: Sou um adepto.

P: Ela cantou e ficamos ouvindo.
R: Eu estava falando com um turista.
P: A cadeira deles está aqui.
R: Bati na porta; estava fechada.
P: Os soldados marcharam na direção do castelo.
R: Eu tinha um relógio.

A EXPLICAÇÃO

P: Ele me bateu.
R: Eu bati nele.
P: A cadeira deles está aqui.
R: Não devemos cruzar o rio.
P: Os barcos estão cheios d'água.
R: O pai vai bater nele.
P: Enchendo os bolsos dele de frutas.

P: O rosto... a máquina tem um rosto. Este painel bem aqui...
R: Este?
P: Assim como o rosto humano se desenvolveu... a partir dos peixes... é possível acompanhar, desde, digamos, a... a primeira boca pertenceu a um tipo de água-viva. Não consigo lembrar o nome, o nome em latim... Mas não é apenas uma boca, ainda falta algo, uma boca sozinha não forma um rosto. Ela foi passada adiante até os tubarões...
R: Até os tubarões...
P: ... depois para as cobras...
R: Sim.
P: O rosto possui *três* funções principais, detectar fontes desejáveis de energia, direcionar o aparato locomotor rumo ao objetivo e capturar...
R: Sim.
P: Capturar o alimento e efetuar sua preparação preliminar. Acha isso muito...
R: Nem um pouco.
P: O rosto, um rosto, também serve de chamariz na aquisição de parceiros. O nariz largo e projetado para frente...
R: Não vejo isso no painel.
P: Dê uma olhada.

R: Eu não...

P: Existe uma analogia, acredite se quiser. O... Usamos projetistas industriais para criar os painéis dianteiros, os controles. Projetistas, artistas. Para tornar as máquinas atraentes aos possíveis compradores. Pura cosmética. Eles nos informaram que chaves faca são masculinas... Os homens achavam... Por isso usamos um monte de chaves faca...

R: Sei que muito tem sido escrito sobre tudo isso, mas quando me deparo com esses artigos em revistas ou no jornal, nunca leio nada. Não me interesso.

P: Quais são seus interesses?

R: Sou um dos diretores do Festival Schumann.

P: O que ela está fazendo agora?

R: Tirando os jeans.

P: Já tirou a blusa?

R: Não, ainda está usando a blusa.

P: Uma blusa amarela?

R: Azul.

P: Bem, o que ela está fazendo agora?
R: Tirando os jeans.
P: O que ela está usando por baixo?
R: Calçola. Calcinha.
P: Mas ainda está usando a blusa?
R: Sim.
P: Ela tirou a calcinha?
R: Sim.
P: Ainda com a blusa?
R: Sim. Está caminhando sobre um tronco.
P: Só de blusa. Está lendo um livro?
R: Não. Está com óculos escuros.
P: Está usando óculos escuros?
R: Segurando na mão.
P: E a aparência dela?
R: Bem bonita.

P: Qual o teor do maoísmo?
R: O teor do maoísmo é a pureza.
P: A pureza é quantificável?
R: A pureza nunca foi quantificável.
P: Qual a incidência mundial de pureza?
R: A pureza ocorre em 0,004 por cento de todos os casos.
P: Com o que a pureza em estado puro muitas vezes se harmoniza?
R: A pureza em estado puro muitas vezes se harmoniza com a loucura.
P: Isso não denigre a loucura.
R: Isso não denigre a loucura. A loucura em estado puro oferece uma alternativa à soberania da justa razão.
P: Qual o teor da justa razão?
R: O teor da justa razão é a retórica.

P: E o teor da retórica?

R: O teor da retórica é a pureza.

P: A pureza é quantificável?

R: A pureza não é quantificável. Mas *é* inflável.

P: Como a nossa retórica se defende dos ataques de outras retóricas?

R: Nossa retórica é defendida por nossos representantes eleitos. Com suas cabeças gordas.

P: Não faz sentido insistir que a máquina é inteiramente bem--sucedida, mas ela tem suas qualidades. Não gosto de usar linguagem antropomorfizante ao falar dessas máquinas, mas há uma qualidade em especial...

R: Qual?

P: É destemida.

R: As máquinas são mais destemidas que a arte.

P: Desde a morte da bicicleta.

P: São dez regras de operação da máquina. A primeira regra é ligar.

R: Ligar.

P: A segunda regra é converter os termos. A terceira regra é alternar as entradas. A quarta regra é você cometer um grave erro.

R: O que eu faço?

P: Envia a mensagem de erro adequada.

R: Nunca vou me lembrar dessas regras.

P: Vou repetir cem vezes.

R: Antes eu era mais feliz.

P: Era sua imaginação.

R: Os problemas não são reais.

P: Os problemas não são reais no sentido de serem tangíveis. Os problemas aqui levantados são equivalentes. Razões e conclusões

A EXPLICAÇÃO

existem, ainda que existam em outro lugar, não aqui. Razões e conclusões estão no ar e é fácil observá-las mesmo para quem não possui tempo livre para consultar ou aprender a ler as publicações das áreas especializadas de estudos.

R: É uma situação prenhe de dificuldades.

P: É uma situação prenhe de dificuldades, mas no fim jovens e trabalhadores viverão no mesmo patamar de velhos e de autoridades governamentais, em nome do bem comum de todas as categorias. O fenômeno das massas, ao seguir a lei dos grandes números, torna possíveis eventos excepcionais e raros, os quais —

R: Então telefonei e contei que tinha sonhado com ela, que ela estava nua no sonho, que estávamos transando. Ela disse que não queria aparecer no sonho dos outros — nem agora, nem depois, jamais, quando é que eu ia parar. Sugeri que era uma coisa sobre a qual eu não tinha controle. Ela disse que tudo tinha acontecido havia muito tempo e que agora ela estava casada com Howard, como eu bem sabia, e que ela não queria... invasões repentinas dessa natureza. Pense no Howard, ela disse.

P: Ele me bateu.
R: Eu bati nele.
P: Nós vimos vocês.
R: Eu estava olhando para a janela.
P: A cadeira deles está aqui.
R: Ela cantou e ficamos ouvindo.
P: Soldados marchando na direção do castelo.
R: Falei com um turista.
P: Bati na porta.
R: Não devemos cruzar o rio.
P: O rio encheu os barcos d'água.
R: Acho que a vi com meu tio.

P: Entrando no automóvel, acho que os ouvi.
R: Ele vai bater nela se tiver perdido a cabeça.

R (concluindo): Não me resta a menor dúvida de que os jogadores de beisebol da atualidade são os melhores de todos os tempos. São atletas brilhantes, dotados de uma coordenação esplêndida, formidáveis em todos os aspectos. Os jogadores de beisebol da atualidade são tão magníficos que para eles marcar pontos é uma coisa relativamente fácil.

P: Obrigado por me confiar esse segredo.

P: ... mostrar a você um retrato da minha filha.

R: Que bonita.
P: Posso dar algumas referências de leitura adicional.
R: (Tapa o ouvido com a mão.)

P: O que ela está fazendo agora?
R: Está com um hematoma na coxa. A direita.

A RESPEITO DO GUARDA-COSTAS

Será que o guarda-costas grita com a mulher que passa suas camisas? Que infligiu uma mancha marrom em sua camisa amarela caríssima da Yves St. Laurent? Uma enorme queimadura marrom bem na altura do coração?

Será que o cliente do guarda-costas conversa fiado com o guarda--costas dentro do Citroën cinza-fosco enquanto esperam a mudança de sinal? Com o segundo guarda-costas, que está ao volante? Qual o tom da conversa? Será que o cliente do guarda-costas faz comentários sobre as garotas morenas que andam em bando pela avenida arborizada? Sobre os rapazes? Sobre o tráfego? Será que o guarda-costas já teve uma conversa política séria com seu cliente?

Será que o guarda-costas teme as iniciais E.T.*?

Será que o guarda-costas teme as iniciais C.D.N.**?

Será que hoje o guarda-costas será dispensado a tempo de ver o filme que planeja assistir — *A volta ao mundo de Emanuelle*? Se o guarda-costas for dispensado a tempo de assistir a *A volta ao mundo de Emanuelle*, haverá uma fila para comprar ingressos? Haverá estudantes na fila?

Será que o guarda-costas se assusta com o slogan *Lembrem do 17 de junho*? Será que o guarda-costas se assusta com a tinta preta do

---

* Em trânsito. Corresponde à expressão militar "Due in transit". (N. do T.)
** C.N.D. no original: Campanha de Desarmamento Nuclear. (N. do T.)

spray, letras altas com bordas espectrais, nesta parede, nesta outra? Em que grau de instrução o guarda-costas abandonou a escola? Será que o guarda-costas ganha o suficiente? Será que ganha tão bem quanto um mecânico? Quanto um mestre de obras? Quanto um sargento do exército? Quanto um tenente? Será que o Citroën é blindado? Será que o Mercedes é blindado? Qual a velocidade máxima do Mercedes? Será comparável à de uma BMW? Uma motocicleta BMW? Várias motocicletas BMW?

Será que o guarda-costas avalia a importância do cliente com base no número de guarda-costas de que ele precisa? Será que não deveria haver outros carros na frente e atrás do carro do cliente, também cheios de guarda-costas? Será que às vezes são tomadas essas precauções adicionais, e será que o guarda-costas, nesses momentos, se sente parte de um oceano de guarda-costas? Será que nesses momentos ele fica com o ânimo exaltado? Será que gostaria de um grupo ainda maior de guarda-costas, quem sabe com carros flanqueando à direita e à esquerda e um carro batedor bem lá na frente?

Depois que abandonou a escola técnica, com que tipo de atividades o guarda-costas se envolveu antes de aceitar o cargo atual? Será que já esteve na cadeia? Por qual espécie de delito? Será que o guarda-costas se afeiçoou pelo cliente? Será que existe respeito mútuo? Será que existe desprezo mútuo? Quando o cliente toma chá, será que oferecem chá ao guarda-costas? Cerveja? Quem paga?

Será que o guarda-costas é capaz de listar exemplos de sucesso profissional?

Será que teve um cliente anterior?

Será que há um novo guarda-costas no grupo de guarda-costas? Por quê?

Qual a importância de *agradar*? Quais serviços o guarda-costas oferece ao cliente além da sua função primária? Existem serviços que não lhe podem ser solicitados? Será que ainda assim ele de vez em quando é instado a executar tais serviços? Será que ele recusa? Será que pode recusar? Será que, além da compensação monetária combinada de antemão, ele também recebe gorjetas? De que valor? Em quais ocasiões?

No restaurante, uma boa mesa para o cliente e o homem grisalho e distinto com quem ele conversa. Diante dela (entre a mesa com os dois clientes e a porta), uma mesa para os quatro guarda-costas. Qual o teor da conversa entre os dois grupos de guarda-costas? Sobre o que eles falam? Futebol, quem sabe, Holanda e Peru, uma partida a que todos assistiram. Será que comentam a lesão causada no goleiro holandês Piet Schrijvers pela entrada desleal do canalha peruano? Será que debatem a substituição de Schrijvers pelo intrépido Jan Jongbloed, e o que aconteceu em seguida? Será que o guarda-costas registrou a diferença de qualidade entre seu terno e o terno do cliente? Entre seus sapatos e os sapatos do cliente?

Em todos os cantos do país, em metrópoles e vilarejos, garrafas de champanhe foram colocadas no gelo, guardadas, reservadas para uma celebração, reservadas para um dia especial. Será que o guarda--costas sabe disso?

Será que o guarda-costas está cansado de acordar no quartinho da Calle Caspe, fumar um Royale Filtre e em seguida sair da cama e escancarar as cortinas para revelar, mais uma vez, oito pessoas paradas no ponto de ônibus do outro lado da rua, em poses deprimidas? Será que na parede do quartinho do guarda-costas há um pôster mostrando Bruce Lee de túnica branca com os pés posicionados de tal e tal maneira, os dedos das mãos estendidos de tal e tal maneira? Será que um rosário com contas de macieira pende de um prego? Será que há um espelho cujos cantos começaram a rachar e descascar, e será que há pequenas polaroides borradas presas no canto esquerdo do espelho, polaroides de uma mulher usando um lenço azul-escuro, e duas crianças esbeltas com calças vermelhas? Será que dentro do guarda-roupa marrom-escuro há uma calça azul-escura e uma camisa branca de manga longa (que já foi usada uma vez)? Será que no lado de dentro da porta do guarda-roupa está colado com fita adesiva o pôster de uma garota nua retirado da revista VIR? Será que há uma garrafa de Long John Scotch sobre o frigobar cor de queijo? Chapa elétrica com duas bocas? Vaso verde-fosco de cerâmica no peitoril da janela, contendo uma planta adoecida? Um exemplar de *Explication du Tai Chi*, de Bruce Tegner? Será que o guarda-costas lê o jornal do partido do cliente? Será que se deixa convencer pelo que lê? Será que o guarda-costas sabe com qual dos grandes blocos seu país se alinhou durante a Segunda Guerra Mundial? Durante a Primeira Guerra Mundial? Será que o guarda-costas sabe quais países são os principais parceiros comerciais do seu país no presente momento?

Sentado em um restaurante com o cliente, servem ao guarda-costas, sem querer, sopa de tartaruga. Será que ele rechaça, enquanto o outro come? Por que esse quase esqueleto, seu cliente, tem tanta importância para o mundo a ponto de precisar de seis guarda-costas, dois por turno com cada turno mudando de oito em oito horas, seis guarda-costas de primeira linha mais reforços ocasionais, dois carros blindados, granadas de efeito moral prontas para uso sob o banco dianteiro? O que ele tem significado para o mundo? Quais são os seus planos?

Será que a idade de aposentadoria dos guarda-costas é calculada da mesma forma que para os outros cidadãos? Seria mais cedo, aos cinquenta e cinco, quarenta e cinco? Será que existe uma pensão? Qual a quantia? Esses rapazes com barbas negras que ficam encarando o Mercedes, ou encarando o Citroën, quem serão eles? Será que o guarda-costas dá ouvidos às reclamações dos colegas sobre as horas passadas esperando no lado de fora deste ou daquele ministério, deste ou daquele quartel-general, horas passadas apoiados no

A RESPEITO DO GUARDA-COSTAS 67

para-lamas do Mercedes enquanto o cliente se encontra abrigado dentro daquelas paredes (reforçadas)? Será que a espessura dos vidros grossos destes veículos especialmente preparados é suficiente? Será que os outros guarda-costas são confiáveis? Será o que novo colega é confiável? Será que o guarda-costas se assusta com moças de boa família? Moças de boa família cujas bolsas de mão escondem só Deus sabe o quê? Será que o guarda-costas acha essa situação *injusta*? Será que o filho do guarda-costas, morando com a mãe em uma cidade bem distante, também vai se tornar um guarda-costas? Quando o guarda-costas deixa o filho do cliente na escola em que todas as crianças são levadas por guarda-costas, no meio do trajeto ele para no mercadinho para comprar um pêssego para o menino? Será que compra um pêssego para si mesmo?

Será que o guarda-costas, ao ser posto à prova, se mostrará à altura da função? Será que o guarda-costas sabe qual empresa estrangeira venceu o leilão para construir a usina de reprocessamento nuclear do seu país? Será que o guarda-costas sabe quais trechos do relatório anual do Banco Central sobre o serviço da dívida foram falsificados? Será que o guarda-costas sabe que a anistia geral de abril coincidiu com o retorno à prisão de sessenta pessoas? Será que o guarda-costas sabe que as novas leis de liberalização da imprensa, de maio, foram uma provocação? Será que o guarda-costas frequenta um restaurante chamado O Crocodilo? Um lugar cheio de comunistas jovens, ruidosos e gordos? Será que derrama um drinque para manifestar sua irritação? Será que entendem esse gesto?

Será que as ruas estão cheias de pessoas andando sobre pernas de pau? Pessoas andando sobre pernas de pau e serpenteando três metros acima da multidão com imensas cabeças de pássaro feitas de papel machê, trajes vermelhos e negros, sacudindo nove metros de tecido colorido sobre as cabeças da multidão, encenando o estupro de uma jovem personagem feminina que simboliza seu país? Dentro do Mercedes, o guarda-costas e seu colega encaram as centenas de pessoas, homens e mulheres, jovens e idosos, que fluem em volta do Mercedes, parado no sinal, como se o automóvel fosse uma pedra em um rio. No banco de trás, o cliente fala ao telefone. Ergue os olhos, larga o telefone. Não é possível contabilizar quantas pessoas se comprimem ao redor do carro, são muitas; não é possível saber quem são, são muitas; não é possível prever o que farão, têm vontade própria. De repente, uma brecha. O carro acelera.

Será o caso de, em certa manhã, as lixeiras da cidade, as lixeiras do país inteiro estarem transbordando de garrafas de champanhe vazias? Qual dos guarda-costas é o culpado?

DOWNSIZING

Deixa eu contar uma coisa. Um pessoal novo se mudou pro apartamento de baixo e os móveis deles são idênticos aos meus, é chocante, o mesmo sofá de espaldar alto forrado com tweed cor de camelo e o mesmo par de filhas enjeitadas da cadeira Wassily e as mesmas cadeiras pretas esmaltadas arremedo de Mackintosh, os mesmos tapetes indianos em rosa e roxo e as mesmas *torchères* de latão quase Eames e mais a mesma mesinha de centro de imitação de mármore com pernas de bola de canhão que macaqueia o estilo de Ettore Sottsass. Estou chocada, em estado de choque...
— Você aprendeu isso comigo. Esse exagero. Você entra em choque. Cambaleia, cai, desaba nos braços de Rodrigo se queixando de estresse. Aos poucos ele começa a afrouxar seu espartilho, laço por laço, cantando a grandiosa *Ah, je vois le jour, ah, Dieu,* e termina o segundo ato.
— Aprendi isso com você, Rhoda. Você, minha mentora em tudo.
— Você era sagaz, Hettie, muito sagaz.
— Eu era sagaz.
— A mais sagaz.
— Que frio aqui no jardim.
— Você estava reclamando do sol.
— Mas quando aparece uma nuvem na frente...
— Bem, não se pode ter tudo.
— As flores estão lindas.

— Verdade.
— É um consolo ter essas flores.
— Já estou semiconsolada.
— E essas pedras japonesas.
— Dispostas com arte, com muita arte.
— Você deve admitir que é um grande consolo.
— E o nosso trabalho.
— Um grande consolo.
— Nossa, mas que lindas essas flores.
— Apenas três. Mas cada uma é extraordinária, singular.
— Que flores são essas?
— Devem ser japonesas, não sei.
— Ficar preguiçando aqui no jardim. Isso é o que eu chamo de luxo.
— Acho que disponibilizarem, a empresa disponibilizar, um espaço como este no meio deste prédio imenso, foi...
— Uma decisão muito esclarecida.
— Leva embora. As tensões.
— Ainda não decidimos de que cor vamos pintar os caminhões.
— Eu falei azul.
— Duvido que seja sua decisão final sobre o assunto.
— Estou com umas amostras. Caso queira dar uma olhada.
— Agora não. O sol está de matar.
— Pele nova. Vai reclamar?
— Esse pessoal novo. No andar de cima. Fazem eu me sentir mal. Você não se sentiria mal?
— Não são os meus móveis que estão sendo reproduzidos em detalhes. Em cada mínimo detalhe. Então eu não me sinto mal. As implicações não...
— Preciso contar uma coisa, Rhoda.
— O que é, Hettie?

— Vamos efetuar uma redução de treze por cento no pessoal. Um *downsizing*. E você está na lista de cortes.
— Mesmo?
— Se você entrar por iniciativa própria com um pedido de aposentadoria precoce, vai ganhar mais benefícios. Se eu tiver que dispensar você, vai ganhar menos.
— Menos quanto?
— Arredondando, uns quarenta e dois por cento. A menos.
— Bem.
— Sim.
— Vou ter que arranjar algo para fazer. Ainda sou jovem, Hettie. Relativamente.
— Muito, mas muito relativamente.
— E as janelas?
— O que têm elas?
— Precisam ser lavadas. Precisam demais ser lavadas.
— Você? Lavando janelas?
— E quem sabe galgar os degraus aos poucos. Mais uma vez.
— Essas mãos delicadas dentro do balde de amoníaco... Nem consigo imaginar.
— Quando matam o queijo ele está vivo? Minha filha me perguntou isso, está começando a entender como as coisas funcionam.
— Meio cedo demais?
— Na hora certa, eu diria. As janelas irradiam imundície pelo prédio inteiro. Posso cuidar disso.
— Prefiro enterrar uma adaga no meu coração a transferir você para a zeladoria.
— É tudo parte do programa, Hettie.
— Será que vou ficar bem sem você, Rhoda?
— Vai ficar ótima, Hettie, ótima. Meu conselho de despedida: esqueça a adaga.

— A única pessoa em quem a cravei foi o Bruce.

— Ele sorriu de leve enquanto deslizava até o chão, um rosa muito vívido obscurecendo o emblema da Polo no peito.

— A reação dele foi bem elegante, chamou de experiência de vida.

— Muito elegante. Além do que seria necessário.

— Lembro do ano em que ganhamos os dois por cento de aumento.

— Depois os quatro por cento.

— Depois o corte generalizado de oito por cento.

— No ano em que entrou o bônus de Páscoa.

— Nossos altos e baixos.

— Lembranças fabulosas, fabulosas.

— Bruce. O grande mentor. Primeiro ele foi seu Bruce. Depois, meu Bruce.

— Bruce me ensinou muito.

— É para isso que eles servem. Para ensinar. Era assim que eu o encarava. Por isso o acolhi.

— E bom de cama também, nada mau na cama, sabe bem o que fazer na cama.

— Sempre um mentor. Mesmo desbravando a escuridão úmida.

— Sim.

— Dizia sempre que você o jogou fora como se fosse uma planilha velha.

— Lembro-me de uma noite na Califórnia. Sempre odiamos a Califórnia. Mas nessa noite, na Califórnia, ele, sem brincadeira, me ensinou a teoria do cavalo perdido. Temos um cavalo perdido e é preciso encontrá-lo. Isso se relaciona com o movimento aleatório dos mercados e a domesticação do acaso. Fiquei, sem brincadeira, *encantada*.

— Bem, nós já superamos isso, certo?

— Se você diz, Hettie.

— Quer dizer, não queremos ficar obcecadas pela questão Bruce tanto tempo depois.
— E de que adiantaria? Ele se foi.
— Ele achava que sabia cozinhar.
— Ele tinha orgulho de suas habilidades na cozinha.
— Ele não sabia cozinhar.
— Ele sabia fazer moela. Tinha algo na moela que prendia a atenção dele.
— Eu fazia melhor qualquer coisa que ele soubesse fazer. Além disso, eu podia estender com volúpia minha perna nua e dourada. Isso ele não tinha como fazer.
— A perna dele mais parecia uma tora de carvalho coberta de líquen.
— Ah, era um rapaz robusto. A cabeça parecia um cepo. Quantas vezes tentei enfiar coisas novas ali dentro.
— Seu conceito sutil se espatifava contra a superfície toscamente talhada.
— E quando se fez necessário engavetá-lo...
— Por acaso vacilamos? Não vacilamos.
— Agora engavetado no Kentucky com todos os outros antigos vice-presidentes.
— Bem encaixadinho dentro da gaveta.
— Ainda assim tenho imensas expectativas.
— É claro que tem. Faz parte do programa.
— Minhas expectativas fazem parte do programa?
— São a alma do programa.
— Não, não, não, não. Minhas expectativas vêm de dentro.
— Acho que não. São despertadas, por assim dizer, pelo programa.
— Minhas expectativas decorrem do meu pensamento. Um pensamento altamente individualizado, que abarca elementos das ideias de Immanuel Kant e Harry S. Truman.

— Sem a menor dúvida. Seu e de mais ninguém.

— Além disso, vou cair fora deste ambiente limitador, sufocante e retrógrado assim que surgir a primeira oportunidade. Já estou avisando.

— Por que me avisar? Eu só lavo as janelas.

— Para mim, Rhoda, você sempre será a pedra sobre a qual se edifica minha igreja.

— Ora, pobrezinha, você não tem igreja nenhuma.

— Não tenho?

— No máximo uma bandeja de coletar oferendas.

— Circulo entre os fiéis, recolhendo o dízimo.

— É um modo de ganhar a vida. Empilhando um dízimo em cima do outro é possível chegar a uma quantia nada desprezível.

— Minha é a função sacerdotal. Minha é a compreensão do arcano.

— E você também pastoreia o rebanho. Manda que o rebanho se arrebanhe aqui e ali.

— Inspiração divina. Só isso. Não tem nada de mais.

— Ao mesmo tempo, banhada em humildade.

— De humildade eu entendo.

— Não gesticule com a adaga. O enredo do terceiro ato, conforme se desenrola diante de nós, é perfeitamente claro: se nos reconhecermos como parte de um todo maior com o qual estamos relacionados, essas relações e esse todo não podem ser criações do eu finito, mas devem ser produzidos por uma mente absoluta e oniabrangente da qual fazem parte as nossas mentes e cuja experiência é a totalidade do processo cosmológico. Não gesticule com a adaga.

— Desnudarei meu seio e pousarei a ponta da faca sobre sua superfície roliça. Em seguida explicarei as questões.

— Acredite, as pessoas têm volúpia de consumação. Se enxergarem uma adaga reluzente pairando sobre um seio nu, vão querer que ali se crave.

— Eu me pergunto como teria sido. Caso o mentor tivesse sido outro. Um menos azedo, quem sabe.
— Você seria outra pessoa, Hettie.
— Seria mesmo, não é? Que estranho.
— Está satisfeita? Não precisa responder.
— Não, não estou. Aprendi isso com você. Não ficar satisfeita.
— Tudo que recebemos pode ser melhorado. Moldado ao nosso gosto.
— Você era magistral. É magistral. Trama e trapaça, ataque e manobra.
— Posso ficar sentada cuidando da minha filha. Esfregar os joelhos dela até tirar a sujeira da cidade e mandar que olhe para os dois lados antes de atravessar a rua.
— Precisam aprender. Como todo mundo.
— Talvez a ensine a olhar somente para a esquerda. Não para os dois lados.
— Isso está errado. Não está certo. Não é seguro.
— A essência do meu método.
— Você era uma garota indomável, Rhoda. Nunca vou esquecer.
— Eu era mesmo, de fato.
— Ainda não decidimos de que cor vamos pintar os caminhões.
— Azul?

O PALÁCIO ÀS QUATRO DA MATINA

O reino do meu pai era e é, todas as autoridades concordam, vasto. Para caminhar de uma fronteira a outra no sentido leste-oeste o viajante deve reservar não menos de dezessete dias. Seu nome é Ho, o termo confucionista para harmonia. O confucionismo era um interesse de nosso primeiro monarca (um gosto estranho em nossa parte do mundo), e ao eliminar os inimigos de seus domínios de campos e florestas, dois séculos atrás, ele se permitiu uma deferência ao grande pensador chinês, para gáudio de alguns de nossos vizinhos mais sisudos cujos domínios receberam nomes tradicionais como Luftagônia e Delfinlândia. Nossa economia se baseia em trufas, das quais nossas florestas possuem uma riqueza espetacular, e eletricidade, que já exportávamos enquanto os outros países ainda liam à luz de lamparinas de querosene. Nosso exército é o melhor da região, e todos os militares são coronéis — o segredo sutil do mando de meu pai, se encararmos os fatos. Nestas terras todo sacerdote é bispo, todo advogado de porta de cadeia é um juiz da Suprema Corte e todo maluco que grita na rua é Hegel em pessoa. O gênio de meu pai consistiu em promover os súditos, homens e mulheres, em todas as áreas, sem cessar; o povo de Ho vive eternamente banhado pelo sol do Êxito. Eu era o único homem em todo o reino que se considerava um jumento.

— Da *Autobiografia*

Escrevo, Hannahbella, de um país distante. Ouso dizer que você se lembra bem dele. O Rei envia em anexo as páginas iniciais de sua autobiografia. Está muito curioso acerca de sua reação a elas. Ele trabalhou com fervor em sua redação, sem comer e sem dormir, por muitos dias e noites.

Nestes últimos meses o Rei não tem estado com o melhor dos humores. Ele leu seu artigo e se declara bastante impressionado. Roga que, antes da publicação neste país, lhe faça o grande favor de trocar a frase "dois árbitros neutros e imparciais", na página trinta e um, por "elementos malignos sob o domínio ideológico de elementos ainda mais malignos". Exceto por esse detalhe, o Rei está fascinado. Pede que eu comunique a você que sua pena continua certeira.

Bem no início da autobiografia (como pode ver) encontramos as palavras: "Minha mãe, a Rainha, preparou uma torta-espelho, uma coisa esplêndida do tamanho de uma mesa de pôquer..." O Rei deseja saber se mesas de pôquer são usadas em terras distantes, e se o leitor de tais lugares compreenderia as dimensões da torta. Ele prossegue: "... sobre a qual explodiram os reflexos do candelabro da cozinha quando a equipe a retirou do forno. Estávamos ajoelhados lado a lado, fitando as profundezas de uma torta-espelho novinha em folha, quando minha mãe me disse, ou melhor, sua imagem celestial disse à minha figura escura e hirsuta: 'Fora daqui. Não aguento mais olhar para essa sua cara de jumento.'"

O Rei deseja saber, Hannahbella, se esse trecho parece maculado por autopiedade ou se, ao invés disso, soa adequadamente impassível. Ele caminha de um lado a outro do quartinho anexo à alcova, tecendo loas a você. O decreto relativo ao seu banimento será rescindido, segundo ele, no momento em que você concordar em trocar a frase "dois árbitros neutros e imparciais" para "elementos malignos" etc. Recomendo com insistência que faça isso o mais rápido que puder.

O Rei não tem estado muito bem. A paz, segundo ele, não é uma condição natural. Sim, o país é próspero e ele compreende que o povo valorize a paz, que as pessoas prefiram prolongar a existência de um modo plácido e sem grandes perturbações. Mas o destino *dele*, segundo o Rei, é alterar o mapa do mundo. Anda ponderando diversas guerras novas, pequenas, segundo ele, pequenas mas interessantes, complexas, até mesmo arriscadas. Ele gostaria muito de debatê-las com você. Pede que troque, na página quarenta e quatro do artigo, a frase "usurpações chocantes" para "símbolos de transformação benigna". Rubrique a mudança nas provas, por favor, para que os historiadores não nos acusem de censura.

Chamo sua atenção para o seguinte trecho das páginas em anexo: "Deixei o castelo ao crepúsculo, sem nem mesmo o deleitoso raiar de um novo dia para me consolar, meu estojo de barbear com sua dúzia de lâminas (ainda que eu me barbeasse doze vezes ao dia, a cabeça permanecia de jumento) se chocando com a Walther .22 dentro da mochila. Após certo tempo de repente senti um grande cansaço. Deitei sob uma cerca viva ao lado da estrada. Um dos arbustos por cima de mim tinha um trapo de pano preto amarrado, um sinal, em nosso país, de que se tratava de lugar mal-assombrado (mas minha cabeça basta para assustar qualquer fantasma)." Lembra desse trapo de pano preto, Hannahbella? "Comi uma fatia da torta de espinafre da minha mãe e ponderei minha situação. Minha condição de príncipe me renderia uma noite, talvez uma quinzena, no castelo deste ou daquele nobre nas cercanias, mas minha experiência com visitas me ensinou que nem o sangue real nem o aspecto diferente prevaleciam por muito tempo contra a preferência natural de um anfitrião por gente com cabeças iguais à dele. Será que eu deveria me recolher a um zoológico? Ingressar como voluntário num circo itinerante? Tentar a sorte nos palcos? Era uma questão bem incômoda.

Ainda não havia limpado os últimos farelos de torta dos bigodes quando alguma coisa se deitou ao meu lado sob a cerca-viva.

'O que é isso?', perguntei.

'Calma', respondeu a recém-chegada. 'Não tenha medo, sou um trasgo, me deixe ficar por aqui esta noite, suas costas são quentes e isso é uma bênção.'

'O que é um trasgo?', eu quis saber. Fui cativado de imediato, pois a criatura era pequena, nem um pouco assustadora de contemplar e vestia corpo de fêmea, algo que tenho em não pouca estima.

'Um trasgo', informou com precisão a pequenina, 'não é um cão negro'.

Bem, pensei comigo mesmo, agora eu sei.

'Um trasgo', ela continuou, 'não é um ogro'.

'Folgo em saber', respondi.

'Você *nunca* se barbeia?', ela indagou. 'E por que tem essa cabeça imensa e hedionda, que mais parece uma cabeça de jumento? Posso examinar melhor para entender melhor?'

'Pode ir se deitar em outro canto', retruquei, 'se meu rosto a desconcerta'.

'Estou exausta', ela disse. 'Durma, discutiremos isso pela manhã, mexa-se um pouco para suas costas se encaixarem melhor na parte da frente do meu corpo, mais tarde vai esfriar e dizem que este lugar é amaldiçoado, e ouvi falar que o príncipe foi expulso do palácio, só Deus sabe o que aconteceu, mas coisa boa não deve render para nós do povo humilde, a polícia deve estar zanzando pelos charcos conferindo identidades e fazendo todos soprarem aqueles balões imensos...'

Pensei comigo mesmo que ela estava confundindo diversas questões diferentes, mas meu Deus! era quente e fornida. Ainda assim eu a achei bem esquisita e cometi o erro de comentar isso em voz alta.

'Meu senhor', ela respondeu, 'se eu fosse você não me aventuraria a opinar sobre o que é ou não esquisito', e seguiu advertindo que se eu continuasse com aquelas impertinências ela cometeria um desvario. Em seguida caiu no sono, e eu voltei a me deitar no chão. Não era uma criança, isso eu constatei, mas uma mulher bem pequenina. Um trasgo."

O Rei deseja que você saiba, Hannahbella, que esse trecho o comove em especial e que ele não consegue efetuar a leitura sem se ver obrigado a consumir rapé de forma muito violenta. Vale o mesmo para o seguinte:

"Sendo bem preciso, o que é um jumento? Como devem imaginar, pesquisei essa questão. Minha *Larousse* abordava o tema com muita delicadeza, como se os editores considerassem o assunto embaraçoso, mas rendeu duas observações relevantes: que os jumentos tiveram origem na África e que eles, ou nós, somos 'resultado de inúmeros cruzamentos'. Isso ressalta que os envolvidos na concepção não combinam, e no caso de meus régios genitores isso era uma verdade retumbante. O alarido de suas brigas calamitosas alcançava todos os cantos do palácio, em todas as estações do ano. Minha mãe me batizou de Sarmento (a semelhança com 'jumento' é clara) e se encolhia em acessos de espasmos sempre que, em minha inocência juvenil, eu oferecia o rosto para ganhar um beijo. Meu pai, por sua vez, não raro conseguia se obrigar a fazer cafuné entre minhas longas e delgadas orelhas, mas suspeito que só conseguia isso graças a um exercício de imaginação, como se acarinhasse um de seus cães de caça, os quais, a propósito, permaneceram firmes em sua ambivalência ao meu respeito mesmo após um longo convívio.

Expliquei parte disso tudo a Hannahbella, pois esse era o nome do trasgo, suprimindo especialmente o fato de eu ser um príncipe. Ela, por sua vez, ofereceu o seguinte relato acerca de si mesma. Era de fato um trasgo, um semiespírito que a opinião geral reputava dotado de mau caráter. Pura calúnia, segundo ela, e suas próprias qualidades elevadas me persuadiriam sem demora. Afirmou que vinha de uma linhagem feminina absolutamente perfeita e que não havia, dentro das fronteiras do reino, outra mulher tão bonita quanto ela, como já tinha se cansado de ouvir. Admitiu que sim, não contava com uma estatura normal e que poderia mesmo ser chamada de pequena, ou até minúscula, mas aqueles que se incomodavam com isso não passavam de broncos e tolos que poderiam ser mais úteis caso fossem mergulhados em chumbo para o entretenimento da população rural. Em termos de hierarquia e precedência, o mais ignóbil dos trasgos superava o mais grandioso dos reis, embora ela reconhecesse que os reis desta terra jamais admitiriam esse fato, e em seu solipsismo caduco seguiriam se comportando como se trasgos nem ao menos existissem. E será que eu gostaria de vê-la inteiramente desnuda, de modo a quem sabe obter alguma noção rudimentar sobre a verdadeira natureza do sublime?

Ora, eu não me importaria nem um pouco. Ela tinha formas magníficas, isso era evidente, e contava também com o fascínio exercido por qualquer miniatura perfeita. Respondi contudo: 'Não, obrigado. Talvez outro dia, está fazendo um pouco de frio agora cedo.'

'Só os seios, então', ela sugeriu, 'são de uma beleza assombrosa', e antes que eu pudesse me negar mais uma vez, ela despiu bruscamente a minúscula camisa de boneca. Eu a abotoei novamente vertendo cataratas de elogios exuberantes. 'Sim', ela concordou, 'eu sou assim por inteiro, maravilhosa".'

O Rei é incapaz de reler esse trecho, Hannahbella, sem se desmanchar em lágrimas. O mundo, segundo ele, é uma selva, a civilização uma insensatez que compartilhamos de comum acordo com os outros. Ele chegou a uma idade em que está imune a surpresas, mas ainda assim anseia por elas. Sente falta das conversas que tinha com você nas altas horas da madrugada, ele com o recatado manto de arminho, você como sempre vestida de forma singela com uma túnica escarlate, muito bem assentada, uma ceia modesta de frango, frutas e vinho no aparador, apenas vocês dois acordados em todo o palácio às quatro horas da matina. A acusação de evasão fiscal contra você foi retirada. Segundo o Rei, foi uma iniciativa apressada e irrefletida, até mesmo rancorosa. Ele está arrependido.

O Rei pergunta se os seguintes parágrafos da autobiografia estão de acordo com suas próprias recordações: "Ela então começou, enquanto avançamos juntos pela estrada (uma coruja se fingindo de ausente em um galho de árvore à nossa esquerda, um riachinho estalando e rosnando à nossa direita), me explicando que a administração de meu pai sobre o reino deixava muito a desejar, do ponto de vista dos trasgos, em especial a insistência ensandecida em rechear as florestas com barulhentos cães farejadores de trufas. Em pé, ela batia um palmo acima da minha cintura; o cabelo era castanho, com mechas douradas; os quadris de fêmea encerrados dentro de calças pardas. 'Sarmento', ela disse, espetando minha panturrilha com as unhas pontiagudas, 'você sabe o que esse homem fez? Simplesmente arruinou, arruinou por inteiro, o Charco das Perneiras com uma imensa e escandalosa usina elétrica, produtora de uma coisa que sei lá quem neste mundo poderia achar útil. Acho que se chamam volts. Quinhentos e vinte hectares de charco de primeira foram pavimentados. Nós, trasgos, estamos ficando com uma mão na frente e a outra atrás'. Senti um ímpeto repentino de beijá-la, parecia tão furiosa, mas não fiz coisa alguma, sendo meu histórico nesse aspecto, como já mencionei, desditoso.

'Sarmento, *você não está me ouvindo!*' Hannahbella enumerava as coisas mais interessantes a respeito dos trasgos, que incluíam o fato de em sua maior parte eles não terem o menor contato com humanos, ou não semiespíritos; que embora a mim ela parecesse pequena, era alta para um trasgo, até majestosa; que havia um tipo de oceano de sangue superior ao sangue real, e era o sangue de trasgo; que os trasgos não possuíam nenhum tipo de poder mágico, a despeito do que se dizia por aí ao seu respeito; que os trasgos eram os melhores amantes do mundo inteiro, não importa que categoria de criatura estivesse em pauta, fossem animais, vegetais ou insetos; que não era verdade que os trasgos derrubavam tigelas de mingau das mesas de gente pobre mas honrada nem que faziam as vacas dos camponeses engravidarem de peixes enormes por pura galhofa; que os trasgos fêmeas eram os parceiros sexuais mais satisfatórios dentre qualquer espécie de criatura que pudesse ser imaginada e nutriam uma atração especial por criaturas grandes e avantajadas com orelhas de jumento, por exemplo; e que à nossa frente na estrada havia algo a que talvez, quem sabe, fosse sensato prestar atenção.

Ela estava certa. Cem metros à nossa frente, postado de través na estrada, havia um exército".

O Rei, Hannahbella, está arrependido de ter declarado, na revista *Oio*, que você tem dois cérebros e nenhum coração. Ele achou que estava falando em *off*, mas como você sabe, todos os repórteres são canalhas que não merecem confiança. Ele pede que você leve em conta que a *Oio* teve sua publicação suspensa e que se recorde de que ela não era lida por ninguém exceto serviçais e membros mais insignificantes do baixo clero. Ele está disposto a condecorá-la, caso você volte, com a medalha que você desejar — lembre-se de que nossas medalhas são as mais deslumbrantes. Na página setenta e cinco do artigo, ele solicita com a maior humildade que o trecho "pretensão monstruosa alimentada por um ego insaciável e ainda pueril" seja trocado por uma construção mais afável qualquer, à sua escolha.

A autobiografia do Rei, em capítulos já redigidos, mas que não anexei, prossegue relatando como você e ele juntos, através de um sagaz estratagema que você criou, subjugaram o exército que barrava seu caminho naquele dia há muito, muito tempo; como vocês dois viajaram juntos por muitas semanas e descobriram que suas almas, em essência, eram a mesma alma; os métodos astutos que você empregou para colocá-lo no trono quando da morte do pai dele, contra a oposição armada do Partido da Flor-de-Lis; e as muitas campanhas subsequentes que vocês enfrentaram juntos, montados no mesmo cavalo, sua armadura se chocando contra a armadura dele. A autobiografia do Rei, Hannahbella, se estenderá por diversos volumes, mas ele não se sente capaz de escrever o final da história sem você.

O Rei sente que a desavença a respeito da questão dos refugiados de Brísia resultou de um equívoco da parte dele. Ele não tinha como saber, segundo ele, que possuíam sangue de trasgo (embora admita que o fato de terem pouca estatura deveria ter servido de alerta). Trocar os refugiados de Brísia pelos vinte e três bispos de Ho capturados durante o incidente foi, segundo ele em retrospecto, um grave erro; sempre se pode ordenar mais bispos. Ele chama a atenção para o fato de você não ter informado que os refugiados de Brísia tinham sangue de trasgo, mas em vez disso ter presumido que ele soubesse. Sua indignação, na opinião dele, foi um pretexto. O Rei ao mesmo tempo lhe perdoa e implora seu perdão. A cátedra de filosofia militar da universidade é sua, caso queira. Você o amava, segundo ele, que está convencido disso, que ainda não consegue acreditar, que vive em dúvida perene. Vocês dois estão velhos; vocês dois estão com quarenta anos. O palácio às quatro da matina está em silêncio. Volte, Hannahbella, e fale com ele.

MANDÍBULAS

Como William vai conseguir provar a Natasha que ainda a ama? Tento solucionar mentalmente esse problema enquanto confiro os recibos, providencio a descarga dos imensos caminhões de fornecedores estacionados em fila dupla e lido com todas as pessoas que trazem latas de alumínio para reembolso. Benny, um guarda municipal negro que pediu um sanduíche quente de pastrami com mostarda no pão de centeio em nosso setor de delicatéssen e precisou sair correndo para atender um chamado, agora está comendo o sanduíche quente de pastrami e me contando sobre uma mulher dependurada de uma janela de sexto andar na Segunda Avenida, que nem ele nem o parceiro conseguiram alcançar. "Não tinha jeito de ela voltar para dentro", diz Benny. "Aí eu falei: então vai fundo e voa, maluquete. Eu não devia ter dito isso. Cometi um erro."

Entendo como isso pode ter acontecido. É bem provável que essa mulher quisesse mergulhar de cabeça na Segunda Avenida e arruinar a reputação da Guarda Municipal porque alguém não a amava mais. Mutilações, efetivas ou verbais, costumam ser tomadas como prova de interesse sincero em outra pessoa. No caso de William e Natasha, manifestações verbais não servem para nada. São tantas as frases terríveis que pairam no ar envenenado que envolve ambos, frases sobre quem está certo, frases sobre quem trabalha mais, frases sobre dinheiro e até mesmo frases sobre aparência física — as mais medonhas de todas as frases conhecidas. É por isso que Natasha morde, estou convencido. Ela está tentando dizer alguma coisa. Abre a boca para em seguida fechá-la (futilidade) no braço de William (eloquência repentina).

Como gosto de ambos, os dois me contam sobre esses incidentes e eu racionalizo e digo bem, não é tão terrível assim, talvez ela ande estressada, ou talvez ele ande estressado. Deixo de mencionar que a maioria das pessoas em Nova York sofre de estresse em algum grau e que, até onde eu sei, poucas delas mordem as outras. As pessoas sempre gostam de ouvir que estão estressadas, faz com que elas se sintam melhor. Imagina só o que sentiriam se alguém dissesse que elas não estão estressadas.

Natasha é uma mulher pequena, com cabelo escuro e um rosto sério e preocupado. Bons dentes. Usa calças e camisas no estilo Canal Street-West Broadway e acho que tem vinte e seis anos. Faz três anos que a conheci, quando ela veio até meu pequeno cubículo no supermercado A&P da esquina da Rua Doze com a Sétima Avenida para descontar um cheque, endossado por William. Ela não tinha como apresentar o documento exigido, é claro, porque ela não era William. Mas estava tão constrangida com a situação que eu concluí que se tratava de uma pessoa decente. "Ele é meio esquisito com dinheiro", ela me disse, e quem ficou constrangido fui *eu*. Qual é a desse cara?, pensei. Imaginei que devia ser algum tipo de monstro, mas não a ponto de meter medo. Até que um dia ele mesmo apareceu para descontar um cheque. "Por que você não inclui sua esposa na conta?", perguntei. "Eu desconto os cheques dela porque a gente se conhece, mas às vezes não estou por aqui. E além disso ela deve ter problemas em outros lugares. Mas não estou querendo dizer como você deve levar sua vida, entenda."

William corou. Uma coisa rara de se ver no A&P da Rua Doze. Ele estava de terno, um terno cinza de risca da Barney's, e dava para ver que tinha acabado de sair do trabalho. "Ela costuma gastar mais do que pode", contou. "Não é culpa dela. Nasceu rica e nunca conseguiu abandonar os hábitos de gente endinheirada, mesmo quando se casou comigo. Quando tínhamos uma conta conjunta, ela nunca anotava o valor dos cheques nos canhotos. Por causa disso a gente vivia no vermelho, acabei encerrando a conta e agora fazemos assim."

Quando Natasha descobriu o caso de William com a garota do escritório, ou melhor, com a mulher do escritório, veio direto me ver e contou tudo. "Foi no piquenique do escritório no Central Park", disse. "Todo mundo estava jogando badminton, sabe? Todos descalços. William estava jogando e eu percebi que ele estava com fita *silver tape* enrolada no dedão. Ele disse que tinha se cortado. William usa *silver tape* para tudo. Dá para dizer que a nossa casa só está de pé graças a *silver tape*. Um pouco depois eu percebi uma garota bem bonita jogando com eles, com *silver tape* no tornozelo. Tinha arranhado o tornozelo. Daí na mesma hora as coisas ficaram muito claras. Botei ele na parede, admitiu tudo. E foi isso."

Bem, romance também faz parte dos supermercados A&P. Somos uma organização antiga e sábia, e já vimos de tudo. O nome da rede não é *The Great Atlantic and Pacific* a troco de nada, nós contemos multidões e às vezes pessoas trocam olhares diante de pedaços de coelho congelado e a pipa levanta voo, por assim dizer. Recomendei clemência. "Não pegue muito pesado com ele", aconselhei. "William claramente pisou na bola, e isso deixa você em vantagem. Não dê sermão, não faça ameaças nem abra o berreiro. Seu método precisa ser a compreensão calma e racional. Em termos políticos, você está isolada na dianteira. Tenha isso em mente ao agir."

Acho que foi um conselho perspicaz do ponto de vista psicológico. Era o melhor que eu tinha para oferecer. E o que ela fez? Mordeu ele de novo. No ombro, no chuveiro. Ele estava no chuveiro, segundo me contou mais tarde, e de repente sentiu uma dor horrível no ombro esquerdo, e dessa vez ela tirou sangue. Ela só parou de morder quando levou um murro no quadril. "Foi a única vez que bati nela", William jurou. Derramou Johnnie Walker Black em cima da ferida, que depois cobriu com *silver tape*, e se mudou para o Mohawk Motor Inn, na Décima Avenida.

William não apenas não provou a Natasha que ainda a ama como a afastou ainda mais por causa da história com Patricia, que ele não vê mais, pelo menos não a sós. Além disso, faz uma semana que ele está no Mohawk Motor Inn, e isso acaba com qualquer um. Nada tem mais eficácia em destruir um homem acostumado a algum grau de felicidade doméstica do que passar uma semana hospedado em um Motor Inn, por mais simpático que seja o estabelecimento. De manhã William sai do Mohawk e vem até aqui para comer um bagel com *cream cheese* temperado com endro e saber se Natasha deu as caras. Eu preciso ser, e tenho sido, rigorosamente imparcial. "Ela veio", informo. "Hoje vai desossar um pernil de cordeiro. Depois marinar por seis horas em *shoyu* e champanhe. Não me parece uma boa ideia usar champanhe, mas ela pegou a receita não sei onde..."

"Com a irmã dela", diz William. "Danni coloca champanhe até em pão de cachorro-quente. O que você acha, Rex?"

"Vá para casa", aconselho. "Elogie o cordeiro."

"Como vou saber se a próxima não vai ser na medula?"

"Bem difícil de alcançar. Acho que nem chegaria perto."

"É como se eu estivesse casado com um bicho."

"Nossa natureza animal faz parte de nós, e nós fazemos parte dela."

Aí ele volta para o apartamento dos dois na Charles Street e ambos compartilham uma noite festiva, com o cordeiro e à luz de velas. Vão juntos para a cama e no meio da noite ela o morde na parte de trás da perna, cortando um tendão logo acima do joelho. Uma legítima mordida de gorila. Não consigo entender. Uma mulher tão gentil, além de bonita.

"Você não pode ficar a vida toda com essa história de mordidas", digo a Natasha. Ela acaba de visitar William em um quarto semiprivativo do hospital St. Vincent's.

"Diz a fisioterapeuta que ele vai ficar meio manco", ela anuncia, "para sempre. Como eu fiz uma coisa dessas?"

"Paixão, imagino. Emoção desenfreada."

"Será que um dia ele volta a falar comigo?"

"Ele falou alguma coisa no hospital?"

"Disse que a comida era uma porcaria."

"É um começo".

"Ele não sente mais nada por mim. Eu sei."

"Ele sempre volta. Mesmo mordido. Acho que isso prova alguma coisa."

"Pode ser."

Não acredito que somos aquilo que fazemos, ainda que muitos pensadores afirmem o contrário. Acredito que aquilo que fazemos é, na maioria dos casos, um indicador sofrível daquilo que somos — uma manifestação imperfeita de uma totalidade muito superior. Até os melhores dentre nós às vezes mordem, por assim dizer, mais do que conseguem mastigar. Quando Natasha morde William, está dizendo a ele apenas uma parte do que gostaria. Está dizendo *William! Acorda! Lembra!* Mas isso se perde em meio à confusão mental causada pela dor, a dor dele. Estou tentando ajudar. Entrego a Natasha um saco de papel cheio de bagels e uma embalagem plástica de *cream cheese* com cebolinha-branca para levar para William, e para ela dou um formulário da rede de supermercados A&P para descontar cheques, com minha aprovação já rubricada no canto superior direito. Torço para que no fim tudo acabe dando certo entre os dois. Nossa organização oferece todo o apoio.

CONVERSAS COM GOETHE

13 de novembro de 1823
Hoje à noite eu caminhava com Goethe do teatro para casa quando vimos um garotinho vestido com um colete cor de ameixa. A juventude, disse Goethe, é a sedosa manteiga de maçã no salutar pão integral da possibilidade.

9 de dezembro de 1823
Goethe tinha me enviado um convite para jantar. Quando entrei na sala de estar encontrei-o aquecendo as mãos diante de uma agradável lareira. Debatemos com certa minúcia a refeição vindoura, pois o respectivo planejamento havia lhe proporcionado uma reflexão fervorosa e ele estava bastante otimista em relação aos resultados esperados, que incluíam moleja à moda francesa com raiz de aipo e páprica. O alimento, Goethe disse, é o círio mais alto no áureo candelabro da existência.

11 de janeiro de 1824
Jantar a sós com Goethe. Goethe disse: "Agora vou confidenciar a você algumas de minhas ideias a respeito da música, algo que há muitos anos venho ponderando. Você deve ter percebido que embora certos membros do reino animal produzam uma espécie de música — falamos que os pássaros 'cantam', correto? — nenhum animal por nós conhecido toma parte de algo que se pode definir

como uma exibição musical organizada. Somente o homem faz isso. Andei pensando a respeito dos grilos — tentando decidir se sua cacofonia noturna poderia ser encarada sob este viés, como uma espécie de exibição deliberada, ainda que pouco significativa aos nossos ouvidos. Questionei Humboldt a esse respeito, e Humboldt respondeu achar que não, que isso não passa de uma espécie de cacoete da parte dos grilos. A grande questão aqui, a questão que eu talvez escolha ampliar em alguma obra futura, não é o fato de os membros do reino animal não se dedicarem entusiasmados a essa modalidade musical, mas sim o fato de o homem fazer isso, para conforto e glória eternos de sua alma."

A música, disse Goethe, é a mandioca congelada no isopor com gelo da História.

22 de março de 1824

Goethe ansiava por conhecer um jovem inglês, um certo tenente Whitby, na época, em Weimar a negócios. Conduzi este cavalheiro até a casa de Goethe, onde ele nos saudou de forma deveras cordial e ofereceu vinho e biscoitos. O inglês, disse Goethe, é um idioma esplêndido em todos os aspectos, que por muitos anos lhe proporcionou um imensíssimo prazer. Adquiriu fluência muito cedo, segundo nos contou, de modo a poder saborear as alegrias e intensidades dramáticas de Shakespeare, ao qual autor nenhum no mundo, antes ou depois, poderia ser comparado com justiça. Estávamos com um ânimo deveras agradável e seguimos debatendo os feitos dos compatriotas do jovem inglês até bem tarde. Os ingleses, disse Goethe ao se despedir, são o reluzente verniz castanho na triste penteadeira da civilização. O tenente Whitby corou visivelmente.

7 de abril de 1824
Quando adentrei a casa de Goethe ao meio-dia, avistei no saguão uma encomenda ainda no embrulho. "Tem ideia do que se trata?", perguntou Goethe com um sorriso. Não consegui de maneira alguma decifrar o conteúdo do embrulho, cujas formas eram deveras excêntricas. Goethe explicou que era uma escultura, um presente do amigo Van den Broot, o artista holandês. Desembrulhou a encomenda com o maior cuidado, e a admiração tomou conta de mim quando a nobre imagem que ela continha foi revelada: uma representação em bronze de uma jovem vestida como Diana, o arco retesado com uma flecha pronta para o disparo. Juntos admiramos a perfeição da forma e a delicadeza dos detalhes, acima de tudo a aura indefinível de espiritualidade irradiada pela obra. "Realmente espantoso!", exclamou Goethe, e não perdi tempo em concordar. A arte, disse Goethe, são os juros de quatro por cento no título de crédito municipal da vida. Ficou muito satisfeito com essa observação e a repetiu inúmeras vezes.

18 de junho de 1824
Goethe andava passando por grandes apuros no teatro com determinada atriz, uma pessoa que reputava seu próprio conceito de como o papel deveria ser encenado sobrepondo-se às determinações do próprio Goethe. "Já não basta", ele afirmou, suspirando, "eu ter precisado fazer pantomimas de cada um dos gestos para essa infeliz criatura, de modo que nada tenha ficado sem esmiuçar nessa personagem que eu mesmo criei, a quem minha vontade concedeu vida. Ela insiste no que denomina sua 'interpretação', a qual está arruinando a peça". Seguiu enumerando os aborrecimentos de gerenciar um teatro, até mesmo o melhor de todos, e os detalhes exaustivos que precisam ser observados, cada mínima coisa, para que as apresentações sejam dignas de um público exigente. Os atores, disse ele,

são os carunchos escoceses no porco salgado do esforço honesto. Meu amor por ele se tornou maior do que nunca, e nos despedimos com um afetuoso aperto de mão.

1º de setembro de 1824
Hoje Goethe dirigiu vitupérios contra alguns críticos que, segundo ele, estavam completamente equivocados a respeito de Lessing. Fez um discurso comovente sobre como tamanha obtusidade havia tornado em parte amargos os últimos anos de Lessing, e especulou que a ferocidade dos ataques era maior que a normal porque Lessing era ao mesmo tempo crítico e dramaturgo. Os críticos, afirmou Goethe, são o espelho trincado no imponente salão de baile do espírito criativo. Não, disse eu, eles estão mais para o excesso de bagagem no grande cabriolé do progresso conceitual. "Eckermann", disse Goethe, *"cala essa boca."*

AFEIÇÃO

Como quer preparar esse peixe? Como quer preparar esse peixe?, perguntou Harris.

Hein?

Claire ouviu: Como quer preparar esse peixe?

Empanado, ela respondeu.

Certo, disse Harris.

Hein?

Certo!

Faz trezentas noites que não dormimos juntos, ela pensou. Faz trezentas noites que não dormimos juntos.

As mãos dele, grosseiras e ternas, nunca mais envolveram o meu corpo.

Cortador de grama. As mãos dele, grosseiras e ternas, envolvendo as alavancas do cortador de grama. Não o meu corpo.

Hein?

Onde você enfiou a farinha de rosca?

Hein?

Farinha de rosca!

Atrás dos sucrilhos!

Claire telefonou para a mãe. Os conselhos da mãe eram lugares--comuns, via de regra, mas com quem mais Claire poderia conversar?

Hein?

Você precisa ser otimista. Ser ser ser. Otimista.

Hein?
Otimista, a mãe repetiu, eles passam por fases. Quando vão ficando velhos. Toleram menos a monotonia.
Eu sou a monotonia?
Eles passam por fases. Quando vão ficando velhos. Gostam de imaginar que têm o futuro pela frente. Uma ideia ridícula, é claro...
Oh oh oh oh.
Uma ideia ridícula, é claro, mas nunca conheci algum que não pensasse assim até ficar decrépito, aí eles se afundam numa indiferença cômoda e começam a usar aqueles chapéus horrorosos de velho caduco...
Hein?
Aquelas viseiras de plástico verde, aqueles bonés de golfe ou sei lá que nome tem aquilo...
Harris, disse Claire ao marido, você parou de regar as plantas.
Hein?
Você parou de regar as plantas minha mãe sempre disse que quando eles param de regar as plantas é sinal certeiro de que o casamento vai entrar em colapso.
Sua mãe lê demais.
Hein?
Sarah decidiu que ela e Harris deveriam parar de dormir juntos. Harris perguntou: Mas e abraços?
Hein?
Abraços.
Sarah informou que dentro de alguns dias chegaria a uma decisão sobre abraços e que ele deveria aguardar informações adicionais. Baixou a mantilha de renda negra para cobrir o rosto enquanto saíam da igreja vazia.
Eu fiz a coisa certa, a coisa certa. Estou certa.

Claire entrou vestida com seu casaco marrom e carregando um grande saco de papel pardo. Olha o que eu comprei!, exclamou empolgada.

Hein?, perguntou Harris.

Ela enfiou a mão no saco e retirou uma bandeja plástica manchada de gordura contendo seis entrecôtes congelados. Os bifes pareciam ter morrido no século dezenove.

Seis dólares!, exclamou Claire. Um sujeito apareceu na lavanderia e contou que fazia entregas para restaurantes e alguns dos restaurantes já tinham bifes suficientes e agora ele tinha alguns sobrando e que só custavam seis dólares. Seis dólares.

Você gastou seis dólares *nisso*?

Outras pessoas também compraram.

Bifes roubados, cheios de doenças?

Ele estava com um avental branco, Claire protestou. E tinha uma caminhonete.

Pode apostar que ele tinha uma caminhonete.

Harris foi até Madame Olympia, cartomante e conselheira. Ela atendia em um quarto numa região perigosa da cidade. Asas de frango queimavam dentro de uma frigideira sobre o fogão. Ela se levantou e apagou a boca do fogão, depois se levantou e voltou a acender. Usava uma camiseta com a inscrição "Buffalo, Cidade Sem Ilusões".

Fale sobre você, ela pediu.

Minha vida é um inferno, respondeu Harris. E resumiu a situação.

Essas coisas me matam de tédio, comentou Madame Olympia. Me matam, me matam.

Pois é, disse Harris, me matam também.

A mulher acorda no meio da noite, disse Madame Olympia, e pergunta: no que você está pensando? Você responde: no câmbio. Ela pergunta: vamos ganhar dinheiro com o câmbio ou não? Você responde: depende do que acontecer na quarta-feira. Ela diz: que ótimo. Você diz: o que você quer dizer com isso, você não entende *picas* de câmbio, mulher. Ela diz: também não precisa ser grosso. Você diz: eu *não* estou sendo grosso, é que você não *entende*, só isso. Ela diz: então por que você não me explica? Por trás disso tudo, de ambas as partes, outras motivações.

O câmbio é um *segredo*, disse Harris. Muitos *homens* nem sabem que existe o câmbio.

Me matam me matam me matam.

Certo, disse Harris. Quanto eu devo?

Cinquenta dólares.

Cochichos na comunidade: Ainda estão vivos? Quantas vezes por semana? Que símbolo é esse no peito? Eles aceitaram assinar? Eles se recusaram a assinar? Na chuva? Diante da fogueira? Houve perda de peso? Quantos quilos? Qual a cor favorita deles? Sofreram auditoria? Ele tinha o lado dele na cama e ela tinha o lado dela na cama? Ela mesma fez? Podemos provar? Roubaram dinheiro? Roubaram selos? Ele sabe cavalgar? Sabe montar um novilho? Quanto tempo ele aguenta num rodeio? Envolve dinheiro? Envolvia dinheiro? O que aconteceu com o dinheiro? O que vai acontecer com o dinheiro? O sucesso chegou cedo ou tarde? O sucesso chegou? Uma peruca vermelha? Na Sociedade Beneficente Feminina? Vestido vermelho e peruca vermelha? Ela por acaso foi fauvista? É uma posição teórica ou real? Eles fariam de novo? E de novo, e de novo? Quantas vezes? Mil vezes?

Claire conheceu Papai Profiterole, uma pessoa nova. Era o pianista oficial do Bells, clube frequentado nos inícios de tarde por mulheres desamparadas.

Era um homem imenso e disse ser uma lenda viva.

Hein?

Lenda viva, ele disse.

Não fui eu que batizei assim o "*Blues* do Papai Profiterole", explicou. Ele ganhou esse nome do povo de Chicago.

Minha nossa minha nossa minha nossa, disse Claire.

Deve ter sido lá por mil novecentos e vinte um, vinte dois, ele disse.

Uma época excelente.

Naquela época havia outro homem com fama semelhante à minha.

Um sujeito chamado Capim Vermelho. Ele já morreu.

Ele era muito bom, me assustou um pouco.

Estudei ele de perto.

Tive duas ou três crises graças a essa situação.

Suei muito e deixei ele para trás em mil novecentos e vinte e três. Em junho desse ano.

Uau, disse Claire.

Zum, cantou Papai Profiterole, zum zum zum zum *zum*.

Seis notas perfeitas de contrabaixo na caçapa.

Sarah telefona para Harris da clínica em Detroit e o deixa arrasado com a notícia do "aborto espontâneo". Entristecido pela perda do bebê, ainda assim fica eufórico por se ver livre da "obrigação". Quando Harris corre para declarar seu amor por Claire, porém, fica destruído ao descobrir que ela se casou com Sarah. Apostando, contra todos os indícios de que Harris ficará com ela, Sarah retorna. Harris está de ressaca por ter bebido demais na noite anterior quando Sarah exige saber se ele quer ficar com ela. Incapaz a princípio de decidir, cede ao desamparo fingido de Sarah e pede a ela que fique. Mais tarde partilham de um jantar agradável no Riverboat, onde Claire é garçonete. Harris se impressiona ao descobrir que Sarah se negou a participar do plano da mãe dele para o impedir de virar policial. Claire está abraçando Harris antes da partida quando Sarah entra no escritório. Quando Harris é pego furtando em uma loja, a irmã caçula de Claire, apavorada com a perspectiva de comparecer diante de um juiz, assina seu alvará de soltura. Com uma saudade terrível de Sarah, Harris telefona para ela de Nova Orleans; quando ela conta que se tornou presidente do novo banco de Claire ele desliga, irritado. Ainda que tenham se separado, os sentimentos dele por Claire não morreram por inteiro, e o crescente envolvimento dela com Sarah, a nova parceira de Harris, é uma ocorrência dura de engolir para ele, sentado ali no gabinete de Sarah e exagerando no conhaque. Sarah explode de fúria ao encontrar Claire no serviço de banquete do hotel cuidando dos preparativos para o jantar em homenagem a Harris, enquanto Sarah, com a perna direita engessada, sobe os degraus do prédio de arenito pardo e esmurra a campainha de Claire, chamas da ira visíveis nos olhos.

Sarah foi a uma consulta com o dr. Whorf, um bom psiquiatra.
Fria como a *morte,* ela disse.
Hein?
Fria como a *morte.*
Bom comportamento costuma ser doloroso, disse o dr. Whorf. Porra, isso você sabe.
Sarah ficou surpresa ao perceber a verdade absoluta do que tinha acabado de relatar ao dr. Whorf. Estava mesmo completamente infeliz.
Harris bêbado mais uma vez e aos gritos para Claire disse que não estava bêbado.
Eu me sinto pior do que você, ela disse.
Hein?
Pior, ela disse, piiiooooooorrr.

Sabe o que eu vi hoje cedo?, ele perguntou. Às oito da manhã. Estava dando uma volta na rua.

O sujeito saiu de casa usando terno e carregando uma maleta 007. Estava indo trabalhar, certo? Deu uns dez passos na calçada e uma mulher apareceu. Saindo da mesma casa.

Ela disse: "James?"

Ele se virou e caminhou até ela.

Ela estava usando um roupão. Cor-de-rosa e laranja.

Ela disse: "James, *eu... te... odeio.*"

Quem sabe é generalizado, disse Claire. Uma pandemia.

Acho que não, disse Harris.

Esta é a cabine telefônica mais imunda em que já entrei, Harris disse a Sarah.

Hein?

A *cabine telefônica mais imunda* em que já entrei.

Desliga querido desliga e procura outra cabine obrigada pelas joias e pérolas e esmeraldas e ônix mas eu não mudei de ideia elas são muito bonitas, maravilhosas mesmo, mas eu não mudei de ideia você é tão bom, mas eu fiz a coisa certa por mais doloroso que seja e eu não mudei de ideia...

Ele se lembrou dela parada diante da pasta de dentes, o rosto a cinco centímetros da pasta de dentes porque ela não enxergava nada sem as lentes de contato.

Segundo Freud, disse Claire, no adulto a precondição do orgasmo é sempre a novidade.

Papai Profiterole virou o rosto.

Minha nossa puxa vida.

Sabe, na maioria das vezes nem os caras sabem muito bem o que querem.

E quando descobrem?

Na última hora deixa eu tocar uma coisinha que compus no início do século e batizei de "Verklärte Nacht" que significa "Clima revolto" em alemão, eu toquei em Berlim lá por...

Claire envolveu Papai Profiterole nos braços e o abraçou até ele cuspir fora todo o recheio.

Hein?
Hein?
Hein?
Hein?

Por um golpe de sorte, Harris ganhou uma bolada no mercado. Comprou uma linda opala negra para Claire. Ela ficou satisfeita.

Ele ansiava pelo futuro.

Claire continuará a ser maravilhosa.

Assim como eu, se der tudo de mim.

The New York Times continuará sendo publicado todos os dias e terei de lavar as mãos para tirar a tinta depois de terminar a leitura, todos os dias.

Hein?, Claire perguntou.

Sorria.

Hein?

Sorria.

O NOVO PROPRIETÁRIO

Quando ele veio conferir o prédio, acompanhado por um corretor de imóveis que chiava e pingava, baixamos as venezianas, diminuímos ou apagamos as luzes, atiramos pilhas de jornais e roupas sujas no piso, queimamos elásticos em cinzeiros e tocamos Buxtehude no aparelho de som — acordes trêmulos de órgão cujas vibrações faziam o gesso que estava caindo do teto cair mais rápido. O novo proprietário ficou de perfil e se recusou a apertar nossas mãos ou até mesmo a falar conosco, era um rapaz alto e magro com terno de fio cardado e um envelope pardo enorme debaixo do braço. Mostramos o gesso, as fissuras nas paredes, os tetos caindo aos pedaços, as infiltrações. Mesmo assim ele fechou negócio.

Não perdeu tempo e começou a enfiar pequenos boletos de aluguel nas caixas de correio, um dois três quatro. Em dezesseis anos nunca recebemos boletos de aluguel, mas agora estamos recebendo. Ele aumentou o aluguel e reduziu o aquecimento. O novo proprietário se esgueira para dentro do prédio à noite e leva o carvão embora. Ele nos quer fora, fora dali. Se fôssemos embora os aluguéis do prédio não teriam mais valores tabelados. Subiriam até a estratosfera como balões de ar quente.

Nada de bicicletas nos corredores, anuncia o novo proprietário. Nada de carrinhos de compras nos corredores. Meus corredores.

O novo proprietário fica de perfil na rua diante do nosso prédio. Olha para um lado e para outro da rua — esta rua estupenda onde ao longo de décadas nossos amigos e vizinhos viveram na santa paz cristã, judaica e, em alguns casos, islâmica. O novo proprietário está redigindo mentalmente os futuros anúncios de apartamentos vagos.

O novo proprietário demite o antigo zelador, apenas porque o antigo zelador é um bêbado apalermado, viúvo, indolente, negro e veterano da Guerra da Coreia com sessenta e cinco por cento de invalidez. Uma discussão aos gritos acontece no porão. O novo proprietário ameaça o antigo zelador dizendo que vai chamar a polícia. O antigo zelador fica sem as chaves do prédio. É contratado um novo zelador que não coloca o lixo na rua, não limpa os corredores e, ao que parece, não existe. Baratas passeiam animadas por todo o prédio porque o novo proprietário cancelou o serviço de dedetização. O novo proprietário nos quer fora dali.

Cochichamos através das paredes para o novo proprietário. Sai daqui! Vai ser proprietário de outra coisa! Não seja proprietário deste prédio! Que tal ir para um estado ensolarado ao sul? Que tal o Alasca, o Havaí? Navegar é preciso, novo proprietário, navegar é preciso!

O novo proprietário chega, saca as chaves e destranca o porão. O novo proprietário fica parado dentro do porão, sendo proprietário do porão com a lâmpada solitária dependurada do teto e os suvenires ligeiramente avariados dos progressos significativos de todos os nossos filhos. Está levando embora o carvão, alguns quilos de cada vez, escondido dentro do casaco, e trazendo consigo, algumas centenas de cada vez, as baratas mercenárias.

O novo proprietário fica parado no corredor com o envelope pardo debaixo do braço, sendo proprietário do corredor.

O novo proprietário quer o nosso apartamento e o apartamento de baixo, e os dois acima, e o outro acima deles. É solteiro, um rapaz alto e magro com trajes de cheviote que não tem esposa e não tem filhos, tem apenas prédios. Bloqueou o acesso ao termostato com uma caixa de plástico transparente. O envelope pardo contém orçamentos e plantas baixas e rascunhos de anúncios de apartamentos vagos e documentos da Secretaria de Aluguéis e Controle de Imóveis que falam sobre valores-base máximos para aluguéis e valores máximos dedutíveis de aluguéis e determinam em quais circunstâncias um ofício de isenção de aumento de aluguel para inquilinos idosos pode ser anulado.

Carimbos negros de mãos cobrindo todo o verde dos corredores nos pontos em que o novo proprietário andou apalpando o prédio.

O novo proprietário informou ao jovem casal amigado do andar acima do nosso (fundos) que eles estão vivendo em pecado, o que é ilegal, e que por esse motivo ele só lhes concederá um contrato mensal de renovação, para que tremam ao final de cada mês.

O novo proprietário informou aos idosos do apartamento do andar acima do nosso (frente) que ele está disposto a provar que na verdade eles não moram no apartamento, pois como são velhos não se pode dizer que realmente vivem, e assim se tornam sujeitos a uma revisão de termos relativos à expectativa máxima de vida, que caso receba a aprovação da prefeitura fará com que ele se aposse do espaço deles. Levon e Priscilla tremem.

O novo proprietário se posta no telhado, onde ficam os tomateiros, sendo proprietário do teto. Que bons ventos o carreguem para o inferno.

O SOLDADO SAPADOR PAUL KLEE EXTRAVIA UMA AERONAVE ENTRE MILBERTSHOFEN E CAMBRAI, MARÇO DE 1916

Disse Paul Klee:

"Agora fui transferido para a Força Aérea. Um sargento simpático cuidou da transferência. Julgou que eu teria um futuro melhor por aqui, com mais chances de ser promovido. Primeiro fui designado para a manutenção de aeronaves, na companhia de diversos outros trabalhadores. Não nos apresentávamos somente como pintores, mas como pintores-artistas. Isso fez algumas pessoas sacudirem a cabeça. Aplicávamos verniz nas fuselagens de madeira, corrigindo números antigos e adicionando novos com ajuda de gabaritos. Em seguida fui excluído do destacamento de pintura e designado para o serviço de transporte. Faço a escolta de aeronaves enviadas para diversas bases na Alemanha e também (até onde entendi) em territórios ocupados. Não é uma vida ruim. Passo as noites sacolejando pela Baváría (ou algo parecido) e os dias em estações de distribuição ferroviária. Sempre há pão, salsichas e cerveja nos restaurantes das estações. Quando chego a uma cidade relevante tento visitar as pinturas relevantes que existem por lá, se o tempo permite. Há sempre atrasos inesperados, trocas de rota, recuos. Por fim voltamos à base. Vejo Lily com frequência. Nossos encontros acontecem em quartos de hotel e isso é excitante. Nunca perdi uma aeronave ou fracassei em entregá-la no destino correto. A guerra parece interminável. Walden vendeu seis desenhos meus."

Disse a Polícia Secreta:

"Temos segredos. Temos muitos segredos. Queremos todos os segredos. Não temos os seus segredos e é disso que estamos atrás, dos seus segredos. Nosso primeiro segredo é onde estamos. Ninguém sabe. Nosso segundo segredo é quantos somos. Ninguém sabe. Onipresença é a nossa meta. Nem ao menos precisamos de onipresença genuína. Basta a onipresença teórica. Com a onipresença vem casada, digamos assim, a onisciência. E com onisciência e onipresença vem, muitíssimo bem casada, digamos assim, a onipotência. Somos uma valsa a três. Porém nosso estado de espírito é melancólico. Suspiramos em segredo um suspiro secreto. Ansiamos por notoriedade, reconhecimento, até mesmo admiração. De que serve a onipotência se ninguém fica sabendo? É todavia um segredo, essa mágoa. Agora estamos em todos os lugares. Um dos lugares onde estamos é aqui, vigiando o soldado sapador Klee na escolta do transporte ferroviário de três valiosas aeronaves, B.F.W. 3054/16-17-18, com peças de reposição, de Milbertshofen até Cambrai. Querem saber o que o soldado sapador Klee está fazendo neste exato momento, no vagão de carga? Está lendo um livro de contos chineses. Tirou as botas. Seus pés repousam a vinte e seis centímetros da estufa do vagão de carga."

Disse Paul Klee:

"Esses contos chineses são leves e adoráveis. Não tenho como saber se a tradução é de boa qualidade ou não. Lily vai me encontrar em nosso quarto de hotel no domingo, se eu voltar a tempo. Nosso destino é o Quinto Esquadrão de Caças. Não como nada desde cedo. O belo naco de bacon que recebi com a verba para despesas quando deixamos a base já foi ingerido. Nesta manhã, porém, uma senhora estrábica da Cruz Vermelha me ofereceu um ótimo café. Agora estamos chegando a Hohenbudberg."

Disse a Polícia Secreta:

"O soldado sapador Klee adentrou o restaurante da estação. Está saboreando um lauto almoço. Vamos nos juntar a ele."

Disse Paul Klee:

"Agora saio do restaurante da estação e caminho ao longo da fila de vagões até chegar ao vagão-plataforma que transporta as minhas aeronaves (gosto de pensar nelas como *minhas* aeronaves). Para minha surpresa e consternação, percebo que uma delas sumiu. Eram três, amarradas ao vagão-plataforma e cobertas com lona. Agora enxergo, com meu olhar treinado de pintor, que sobre o vagão-plataforma, em vez de três formas cobertas com lona, há apenas duas. Onde havia a terceira aeronave resta apenas um montinho amarrotado de lona e cordas soltas. Dou uma rápida olhada ao meu redor para ver se mais alguém havia registrado o desaparecimento da terceira aeronave."

Disse a Polícia Secreta:

"Havíamos registrado. Nosso olhar treinado de policiais registrou o fato de que onde antes houvera três aeronaves, amarradas ao vagão-plataforma e cobertas com lona, havia agora somente duas. Infelizmente estávamos no restaurante da estação, almoçando, no momento da remoção, de modo que não podemos afirmar para onde a aeronave foi levada ou quem a removeu. É algo que não sabemos. Isso é extremamente irritante. Observamos com atenção o soldado sapador Klee para determinar que ação ele tomará durante a emergência. Observamos que ele retira do uniforme um caderno e um lápis. Observamos que ele começa, de forma muito adequada em nossa opinião, a anotar no caderno todos os detalhes do caso."

Disse Paul Klee:

"As formas esparramadas da lona debaixo da qual estivera a aeronave, em conjunto com as cordas soltas — a lona formando colinas e vales, dobras sedutoras, as cordas, abandonadas, a mais pura essência da frouxidão —, são irresistíveis. Faço esboços por uns dez ou quinze minutos, o tempo inteiro me perguntando se eu não estaria em apuros por conta da aeronave desaparecida. Quando eu chegar à Quinta Esquadra de Caças com menos aeronaves do que está registrado no inventário de carga, não acabaria irritando alguém mais rigoroso? Será que não gritariam comigo? Terminei os esboços. Agora vou perguntar a diversos guarda-freios e funcionários da estação se viram alguém levando embora a aeronave. Se as respostas forem negativas, minha frustração será extrema. Começarei a chutar o vagão-plataforma."

Disse a Polícia Secreta:

"Frustrado, ele começou a chutar o vagão-plataforma."

Disse Paul Klee:

"Olho para o céu para ver se encontro minha aeronave por lá. No céu há diversas aeronaves dos tipos mais variados, mas nenhuma do tipo que procuro."

Disse a Polícia Secreta:

"O soldado sapador Paul Klee esquadrinha o céu — um procedimento de notável judiciosidade, em nossa opinião. Nós, a Polícia Secreta, também perscrutamos com o olhar o céu de Hohenbudberg. Mas nada encontramos. Estamos debatendo entre nós se é o caso de entrar no restaurante da estação para começar a esboçar o relatório preliminar a ser enviado para as instâncias superiores. O xis da questão, no que tange ao relatório preliminar, é que nos falta a resposta à pergunta 'Onde se encontra a aeronave?'. O dano potencial que isso causaria à onisciência teórica, bem como às nossas carreiras, determina que esse fato seja omitido do relatório preliminar. Mas se omitirmos esse fato, será que alguém mais rigoroso na Agência Central não perceberia a omissão? Será que não se irritaria? Gritaria conosco? Na Agência Central, omissões não são recompensadas. Decidimos por ora seguir observando as ações do soldado sapador Klee."

Disse Paul Klee:

"Eu, que nunca tinha perdido uma aeronave, perdi uma aeronave. A aeronave está sob meus cuidados. Se a aeronave não for encontrada, seu custo será descontado do meu soldo, já bastante miserável.

Mesmo que Walden venda centenas ou milhares de desenhos não terei dinheiro suficiente para pagar essa maldita aeronave. Seria possível, enquanto o trem permanecer na central de Hohenbudberg, eu construir uma nova aeronave ou até mesmo o simulacro de uma aeronave, sem materiais ao meu dispor ou na verdade nenhum conhecimento específico sobre construção de aeronaves? Que situação ridícula. Assim me resta somente aplicar a Razão. A solução será ditada por ela. Vou rasurar o inventário de carga. Usando minhas habilidades de pintor, que no fim das contas não diferem tanto das de um falsário, alterarei o inventário para que registre o transporte de *duas* aeronaves, B.F.W. 3054/16 e 17, para o Quinto Esquadrão de Caças. Esconderei a lona e as cordas adicionais no interior de um vagão fechado que esteja vazio — este, que segundo os indicativos tem Essigny-le-Petit como destino. Agora vou dar uma volta pela cidade e ver se encontro uma loja de chocolates. Estou louco por um chocolate."

Disse a Polícia Secreta:

"Agora observamos o soldado sapador Klee escondendo a lona e as cordas que cobriam a ex-aeronave no interior de um vagão fechado que seguirá vazio para Essigny-le-Petit. Antes disso o observamos rasurar o inventário usando suas habilidades de pintor, muito parecidas com as de um falsário. Aplaudimos tais ações do soldado sapador Klee. A contradição que enfrentávamos acerca do relatório preliminar foi assim resolvida de maneira altamente satisfatória. Estamos orgulhosos do soldado sapador Klee e da maneira determinada e viril com que lidou com a atribulação. Prevemos que terá um grande futuro. Gostaríamos de abraçá-lo como camarada e irmão, mas infelizmente não somos abraçáveis. Somos secretos, existimos nas sombras, o prazer do abraço camaradesco/fraternal é um dos prazeres negados à nossa lúgubre atividade."

Disse Paul Klee:

"Chegamos a Cambrai. As aeronaves são descarregadas, seis homens para cada uma. O trabalho logo termina. Ninguém questiona o inventário alterado. O tempo está melhorando. Depois do almoço sairei daqui para dar início à viagem de volta. Minha dispensa e minha ordem de viagem estão prontas, mas o tenente precisa aparecer para assiná-las. Espero satisfeito na sala aquecida do ordenança. Meu desenho da lona e das cordas amontoadas ficou mesmo excelente. Como um pedaço de chocolate. Lamento a aeronave perdida, mas sem exageros. A guerra é temporária. Desenhos e chocolates, todavia, são eternos."

TERMINAL

Ela aceita morar com ele por "alguns meses"; onde? Provavelmente no Hotel Terminal, próximo da Estação Central, os vagões azuis partindo para Lyon, Munique, terras longínquas... É claro que ela tem um Cartão Ouro, não, não foi esquecido na floricultura, de jeito nenhum...

Os mensageiros do Hotel Terminal acham a recém-chegada estranha, até mesmo fugidia; o cabelo tem um corte esquisito, você não diria que é esquisito? e os hábitos são mesmo estranhos, a manipulação incessante do imenso acordeão, "Malagueña" tocada repetidas vezes no horário que costuma ser reservado ao jantar...

As rosas amarelas são entregues, não, botões de orquídeas brancas, as paredes cor de creme do quarto são severas e vistosas, janelões com vista para a avenida se estendendo até o Jardim dos Anjos. De joelhos, usando uma agulha esterilizada, ela remove uma farpa do pé; ele está pensando *vestido e em sã consciência* e ela diz agora me faça dormir, estou falando sério, Foguinho...

Marcam de se encontrar em determinada esquina; quando ele chega, antes da hora combinada, ela surge da entrada de um prédio e corre ao encontro dele; faz frio, ela está vestida com o casaco preto comprido, fino demais para esse tempo; ele cede o cachecol, que ela enrola em volta da cabeça como uma *babushka*; agora me conta, ela diz, como foi que isso aconteceu?

Quando ela caminha se desengonça, ou desliza, ou derrapa, se recompõe e para com uma anca mais alta que a outra e a mão no quadril, como um caubói; tem vinte e seis anos, serviu o Exército por três, não gostou e saiu, se formou em estatística e trabalhou para uma companhia de seguros, não gostou e se apaixonou por ele e comprou o acordeão...

Difícil, ele diz, difícil, difícil, mas ela está tentando aprender "*When Irish Eyes are Smiling*", a partitura apoiada no consolo de mármore da lareira cor de creme, dentro de duas horas o psiquiatra encantador terá voltado das férias no México, que passou no mais perfeito dos pavores, conversando com aranhas...

Nua, ela se retorce nos braços dele para prestar atenção em um barulho no lado de fora da porta, um ruído de arranhadura, ela congela ao escutar; ele fica alarmado com a beleza da tensão nas costas dela, os ombros soerguidos, a cabeça inclinada, não é nada, ela se vira para olhar para ele, o que enxerga? O telefone toca, é o psiquiatra encantador (dela) tecendo loas a Cozumel, Cancún...

Ele perfura o canto do Cartão Ouro dela e o dependura em seu pescoço com uma corrente de ouro.

O que fazem nesta cidade estrangeira? Ela ensaia "Cherokee" e ele planeja o próximo passo, em cima, por fora, cruzado, em baixo... Tem uma oferta em Flagstaff e o valor é polpudo, mais uma consultoria, mas ele não quer mais fazer isso, eles notam um padre carrancudo lendo um breviário no Jardim dos Anjos, ela se senta em um banco e abre o *Financial Times* (no qual foi publicada a carta por ele enviada ao editor, que ela consome com intensa minuciosidade); só mais tarde, após uma partida de bilhar, ele começa a comentar o quanto ela é bonita, não, ela responde, não, não...

Vou ensaiar dezoito horas por dia, ela diz, parando apenas para comer um pouco de pão embebido em vinho; ele recolhe os jornais, inclusive o *Financial Times*, e forma pilhas impecáveis sobre o aquecedor cor de creme; e na primavera, ele diz, eu vou embora.

Ela está colocando a mesa e cantarolando "Vienna" de boca fechada; sim, ela diz, vai ser bom se você for embora.

TERMINAL

A paixão de um pelo outro é tão nítida que policiais acenam para eles de dentro das viaturas; o que aconteceu com a ironia dele, que supostamente deveria protegê-lo, mantê-lo vestido e em sã consciência? Amo tanto você, tanto, ela diz, e ele acredita nela, linguado ao molho de champanhe, a esposa dele está esquiando no Chile...
E enquanto você faz renda sentada ao lado da lareira, ele diz...
Ela diz nada de renda para mim, Garotão...
À noite, ele diz, sozinha, não mais me ver, que sorte a sua.
Trincas de viaturas policiais passam a toda pelo Hotel Terminal, sirenes esgoeladas...
Ninguém contou a ele que ele é um *marido*; ele não aprendeu coisa alguma com o cabelo grisalho; os graus adicionais nas lentes dos óculos não lhe serviram de lição; a animação dos assistentes do dentista não lhe fez entender o recado; ele se comporta como se *algo* ainda fosse possível; se ouvem cochichos no Hotel Terminal.
Ele decide ir para um bar e ela grita com ele, música do radinho, marchas militares, valsas militares; ela diz que está confusa, não era bem isso que ela queria dizer, o que ela queria dizer era que o capitão porteiro do Hotel Terminal tinha dito algo que ela achou insultante, algo sobre "Malagueña", não tinham sido as palavras, mas o tom...
Melhor arrumar a cama, ele diz, a cama em que você vai dormir, casta e crespa, quando eu for embora...
Sim, ela diz, sim, é isso que dizem...
Ele é magro, é verdade; não é totalmente estúpido, é verdade; parou de fumar, é verdade; ele abriu mão de dizer "me perdoe", não usa mais a frase "como eu estava dizendo", é verdade; virou mestre em gamão e em dormir com o rádio ligado; pediu desculpas pelo comentário indelicado sobre o rapaz loiro para quem ela não estava olhando... E quando uma amante pega no sono enquanto transamos com ela temos uma lição de humildade, certo?
Ele olha para a mulher adormecida; que bonita! Roça os dedos de leve nas costas dela.

O psiquiatra, duende sabido, telefona e convida os dois para a festa que acontecerá no Salão das Palmeiras do Hotel Terminal, pacientes dançarão com médicos, médicos dançarão com recepcionistas, recepcionistas dançarão com representantes farmacêuticos, um homem que conheceu Ferenczi em pessoa estará presente com um terno lustroso, em uma cadeira de rodas motorizada... Sim, diz o psiquiatra, *claro* que você pode tocar "Cherokee", e no bis qualquer coisa de Victor Herbert...

Ela, severa: não gosto de tentar entediar ninguém, Gato.

Canções de guerra em todos os corações, ela diz, por que estamos juntos?

Por outro lado, ela diz, *o que existe é mais perfeito do que o que não existe...*

É uma verdade absoluta. Ele fica atônito com a citação. No café do Hotel Terminal, segura com força a mão dela.

Pensando em comprar uma camisola nova, ela diz, talvez uma dúzia.

É?, ele responde.

Esta manhã ele assobia sem parar, escova os dentes com tequila pensando em *Genebra*, ela, morrendo de amor, o empurra contra uma parede cor de creme, mordendo seus ombros... Acordou meio zangada, foi, linda?, ele comenta, e ela responde estou mesmo prestes a ficar louca de raiva sendo tratada desse jeito, e ele diz ah, querida, e ela continua: sendo enganada desse jeito...

Caminhando a passos largos na direção do Hotel Terminal usando um sobretudo quente, ele para para comprar flores, frésias amarelas, e se pergunta o que "alguns meses" podem significar: três, oito? Ele se desapaixonou naquela manhã, sente uma distância revigorante, uma absolvição... Mas então ela o chama de *amigo* com sotaque hispânico ao receber as flores e diz *nada mal, Foguinho*, e ele se apaixona mais uma vez, para sempre. Ela se aproxima recém-saída do banho, abre o roupão. Adeus, ela diz, adeus.

A EXPERIÊNCIA EDUCACIONAL

Música saindo de algum lugar. É a obra-prima de Vivaldi, *Os semestres*. Os alunos perambulavam por entre as peças em exposição. O Rei Pescador estava por lá. Caminhamos por entre as façanhas industriais. Uma turbina a gás bem vistosa, atrás de uma corda de veludo. Os fabricantes se descreveram nos folhetos como "pacientes e otimistas". Os alunos encaravam embasbacados. Golpeá-los com cabos de machado não é mais permitido, abraçá-los e beijá-los não é mais permitido, falar com eles é permitido, mas somente em circunstâncias extraordinárias. O Rei Pescador estava por lá. Na *Patologia vigente,* de Spurry e Entemann, o Rei é descrito como "uma entidade clínica questionável". Mas Spurry e Entemann nunca colocaram as mãos nele, até onde se sabe. A transferência de informações do mundo para o olho é permitida a quem assinou juramentos de lealdade ao mundo, ao olho, à *Patologia vigente*. Seguimos adiante. As duas principais teorias da origem, o evolucionismo e o criacionismo, foram defendidas por bandos de adeptos que distribuíam buttons, balões, adesivos de para-choque, fragmentos da Vera Cruz. Nas paredes, fotografias de máscaras feitas com meia-calça. O universo visível estava indo muito bem, concluímos, bastante movimento, fluxo — vitalidade desimpedida. Fizemos os alunos somarem números estranhos, coisas do tipo 453498*23:J e 8977?22MARIA. Aquilo era parte da experiência educacional, dissemos a eles, e não chegava a ser a parte difícil — apenas uma faceta de um empenho multifacetado. Mas será maravilhoso, dissemos a eles, quando a experiência acabar, terminar, for completada. Todos vocês, dissemos a eles, serão mais bonitos do que agora, e também mais empregáveis. Compreenderão a situação como um todo; a situação como um todo compreenderá vocês. Aqui está um díodo, aprendam o que fazer com ele. Aqui está Du Guesclin, condestável da França entre 1370 e 1380 — aprendam o que fazer com ele. Um divã é tanto um assento comprido e almofadado quanto um conselho de Estado — descubram quando cada caso se aplica. É permitido consumir drogas perigosas, sem dúvida, mas apenas na sobremesa — primeiro mastiguem bem a couve-flor e comam todas as folhas verdes.

Ah, estavam adorando fazer os exercícios, e pedimos que mantivessem as caudas abaixadas enquanto se arrastavam sob o arame farpado, o arame era um cordão de citações, Tácito, Heródoto, Píndaro... Em seguida os cosmólogos da teoria do estado estacionário, Bondi, Gold e Hoyle, tiveram de ser driblados, os alunos precisavam se balançar de uma árvore a outra na Floresta Escura, fazer rapel na encosta íngreme da Merzbau, travar combate a mãos nuas contra a máquina de Van de Graaff, costurar máscaras feitas com meia-calça. Viram? Vitalidade desimpedida.

Fizemos uma pausa diante de um pulmão de ave colocado sobre um pedestal. "Mas o pulmão dos mamíferos é diferente!", eles gritaram. "Uma única tragada de ar por cada cem mil habitantes..." Algum imbecil não demoraria a exigir "ação", citando a superioridade da práxis sobre a pálida teoria. Liquidar alguém exige raciocínio, planejamento, coordenação, conforme nossa contel de 8/6/75. "Você acha que existe vida inteligente fora desta cama?", uma aluna perguntou a outra, indecisa, se estava assistindo à apresentação ou fazendo parte dela. Vitalidade desimpedida, sim, mas...

A EXPERIÊNCIA EDUCACIONAL   117

E o sargento Preston do Yukon estava por lá usando o boldrié, copulava violentamente, mas copulava com ninguém, algo sempre triste de se ver. Ainda assim era uma "tentativa válida", e nesses termos até inspiradora, uma forma de congratular o universo visível por ser o que é. O líder do grupo leu em voz alta um texto autorizado. "Comi do tímpano, bebi dos címbalos." Os alunos gritaram e entrechocaram as lanças em sinal de aprovação. Percebemos que vários deles estavam desgarrados, brincando em um canto com animais, um íbex, gado, ovelhas. Não sabíamos se o correto seria mandar que parassem ou estimulá-los a continuar. Perplexidades dessa natureza não são incomuns em nosso ramo. A coisa mais importante é a experiência educacional em si — como sobreviver a ela.

Fizemos com que avançassem da maneira mais rápida que conseguimos, mas é difícil com tantas novas regras, restrições. A Capela Perigosa se tornou uma granja de bombas, são três mil hectares de goiabas e algumas centenas de cabeças de recrutas de cara branca que ficam por ali com baldes d'água, baldes de areia. Não tínhamos permissão para fumar, isso era irritante, mas creio que necessário para preservar nossos ideais mais basilares. Depois ensinamos a grudar selos em cartas, havia uma fila de espera bem comprida na frente dessa parte do programa, lecionamos sobre fivelas de cinto, o interruptor liga/desliga e colocar o lixo na rua. É sensato não tentar muitas coisas de uma só vez — talvez não tenhamos sido sensatos.

A melhor maneira de viver é ignorando o que nos acontecerá ao fim do dia, quando o sol se põe e é preciso fazer a janta. Os alunos se encararam com sorrisos misteriosos. É detestável que nos escondam o que sentem, logo de nós, que estamos dando o máximo. O convite para ceder à emoção à custa da análise racional já constitui em si um ato político, conforme nossa contel de 9/11/75. Chegamos a um estande onde se ensinavam as lições de 1914. Havia alguns morangos silvestres por lá, na poça de sangue, e alguém tocava piano, baixinho, na poça de sangue, e o Rei Pescador pescava, inutilmente, na poça de sangue. A poça é um local de encontro popular entre os jovens, mas como não somos mais jovens avançamos com pressa. "Vem morar comigo", isso foi algo dito por alguém a outra pessoa, uma ideia bizarra rechaçada sem demora — não queremos que esse tipo de ideia se torne universal nem popular.

"O mundo é tudo que outrora era o caso"*, disse o líder do grupo, "e agora está na hora de voltar para o ônibus". Em seguida todos os guardas se aproximaram correndo e exigiram propinas. Pagamos usando cheques de viagem solúveis e torcemos por chuva, e torcemos por rodamontada, blasonaria, bufeira, bravata, fanfarra, farelo, chibança.

---

* Baseado na tradução de Luiz Henrique Lopes dos Santos para a primeira proposição do *Tractatus*, "o mundo é tudo aquilo que é o caso". (N. do T.)

BARBA-AZUL

"Nunca abra aquela porta", mandou o Barba-Azul, e eu, que conhecia sua história, assenti com a cabeça. Na verdade eu tinha uma excelente noção do que havia do outro lado da porta e nenhum interesse em abri-la. Barba-Azul então se encontrava em seu quadragésimo quinto ano, bastante vigoroso, o mal-estar que mais tarde o ceifou — debilitou, aliás — ainda não manifesto. Na primeira tentativa de pedir minha mão em casamento, meu pai, que o conhecia de vista (eram ambos clientes de Dreyer, o marchand americano), recusou-se a recebê-lo, dizendo apenas "Não se trata, creio, de uma boa ideia". Barba-Azul remeteu ao meu pai uma pequena aquarela de Poussin, um estudo para *A morte de Fócion*; a mim remeteu, com assombrosa ousadia, uma camisola negra de cetim, de qualidade singular.

Os eventos seguiram seu curso. Meu pai não conseguiu se desfazer do Poussin e logo Barba-Azul se tornou uma presença constante em nossa sala de estar, sempre com algum presente suntuoso — um par de galhetas de ouro atribuídas a Cellini, uma capa de extintor de incêndio em tapeçaria Aubusson. Admito que o achei muito atraente apesar da idade e do nariz, este último um objeto negro semelhante a uma rocha, entremeado por veios de prata, feição que eu jamais tinha visto adornar um semblante humano. A mera energia daquele homem arrebatava tudo à sua frente, e ele também era deveras ponderado. "A história da arquitetura é a história do empenho em buscar a luz", declarou certo dia. Há pouco tempo vi esse comentário ser atribuído ao suíço Le Corbusier, mas foi proferido pela primeira vez, quanto a isso não tenho dúvidas, em nossa sala de estar, enquanto Barba--Azul folheava um volume sobre Palladio. Em suma, fui conquistada; tornei-me sua sétima esposa.

"Você tentou abrir a porta?", ele me perguntou no décimo segundo mês de nosso casamento (até então) feliz. Respondi que não, que eu era desprovida de curiosidade natural e que além de tudo era obediente às proscrições válidas que meu marido resolvesse impor *vis-à-vis* à governança do lar. Isso pareceu irritá-lo. "Eu vou saber", ele disse, "se você tentar, entendeu?" Os veios de prata no nariz negro pulsaram, ricocheteando a luz do candelabro. Naquela época ele tinha em vista um projeto, um projeto que contava com todo meu apoio: o restauro da ala sul do castelo, abastardada no século dezoito por intrometidos que encobriram sua qualidade imaculada georgiana com desvarios barrocos à moda de Vanbrugh e Hawksmoor. Andando a passos largos de um lado a outro com suas enormes botas de borracha natural, vituperando contra os pedreiros trêmulos nos andaimes e os carpinteiros suados no solo, compunha no fim das contas uma bela figura masculina — uma coisa que nunca esqueci.

Eu passava os dias analisando catálogos automobilísticos (o ano era 1910). Karl Benz e Gottlieb Daimler haviam produzido máquinas capazes de grande velocidade e arrojo e eu ansiava por possuir uma delas, mesmo que fosse uma bem pequena, mas não tinha coragem de pedir ao meu marido (meu sempre generoso marido) um presente tão vultoso. Aonde eu gostaria de ir, meu marido perguntaria, e eu seria forçada a admitir que *ir a algum lugar* era um conceito estranho à nossa vida rica e plena no castelo, distante meros quarenta quilômetros de Paris, cidade que me era permitida visitar regularmente. As opiniões do meu marido acerca do casamento — antiquadas, por assim dizer — também não serviam de incentivo a vontades sem propósito definido. Se eu tivesse apresentado o faetonte de Daimler como um brinquedo, algo que me permitisse flautear à toa por nossa propriedade, algo que o habilitasse a caçoar da minha incapacidade enquanto piloto da máquina (roseirais dizimados), talvez ele tivesse, com um meneio da cabeleira abundante e viva, concedido meu desejo. Mas não fui tão inteligente.

"Você nunca vai tentar abrir a porta?", ele perguntou certa manhã enquanto tomávamos café no solário. Tinha acabado de voltar de viagem — sempre voltava de repente, de forma inesperada, um ou dois dias antes do planejado — e me trazido um relógio branco em *biscuit* Buen Retiro com dois metros de altura. Repeti o que havia dito antes: que eu não tinha interesse algum na porta ou no que havia por trás dela, e que eu devolveria de bom grado a chave de prata que ele me tinha confiado se isso lhe fosse acalmar a mente. "Não, não", ele respondeu, "fique com a chave, você precisa ter a chave". Ele refletiu por um momento. "Você é uma mulher incomum", comentou. Não entendi o que ele quis dizer com aquela observação e receio que não a tenha recebido muito bem, mas não tive tempo de protestar nem advogar minha normalidade, pois ele deixou o cômodo de repente, batendo a porta ao sair. Eu sabia que o tinha irritado de alguma forma, mas não conseguia de maneira alguma entender qual teria sido minha transgressão. Será que ele *queria* que eu abrisse a porta? Para descobrir, no cômodo protegido pela porta, dependuradas em ganchos, as carcaças lindamente trajadas das minhas seis antecessoras? Mas e se, contrariando minha opinião embasada, as carcaças lindamente trajadas das minhas seis antecessoras não estivessem por trás da porta? O que estaria ali? Naquele momento fiquei curiosa, e ao mesmo tempo, com uma parte do meu cérebro contrariando a outra, inventei de perder a chave nas proximidades do gazebo.

Eu acreditava que por trás da porta meu marido não abrigava nada além de carne putrefata, mas depois que o verme da dúvida se aninhou em minha consciência eu me tornei outra pessoa. Engatinhando no gramado verde reluzente detrás do gazebo, procurei pela chave; olhando para cima enxerguei, na janela de uma torre, aquele imenso nariz negro, com seus veios de prata, a me observar. Minhas mãos se moviam nervosas por sobre a grama espessa, e meu único consolo era pensar nas três cópias reserva que eu tinha mandado fazer no chaveiro da aldeia, um tal de M. Necker. O que havia por trás da porta? Sempre que eu tocava o carvalho grosso e entalhado desprendia um leve calafrio (embora isso possa ter tido origem em minha imaginação exaltada). Exausta, desisti da busca; Barba-Azul agora sabia que eu tinha perdido alguma coisa e poderia supor prontamente do que se tratava — o que de certo modo me era vantajoso. Ao anoitecer, da janela de uma torre, eu o avistei esquadrinhando o gramado com um ímã em formato de ferradura dependurado na ponta de uma corda.

Cuidei para que as cópias da chave fabricadas por M. Necker também fossem banhadas a prata, réplicas exatas da original em cada mínimo detalhe, e que eu pudesse sem nenhum receio apresentar uma delas ao meu marido caso ele assim o exigisse. No entanto, se ele tivesse sido bem-sucedido na busca da chave que eu havia perdido, mas escondesse de mim esse fato (e esconder estava na própria essência de sua natureza), e eu apresentasse uma das cópias como sendo a original enquanto a original estivesse no bolso dele, isso serviria de prova de que eu tinha duplicado a chave, uma gritante quebra de confiança. Eu poderia, é claro, simplesmente alegar que tinha de fato perdido a chave — isso tinha o mérito de ser verdade — e ao mesmo tempo guardar segredo sobre a existência das falsificações. Isso me pareceu a melhor escolha.

Naquela noite ele estava sentado à mesa do jantar, fatiando um ganso recheado de ameixas secas com foie gras (notei que servia as melhores partes para si), quando perguntou sem o menor preâmbulo: "Onde você conheceu Doroteo Arango, seu amante?"

Doroteo Arango, o líder revolucionário mexicano conhecido ao redor do mundo como Pancho Villa, estava de fato em Paris naquele momento, angariando fundos para sua causa sagrada e justa, mas eu havia tido pouquíssimo contato com ele e certamente ainda não era sua amante apesar de ele ele ter bolinado meus seios e tentado insinuar a mão por baixo da minha saia no encontro de 23 de julho, na casa da minha tia Thérèse Perrault no décimo sexto, ocasião em que ele tinha discursado com imensa eloquência. Tequila, o curioso destilado mexicano, de cor dourada, foi servida em taças de conhaque. Eu não tinha feito nenhuma objeção ao comportamento dele, imaginando que todos os líderes revolucionários mexicanos se comportavam daquela forma, mas ele insistiu em me enviar, entregues em mãos por *vaqueros* a bordo de Panhards, garrafas da perniciosa bebida alcoólica, uma das quais meu marido agora sacudia diante do meu rosto.

Respondi que eu havia comprado algumas garrafas para ajudar a causa, da mesma forma que alguém compraria flores de papel vendidas por colegiais, e que Arango era um notório celibatário que nutria especial devoção por Santo Erasmo de Delft, o castrado. "Você deu a ele minha metralhadora", acusou Barba-Azul. Era verdade; a metralhadora Maxim que costumava repousar em um canto empoeirado do vasto sótão do castelo tinha sido transferida pouco tempo antes, sob o manto da noite, para um dos Panhards. Passei por genuínos apuros ao descer com aquela coisa pela escadaria em caracol. "Foi apenas um empréstimo", respondi. "Você não estava usando a metralhadora e ele se comprometeu a livrar o México do governo vil e corrupto de Díaz no máximo até a primavera."

Meu marido não era nenhum apreciador do regime de Díaz — detinha, na verdade, um portfólio de títulos de ferrovias mexicanos que não tinham a menor serventia. "Bem", ele resmungou, "da próxima vez primeiro me pergunte". Isso encerrou a questão, mas notei que a confiança que ele depositava em mim, longe de absoluta mesmo em nossa melhor fase, estava por um fio.

Meu envolvimento com *père* Redon, o capelão do castelo, então se encontrava, enrubesço ao admitir, em seu ápice fogoso. O padre jovem e atraente, com cachos castanho-avermelhados e nariz comprido, retilíneo e alvo... Eu tinha confiado a ele as três cópias da chave da porta trancada e as onze cópias adicionais que providenciei junto ao outro chaveiro da aldeia, um tal de M. Becque. Redon havia escondido uma chave atrás de cada uma das placas pintadas por Bronzino que assinalavam as catorze estações da Via-sacra na capela, e como meu marido só visitava a capela no Natal, na Páscoa e em seu dia onomástico, eu as julgava a salvo por lá. Ainda assim eu me preocupava com minhas cartas, escondidas por Redon em uma pequena cripta escavada no reverso da mesa do altar, muito embora ele recobrisse a abertura demonstrando extrema habilidade com argamassa todas as vezes que adicionava mais uma carta. O hábito de freira que eu usava nos sabás da meia-noite organizados pelo notório bispo de Troyes, e dos quais nós, Redon e eu, participávamos (minha vergonha e meu deleite, enquanto meu marido embriagado sonhava), ficava castamente pendurado no mesmo armário que abrigava os paramentos para missa de Constantin — sotaina e casula, alva e estola. O anel que Constantin tinha me dado, símbolo profano, mas acalentado de nosso amor, permanecia dentro do minúsculo porta-joias de veludo disposto sobre o próprio altar, no interior do tabernáculo, socado atrás de píxide, cálice e cibório. A capela era um santuário no sentido mais genuíno do termo, tudo graças a um Deus vivo e misericordioso.

"Você precisa abrir a porta", me disse Barba-Azul certa tarde enquanto jogávamos croqué — eu tinha acabado de mandar a bola dele para o meio dos arbustos —, "mesmo que eu tenha proibido". Como eu resolveria esse dilema?

"Caro marido", respondi, "não consigo me imaginar abrindo a porta contra sua vontade expressa. Por que então você afirma que eu *preciso* abri-la?"

"Eu modifico a exposição de tempos em tempos", ele afirmou, fazendo uma careta. "Talvez você não encontre por trás da porta aquilo que espera. Além do mais, se vai mesmo continuar minha esposa, deve às vezes ser forte o bastante para ir de encontro aos meus desejos, para meu próprio bem. Até mesmo a barba mais azul e o nariz mais negro precisam se acostumar à ideia de fazer concessões ocasionais." E baixou a cabeça como um aluno de liceu.

"Se é assim, muito bem", cedi. "Mas preciso da chave, pois como você bem sabe perdi a minha."

Ele tirou uma chave de prata do bolso do colete e, abandonando a partida, adentrei o castelo e subi a majestosa escadaria até chegar ao terceiro *étage*. Antes que eu alcançasse o amaldiçoado portal, uma criada me interceptou, sacudindo um telegrama. "Para a Madame", anunciou, toda rosada e sem fôlego de tanto correr. A mensagem dizia "930177 1886445 88156031 04344979" e estava assinada por "PERENE". Estava em código, é claro, e a cifra se encontrava bem longe de mim naquele momento, registrada em delicados papéis para cigarros, muito bem enrolados e escondidos no interior do guidom da minha bicicleta amarela favorita, de "A" a "M" no punho esquerdo do guidom e de "N" a "Z" no direito, dentro do galpão das bicicletas. "Perene" era M. Grévy, o ministro da Fazenda. Que calamidade estaria anunciando, e sua orientação seria comprar ou vender? Toda a minha fortuna, a porção que independia da fortuna do meu marido, estava aplicada na Bolsa de Paris; as informações oportunas de Perene tinham valorizado meus investimentos de forma absolutamente satisfatória e eram vitais para que a fortuna continuasse existindo. Estou acabada, pensei; vestirei farrapos e me tornarei secretária de um vendedor de gatos. Senti um impulso de correr até o galpão das bicicletas, mas a intensa curiosidade que eu nutria a respeito do conteúdo da câmara proibida venceu o conflito. Girei a chave na fechadura e avancei porta adentro.

No interior da sala, dependuradas em ganchos, radiantes de putrefação e usando vestidos Coco Chanel, sete zebras. Meu marido surgiu ao meu lado. "Supimpa, não acha?", ele perguntou, e respondi "Sim, supimpa", desmaiando de ira e decepção...

PARTIDAS

EXÉRCITO PLANEJA MATAR CONGELADOS
3 MILHÕES DE PÁSSAROS

MILAN, Tennessee, 14/02 (AP) — O Exército está planejando matar congelados cerca de três milhões de melros que há dois anos se instalaram no paiol de Milan. Paul Lefebvre, do Departamento do Interior do governo federal, também envolvido no plano, afirmou ontem que os pássaros serão borrifados com dois produtos químicos que causarão uma queda acelerada de temperatura corporal. Isso acontecerá em uma noite com temperaturas abaixo de zero, informou.

Tem uma escola primária do outro lado da rua, bem na frente do meu prédio, a EP 421. O Conselho de Educação está transferindo crianças das regiões problemáticas da cidade para a EP 421 (nossa região é considerada segura) e transferindo crianças da EP 421 para escolas nas regiões problemáticas, com o intuito de atingir o equilíbrio racial nas escolas. Os pais das crianças da EP 421 não gostam muito disso, mas são todos bons cidadãos e sentem que é algo necessário. Os pais das crianças das regiões problemáticas também podem não gostar muito de ter os filhos tão longe de casa, mas é provável que também sintam que de algum modo esse processo deve resultar em melhorias na educação. Todas as manhãs os ônibus verdes param diante da escola, alguns trazendo crianças negras e porto-riquenhas para a EP 421 e outros levando embora as crianças da região, quase todas brancas. O processo inteiro é presidido pela agente de carga e descarga.

A agente de carga e descarga é uma mulher branca e pesada, de meia-idade, não gorda, mas pesada, usando um casaco azul de tecido e um lenço na cabeça e com uma prancheta na mão. Conduz as crianças para dentro e para fora dos ônibus com muita, muita velocidade, gritando "Vamos, vamos, *vamos*!" Sua voz é mais alta que as vozes de quarenta crianças. Ela preenche um ônibus, confere a prancheta e manda o motorista seguir caminho: "Vai, José." Como o ônibus estava estacionado no meio da rua, se formou atrás dele uma longa fila de carros impedidos de passar, os motoristas buzinando impacientes. Quando os motoristas desses carros buzinam com demasiado vigor, a agente de carga e descarga se afasta do ônibus e grita com eles com uma voz mais alta do que catorze motoristas engarrafados buzinando ao mesmo tempo: "*Vão tirar o pai da forca?*" E então para o motorista: "Vai, José." Quando o ônibus arranca, ela recua e dá um tapa impositivo na traseira do veículo (como um treinador despachando um novo jogador para dentro de campo) assim que ele passa. Em seguida acena para que os motoristas engarrafados sigam em frente, um aceno impositivo para cada motorista. Segue fazendo gestos impositivos muito depois de serem necessários.

Uma vez meu avô se apaixonou por uma dríade — uma ninfa dos bosques que mora nas árvores e para quem as árvores são sagradas e que dança ao redor das árvores vestida com um delicado tutu verde-folha e que traz consigo um grande machado de brilho prateado para golpear quem cometer qualquer ato hostil ao bem-estar e à saúde mental de árvores. Naquela época meu avô estava no ramo das madeireiras.

Foi durante a Grande Guerra. Ele tinha recebido uma encomenda de dois mil e trezentos metros cúbicos de tábuas de dois por vinte da pior qualidade, destinadas a construir casernas para os soldados. As especificações exigiam que seiva vermelho-escura escorresse aos baldes das tábuas e que elas fossem empenadas como a crista das ondas de um mar revolto e que os olhos dos nós na madeira tivessem o tamanho da cabeça de um homem inteligente, de modo que o vento frio entrasse assobiando e fortalecesse os (como então eram chamados) *doughboys*.

Meu avô tomou o rumo do Texas Oriental. Tinha direitos de atividade madeireira em quatro mil hectares na região, pinheiros-amarelos meridionais da família do pinheiro-do-banhado. Uma floresta terciária, mato ralo e roto e reles — perfeito para soldados. Não tinha como ser melhor. De modo que ele e seus homens se instalaram e, ao iniciarem os trabalhos, foram cercados por três vintenas de dríades e hamadríades adoráveis, todas vestidas com delicados tutus verde-folha e brandindo machados de brilho prateado.

"Calma lá", disse meu avô à dríade líder, "devagar, devagar, alguém pode sair machucado".

"Sem dúvida", retruca a garota, e passa o machado da mão esquerda para a direita.

"Achei que dríades fossem nativas do carvalho", diz meu avô, "e por aqui temos pinheiros".

"Algumas gostam do carvalho, antigo, altivo e frondoso", diz a garota, "e algumas da bétula alva e esguia, e algumas se viram com o que podem, e você vai ficar engraçado demais sem as duas pernas".

"Seria possível negociar?", pergunta meu avô. "É para a Guerra, e você é a coisa mais adorável que já vi, e como você se chama?"

"Megwind", responde a garota, "e também Sophie. Sophie à noite e Megwind de dia, e produzo música sibilante e aprazível com o machado noite ou dia, e sem pernas com as quais caminhar a jornada da sua vida será digna de pena."

"Veja bem, Sophie", diz meu avô, "que tal nos sentarmos aqui embaixo desta árvore e abrir uma garrafa desta excelente birita e resolver o assunto na conversa como seres humanos racionais."

"Não use meu nome noturno à luz do dia", alerta a garota, "e eu não sou um ser humano e não há assunto nenhum a ser resolvido e que tipo de birita você tem por aí?"

"Estou com uma Morte Precoce do Caminhoneiro", revela meu avô, "e mesmo se você percorresse vários quilômetros não encontraria uma bebida melhor."

"Vou beber um copo cheio", diz a garota, "e cada uma de minhas irmãs beberá um copo cheio, e então dançaremos ao redor desta árvore enquanto você ainda tem pernas para dançar e depois você irá embora e seus homens também."

"Beba", diz meu avô, "e saiba que de todas as mulheres com quem me meti nesta vida, você está sem dúvida em primeiro lugar."

"Não sou uma mulher", retruca Megwind, "sou um espírito, embora admita que esta forma é enganadora."

"Espere um pouco", diz meu avô, "está me dizendo que é impossível se meter com você em termos físicos?"

"Isso é algo que eu poderia fazer", admite a garota, "se quisesse."

"Você quer?", pergunta meu avô. "Tome outro copo."

"Isso é algo que vou fazer", diz a garota, e bebe outro copo.

"E um beijo", meu avô continua, "você acha que seria possível?"

"Isso é algo que eu poderia fazer", afirma a dríade, "você não é um homem desprovido de atrativos e nos últimos anos os homens andam escassos por estas bandas pois, como pode ver, o lugar não passa de um mato ralo, roto e reles."

"Megwind", diz meu avô, "você é linda."

"Você está encantado com minha forma, que admito ser linda", responde a garota, "mas saiba que esta forma que você enxerga não é necessária, mas contingente, às vezes sou um delicado ovo sarapintado de marrom e às vezes sou vapor escapando de um buraco no chão e às vezes sou um tatu."

"Mas que fantástico", diz meu avô, "então você muda de forma."

"Isso é algo que posso fazer", admite a garota, "se quiser".

"Diga", pergunta meu avô, "você conseguiria se transformar em dois mil e trezentos metros cúbicos de tábuas de dois por vinte da pior qualidade, empilhadas com primor no interior de vagões de trem em um ramal nas cercanias de Fort Riley, no Kansas?"

"Isso é algo que eu poderia fazer", diz a garota, "mas não entendo que beleza teria."

"A beleza", explica meu avô, "está em nove dólares por metro cúbico."

"E o que eu ganho com isso?", a garota quer saber.

"Está me dizendo que espíritos barganham?", meu avô pergunta.

"Nada a partir do nada, nada em troca de nada, é uma lei da vida", diz a garota.

"Você ganha o seguinte", explica meu avô, "eu e meus homens deixaremos intacto esse mato ralo, roto e reles. Tudo que você precisa fazer é se transformar em casernas para os soldados e depois da Guerra você será desmanchada e poderá voltar para casa."

"Combinado", aceita a dríade, "mas e aquilo de se meter comigo em termos físicos? É que o sol está se pondo e logo me tornarei Sophie e machos humanos andam escassos por estas bandas há muito tempo, diabos."

"Sophie", diz meu avô, "você é adorável como a luz e permita apenas que eu busque outra garrafa no caminhão e ficarei ao seu dispor."

Não foi bem isso que aconteceu. Estou fantasiando. Na verdade ele só derrubou as árvores, mesmo.

Eu estava sobre uma mesa de cirurgia. Meus pés estavam metidos em sacos esterilizados. Minhas mãos e braços estavam enrolados em toalhas esterilizadas. Um babador esterilizado cobria minha barba. Uma luz gigantesca com seis pupilas brilhava nos meus olhos. Fechei meus olhos. Havia um médico à direita da minha cabeça e outro médico à esquerda da minha cabeça. O médico da direita era o meu médico. O médico da esquerda estava estagiando. Era chinês, o médico da esquerda. Meu médico falou com a enfermeira que lhe passava instrumentos. "*Rebecca!* Você não tem que entabular conversas com a enfermeira circulante, Rebecca. Você tem que prestar atenção em mim, Rebecca!" Todos tínhamos nos reunido naquela sala para cortar fora parte do meu lábio superior, no qual havia surgido um tumor basocelular maligno.

Na minha cabeça, o tumor basocelular maligno se parecia com uma trufa minúscula.

"É mais comum em marujos e fazendeiros", o médico tinha me explicado. "O sol." Mas eu, eu passo a maior parte do tempo debaixo de lâmpadas da General Electric. "Calculamos que você pode perder até um terço dele, do lábio, sem que o resultado fique ruim", me explicou o médico. "Estica bastante." Ele demonstrou usando o próprio lábio superior, esticado com dois indicadores. O médico, um homem corpulento e atraente, com óculos de armação prateada. No quarto do hospital fiquei ouvindo meu rádio Toshiba, Randy Newman cantando "Let's Burn Down the Cornfield". Esperava a manhã, pela cirurgia. Um franciscano simpático entrou com seu hábito marrom. "Por que você escreveu 'nenhuma' no espaço para 'Religião' no formulário?", perguntou de um jeito simpático. Recitei minha história religiosa. Debatemos as características peculiares das diversas ordens religiosas

— os basilianos, os capuchinhos. Mencionamos os recentes surtos de entusiasmo entre os católicos holandeses. "Rebecca!", disse o médico na sala de cirurgia. "*Presta atenção em mim, Rebecca!*" Eu tinha tomado uma injeção de morfina além de várias anestesias locais no lábio. Estava me sentindo ótimo! O franciscano tinha morado bastante tempo no Extremo Oriente. Também estive no Extremo Oriente. A banda do exército tinha tocado, enquanto subíamos a rampa para embarcar no navio de transporte de tropas, "*Bye bye baby, don't forget that you're my baby*". "Queremos um bom resultado", tinha dito meu médico original, "por conta da proeminência do..." Apontou para meu lábio superior. "Então vou mandar você para um colega excelente." Parecia sensato. Abri os olhos. A luz brilhante. "Quero um bisturi número 10", disse o médico. "Quero um bisturi número 15." Não restava dúvida de que alguma coisa estava acontecendo logo ali, acima dos meus dentes. "Devagar, devagar", disse o médico ao colega. Na manhã seguinte uma enfermeira tailandesa baixinha entrou trazendo suco de laranja, gelatina de laranja e um caldo laranja. "Alguma dor?", perguntou.

Minha trufa foi levada ao patologista para ser examinada. Senti a morfina me deixando feliz. Pensei: mas que belo hospital.

Uma enfermeira jamaicana atraente entrou. "Agora vista isso", disse, estendendo uma vestimenta branca toda amassada sem muito tecido nas costas. "Sem meias. Sem cuecas."

Sem cuecas!

Escalei um amplo leito móvel e fui levado sobre rodas até a sala de cirurgia, onde os médicos se preparavam para a melhoria do meu rosto. Meu médico convidou o médico chinês para juntos higienizarem as mãos. Eu me alimentava com minha gelatina de laranja, meu caldo laranja. Minha esposa telefonou para contar que tinha comido um bife Wellington magnífico no jantar, com um vinho excelente. Sempre que eu sorria, puxava os pontos.

Eu estava parado diante do caixa. Usando calças e louco para dançar. "Hau!", falei. "Ligado!"

Fui a uma festa. Avistei uma conhecida. "Oi!", saudei. "Grávida?" Ela estava usando o que pareciam roupas de gestante. "Não", ela respondeu. "Não estou."
"Táxi!"

Mas onde você está hoje? Deve ter saído para dar uma volta com o marido. Ele escreveu outro belo poema e precisa do ar para se refrescar. Eu o admiro. Tudo que ele faz dá certo. É procurado para dar palestras em East St. Louis, com cachê altíssimo. Eu o admiro, mas a admiração que tenho por você é... Você acha que ele percebeu? Que bobagem! É óbvio como um adesivo de para-choque, óbvio como uma abdicação. O chapéu da Real Polícia Montada do Canadá encaixado perfeitamente ao longo da fronte ampla e branca...

As pernas brancas se encostando sob a mesa do banquete...

Deve estar passeando com o marido no SoHo, conferindo o que os novos artistas andam se recusando a fazer na busca por um zero do qual começar.

Os artistas espiam o chapéu de campanha marrom, as pernas brancas. "Santo Deus!", exclamam, e retornam aos lofts.

Gastei muitos pulsos telefônicos atrás da sua voz, mas é sempre Frederick quem atende.

"Bem, Frederick", pergunto, cordial, "que triunfos sensacionais você obteve hoje?"

Recebeu uma oferta de sinecura em Stanford e de cenotáfio no CCNY. O leilão pelos direitos globais de seu hálito teve um lance inicial de 500 mil dólares.

Mas ando pensando...

Quando você colocou a mão sobre meu guardanapo, no banquete, quis dizer alguma coisa com isso?

Quando você quebrou para mim o topo da casca do ovo mole, no banquete, isso foi um indicativo de que posso seguir nutrindo esperanças?

Vou dar seu nome a algumas crianças. (As pessoas vivem me pedindo sugestões de nomes.) Será meio suspeito ver tantas pequenas Philippas pipocando pela cidade, mas o padrão só se tornará visível com a passagem do tempo, e no intervalo, quanta satisfação!

Não consigo imaginar o futuro. Você não deixou claras suas intenções, se é que tem alguma. Agora está embarcando em um imenso navio, e as espias estão sendo desatadas, e as flores dispostas nas cabines, e o gongo do jantar soado...

VISITAS

São três da madrugada. A filha de Bishop está indisposta, dores no estômago. Dorme no sofá. Bishop também está indisposto, calafrios e suores, uma gripe. Não consegue dormir. Na cama, escuta uma vez ou outra os gemidos a dois quartos de distância. Katie tem quinze anos e passa todos os verões com ele.

Do lado de fora, na rua, alguém dá a partida em uma motocicleta e acelera sem dó. O quarto dele é mal-localizado.

Deu Pepto-Bismol para a filha, se ela acordar de novo ele vai tentar Tylenol. Ele se enrola no lençol, desgruda a camiseta do peito molhado.

Um rádio toca em algum lugar do prédio, música de *big bands*, ele mais sente do que ouve. O ar-condicionado constante e agradável dando duro no cômodo ao lado.

Mais cedo ele a levou ao médico, que não encontrou nada de errado. "É uma dor de barriga", disse o médico, "tome muito líquido e me ligue se não passar". Katie é bonita, alta, cabelo escuro.

À tarde, os dois, gemendo, tinham ido assistir a um filme de terror sobre lobos que tomavam conta de uma cidade. Nos trechos mais realistas ela o abraçava por trás, pressionando os seios contra as costas dele. Ele se afastava.

Quando andam juntos na rua ela toma o braço dele e se agarra bem firme (porque, ele imagina, ela passa tanto tempo longe, tão longe). Não raro as pessoas olham torto.

Ele tem levantado do chão senhoras que andam caindo bem à sua frente, nesses últimos dias. Uma estava sentada no meio de um cruzamento, sacudindo os braços enquanto táxis perigosos a contornavam. Em geral as senhoras demonstram um imenso espírito combativo. "Obrigada, meu rapaz!"

Ele tem quarenta e nove. Anda escrevendo uma história da pintura americana no século XIX, sobre a qual ele sabe alguma coisa.

Não o suficiente.

Um gemido, profundo, mas abafado, do outro cômodo. Ela está acordada.

Ele se levanta e vai conferir como ela está. O robe vermelho e branco de algodão está arregaçado até os joelhos. "Vomitei de novo", ela diz.

"Ajudou?"

"Um pouco."

Certa vez ele perguntou de que material determinada coisa (uma caixa? uma cadeira?) era feita e ela respondeu que era feita de árvore.

"Quer arriscar um copo de leite?"

"Não quero nem pensar em leite", ela responde e se vira para deitar de bruços. "Senta aqui comigo."

Ele senta em um canto do sofá e massageia as costas dela. "Pensa em alguma coisa sensacional", ele sugere. "Vamos distrair você desse estômago. Pensa em pescaria. Pensa naquela vez em que você jogou as chaves do hotel pela janela." Certa vez, em Paris, ela tinha feito precisamente isso, de uma janela de sexto andar, e Bishop imaginou um francês caminhando pelo Quai des Grands-Augustins com um molho pesado de chaves de ferro enterrado no cérebro. Acabou encontrando as chaves em um vaso de planta na frente da porta de entrada do hotel.

"Papai", ela diz, sem olhar para ele.

"Oi."

"Por que você vive assim? Sozinho?"

"Com quem eu vou viver?"

"Bem que podia encontrar alguém. Você é bonito para a sua idade."

"Ah, que ótimo. Isso foi uma graça. Obrigado."

"Você nem tenta."

Isso é verdade e não é.

"Quanto você pesa?"

"Oitenta e quatro."

"Podia emagrecer um pouco."

"Ah, menina, dá um tempo." Ele enxuga a testa com o braço. "Quer chá com leite? Doce, bem fraquinho."

"Você desistiu."

"Não é o caso", ele responde. "Katie, dorme. Pensa numa pilha enorme de bolsas da Gucci."

Ela suspira e vira a cabeça para o outro lado.

Bishop entra na cozinha e acende a luz. Ele se pergunta que efeito um drinque teria, se poderia ajudar — será que pegaria no sono? Decide não beber. Liga a tevê minúscula da cozinha e passa uns minutos assistindo a um filme japonês de monstro. O monstro, de aparência bem vagabunda, recolhe pessoas aos punhados e, de uma forma até ponderada, as devora. Bishop pensa em Tóquio. Uma vez estava na cama com uma japonesa quando aconteceu um leve terremoto, e nunca se esqueceu da sensação do chão lhe escapando dos pés nem do pavor da garota. De repente se lembra do nome dela, Michiko. "Não vai me borboletear?", ela tinha perguntado quando se conheceram. Ficou atônito ao descobrir que "borboletear", no patoá da época, significava "abandonar". Ela preparava as refeições em um braseiro a carvão, eles dormiam em um nicho na parede separado do resto do quarto dela por portas de correr de papel. Bishop era copidesque do periódico militar *Stars & Stripes*. Um dia chegou uma telefoto que mostrava as comandantes dos (então) quatro ramos femininos do serviço militar. Bishop adicionou a legenda DAMAS DE CHUMBO. O primeiro-sargento idoso que cuidava da editoria local devolveu a foto à mesa de Bishop. "Não podemos fazer isso", disse. "Que coisa, não?"

Troca de canal e pega Dolly Parton cantando, por coincidência, "House of the Rising Sun".

Em todos os verões acontece o momento em que ela pergunta: "Por que você e minha mãe se separaram?"

"A culpa foi sua", ele responde. "Toda sua. Você fazia muito barulho quando era pequena, eu não conseguia trabalhar." Certa vez a ex-mulher tinha explicado o divórcio dessa forma a Katie, e ele vai repetir essa história até a inverdade se transformar em mármore, um monumento.

Fora isso, a ex-esposa é bastante sensata, além de econômica. Por que eu vivo assim? É o melhor que consigo.

Descendo a West Broadway em uma tarde de sábado. Arte latindo enjaulada no interior das galerias brancas e refinadas, não entre ou ela pega você, pula no seu colo e cobre seu rosto de beijos. Algumas fazem o extremo oposto, rosnam e exibem os dentes brilhantes. Ó arte, não a machuco se você não me machucar. Cidadãos desfilando, rostos gorduchos e rostos ossudos, roupas leves. Um rapazinho negro carregando um estojo de trombone da prefeitura. Um sujeito com um cabelo de corte esquisito, cor de cravo-de-defunto, apoiando no ombro um rolo de papel de piche.

Bishop na multidão, trinta dólares no bolso para o caso de ter que pagar um drinque para um amigo.

Entra em uma galeria porque não há escolha. O artista pendurou vinte sacos de pancada da EVERLAST em fileiras de quatro, convidando o público a descer a mão. As pessoas estão pegando pesado com os sacos. Bishop, incapaz de resistir, acerta um deles com sua esquerda lendária e machuca a mão.

Artistas desgraçados.

Voltando à rua, um homem esbarra nele, depois outro homem, daí uma mulher. E aqui está Harry com calças amarelo-limão e acompanhado de Malcolm, o amigo britânico.

"Harry, Malcolm, olá."

"Professor", responde Harry com ironia (ele é professor, Bishop não).

Harry não tem muito cabelo e perdeu peso desde que se separou de Tom. Malcolm é o indivíduo mais animado que Bishop já conheceu.

A universidade de Harry acaba de contratar um novo presidente, que tem trinta e dois anos. Harry não consegue aceitar.

"*Trinta e dois!* Olha, acho que o pessoal do conselho não anda batendo muito bem."

Parada atrás de Malcolm, uma jovem muito bonita.

"Esta é a Christie", Malcolm apresenta. "Acabamos de dar almoço para ela. Acabamos de comer todos os *dim sum* do mundo."

No mesmo instante Bishop se vê tomado pelo desejo de cozinhar para Christie — ou a sopa com oito feijões ou o cassoulet rápido.

Ela está falando sobre algo que envolve janelas.

"Não estou nem aí, mas logo embaixo das minhas janelas?"

Usa uma camisa roxa e é muito bronzeada, com cabelos negros — parece indígena, para ser mais exato a índia que faz propaganda da margarina Mazola na tevê.

Harry continua falando sobre o novo presidente. "Olha, a tese dele é sobre *tendências de banho*."

"Bem, de repente ele sabe onde arranjar dinheiro grosso."

Na geladeira tem umas sobras de pato que ele pode usar no cassoulet.

"Olha", ele pergunta a Christie, "você está com fome?"

"Sim", ela responde. "Estou."

"Acabamos de comer", Harry protesta. "Você não pode estar com fome. Não existe a menor chance de você estar com fome."

"Morta morta morta de fome", ela diz, pegando no braço de Bishop, que está, acredite se quiser, pronto para ser enganchado.

Colocando fatias de pato na água do feijão enquanto Christie assiste a *As aventuras de Robin Hood,* com Errol Flynn e Basil Rathbone, na tevê da cozinha. Ao mesmo tempo, Hank Williams Jr. canta na FM.

"Gosto de lugares onde posso tirar os sapatos", ela comenta enquanto Errol Flynn atira um cervo morto inteiro sobre a mesa do banquete.

Bishop, picando salsinha, dá olhadelas para ver como ela fica com uma taça de vinho na mão. Algumas pessoas ficam bem com vinho branco, outras não.

Anota mentalmente que precisa comprar umas margarinas Mazola — quem sabe uma caixa inteira.

"Agora, sessenta segundos sobre para-lamas", anuncia o rádio.

"Você vive com alguém?", Christie pergunta.

"Minha filha aparece às vezes. No verão e no Natal." Um pouco de estragão na panela. "E você?"

"Um cara aí."

Ora, mas claro. Bishop segue picando, imperturbável, usando a faca chinesa da Three Sheep fabricada na cinzenta Foshan.

"Ele é artista."

E quem não é? "Que tipo de artista?"

"Pintor. Está em Seattle. Precisa de chuva."

Atira punhados de cebola fatiada na água do feijão, depois uma lata de extrato de tomate.

"Quando tempo leva?", Christie pergunta. "Não estou querendo apressar. Curiosidade, mesmo."

"Mais uma hora."

"Então vou tomar um pouquinho de vodca. Pura. Com gelo. Se você não se importa."

Bishop adora mulheres que bebem.

Talvez ela fume!

"Na verdade eu detesto artistas", ela diz.

"Algum deles em especial?"

"Aquela mulher que coloca chiclete na barriga..."

"Ela não faz mais isso. E o chiclete não ficava mal-colocado."

"E aquele outro que decepa partes de si mesmo, que se *entalha*, esse me racha a cara."

"É o objetivo."

"Pois é", ela diz, sacudindo o gelo no copo. "Estou reagindo que nem uma pateta."

Ela se levanta, caminha até o balcão e tira um Lark do maço dele.

Feliz da vida, Bishop desata a falar. Conta que na noite anterior sentiu cheiro de fumaça, levantou da cama e conferiu o apartamento, sabendo que um píer estava pegando fogo perto do rio e suspeitando que fosse isso. Tinha ligado a tevê para sintonizar no canal de notícias e enquanto trocava de canal topou com os créditos de abertura de um filme policial com Richard Widmark chamado *O último caso de Brock*, ao qual então se sentou para assistir, acompanhado por um leal scotch, até as cinco da madrugada. Richard Widmark era um dos atores de quem ele mais gostava no mundo inteiro, explicou a ela, por conta da maneira com que Richard Widmark conseguia transmitir, como era mesmo a palavra, resiliência. Você podia nocautear Richard Widmark, ele disse, você podia até nocautear Richard Widmark várias vezes seguidas, mas ao nocautear Richard Widmark era bom ter em mente que sem a menor dúvida Richard Widmark se levantaria com tudo da lona para encher você de porrada...

"Eu gosto é do Redford", ela diz.

Bishop consegue entender. Assente com a cabeça, sério.

"O que eu gosto no Redford é que", ela diz, e fala por dez minutos sobre Robert Redford.

Ele prova o cassoulet com uma colher comprida. Mais sal.

Parece que ela também gosta demais de Clint Eastwood.

Bishop tem a sensação de que a conversa se desviou, como uma vaca desgarrada, do caminho devido.

"O velho Clint Eastwood", ele diz, sacudindo a cabeça com admiração. "Está pronto."

Ele serve o cassoulet e busca pão quente no forno.

"Tem gosto de cassoulet de verdade", ela comenta.

"É o caldo de rabada." Por que ele serviu cassoulet no verão? Faz muito calor.

Abriu uma garrafa de Robert Mondavi tinto de mesa.

"*Muito* bom", ela elogia. "Olha, estou surpresa. Sério."

"Podia ter mais tomate, quem sabe."

"Não, sério." Ela arranca um pedaço de pão francês. "Como homens são estranhos. Vi um cara na feira da Union Square hoje cedo. Estava parado na frente de uma mesa cheia de verduras, rabanetes, milho, isso e aquilo, atrás de um monte de outras pessoas, e não parava de olhar para uma agricultora jovem que usava um short feito de calça jeans cortada e uma camisa de alcinhas, e toda vez que ela se inclinava para pegar um repolho ou algo assim ele dava uma boa encarada nos peitos dela, que, para ser justa, eram mesmo bem bonitos — mas enfim, que graça tem isso?"

"Uma graça razoável. Um pouco de graça. Não muita graça. O que posso dizer?"

"E aquele babaca que mora comigo."
"O que tem ele?"
"Uma vez me deu um livro."
"Qual?"
"Um livro sobre consertos de eletrodomésticos. A máquina de lavar louça estava estragada. Aí ele me comprou uma chave de fenda. Uma chave de fenda muito boa."
"Ah."
"*Consertei* a porcaria da máquina. Levei dois dias."
"Quer ir para a cama agora?"
"Não", Christie responde, "ainda não."
Ainda não! Feliz da vida, Bishop serve mais vinho.

Agora está suando, breves calafrios que vêm e vão. Pega um lençol no quarto e se senta na cozinha enrolado no lençol, como um guru. Ouve Katie se revirando no sofá.

Admira o modo como ela organiza a vida — isto é, o modo como ela consegue o que deseja conseguir. Um pouco de manha, um pouco de encheção de saco, um pouco de vamos-dar-uma-olhada e quando Bishop se dá conta comprou um novo par de botas de couro que vão até o tornozelo, bonitas e negras, que ela vai usar com calças pretas de esqui...

Bem, ele não dá tantos presentes a ela.

Será que aguenta um scotch? Acha que não.

Lembra de um sonho no qual sonhou que tinha um nariz tão escuro e vermelho quanto uma cereja bem gorda. Como seria conveniente.

"Papai?"

Ainda vestido com o lençol amarelo, ele se levanta e vai até o outro cômodo.

"Não consigo dormir."

"Que coisa."

"Conversa comigo."

Bishop volta a se sentar na beirada do sofá. Como ela cresceu! Dá sua aula de história da arte.

"Então temos *Mo*-net e *Ma*-net, é um pouco confuso. *Mo*-net é o que pintou aquelas ninfeias e essas porras, as cores dele eram azuis e verdes, *Ma*-net é o que pintou Peladona na Relva e essas porras, as cores dele eram marrons e verdes. Aí tem Bonnard, que pintava interiores e essas porras, uma luz fantástica, e aí tem Van Grogue, o da orelha e essas porras, e Cê-zã, o das maçãs e essas porras, e tem Kandinsky, esse era escroto, aquele monte de quadros com pecinhas de pega-varetas, tem meu guru mestre Mondrian, aquele dos retângulos e essas porras, as cores dele eram vermelho, amarelo e azul, tem Moholy-Nagy, que fez todos aqueles bagulhinhos de plástico e essas porras, tem Mar-cel Duchamp, que é o diabo em forma de gente..."

Ela dormiu.

Bishop volta à cozinha e prepara um drinque.

São cinco e meia. Luz desmaiada nos janelões.

Christie está em Seattle e planeja ficar por lá.

Olhando pelos janelões de manhã bem cedo ele às vezes enxerga as duas senhoras que moram no apartamento cujo jardim dá para os fundos do prédio dele tomando café à luz de velas. Nunca consegue descobrir se elas são românticas incorrigíveis ou se, em vez disso, estão tentando poupar energia elétrica.

A FERIDA

Ele volta a se sentar bem ereto. Tenta agarrar de repente o cabelo da mãe. O cabelo da sua mãe! Mas ela escapa sem dificuldades. O cozinheiro entra com o rosbife. A mãe do toureiro prova o molho, servido à parte, em uma tigela de prata. Faz uma careta. O toureiro, ignorando o rosbife, toma a tigela das mãos da mãe e beberica uns goles, ao mesmo tempo em que mantém contato visual intenso com a amante. A amante do toureiro entrega a câmera para a mãe do toureiro e estende as mãos para a tigela de prata. "Que bobagem é essa com a tigela?", pergunta o notório aficionado sentado ao lado da cama. O toureiro oferece uma fatia de rosbife ao aficionado, trinchada com uma espada, das quais haja talvez uma dúzia sobre a cama. "Esses camaradas com espadas se acham o máximo", um dos *imbéciles* diz baixinho a outro. O segundo *imbécil* responde: "Todo mundo aqui se acharia o máximo se pudesse. Mas não podemos. Alguma coisa nos impede."

O toureiro olha irritado na direção dos *imbéciles*. A amante toma a câmera Super-8 das mãos da mãe do toureiro e começa a filmar alguma coisa através da janela. O toureiro foi chifrado no pé. Está, além disso, cercado de *imbéciles, idiotas* e *bobos*. Ele se revira inquieto na cama. Várias espadas caem no chão. Um telegrama é entregue. A amante do toureiro larga a câmera e tira a camisa. A mãe do toureiro olha com raiva para os *imbéciles*. O notório aficionado lê o telegrama em voz alta. O telegrama sugere que o toureiro é um palhaço e uma *cucaracha* por se permitir ser chifrado no pé, deste modo ao mesmo tempo insultando a nobre profissão que tão porcamente representa e arruinando de maneira irrevogável a tarde de domingo do remetente do telegrama, e que, ademais, o remetente do telegrama inclusive está naquele momento a caminho da igreja de Nossa Senhora das Diversas Dores para rezar *contra* o toureiro, cujo futuro, ele espera de coração, já virou passado. A cabeça do toureiro cai pesadamente para diante, nas mãos em concha de um *bobo* próximo.

A mãe do toureiro liga o televisor, que exibe o pé do toureiro sendo chifrado primeiro na velocidade normal e em seguida em delicada câmera lenta. A cabeça do toureiro permanece nas mãos em concha do *bobo*. "Meu pé!", ele grita. Alguém desliga a televisão. Os belos seios da amante do toureiro são apreciados pelo aficionado, que é também um aficionado por seios. Os *imbéciles* e *idiotas* têm medo de olhar. Assim sendo, não olham. Um *idiota* diz a outro *idiota:* "Eu adoraria um pouco daquele rosbife." "Mas ninguém nos ofereceu", responde o companheiro, "porque somos insignificantes demais". "Mas ninguém mais está comendo", retruca o primeiro. "Está simplesmente ali parado em cima da bandeja." Contemplam o atraente pedaço de carne assada.

A mãe do toureiro pega a filmadora abandonada pela amante e começa a filmar o pé do toureiro, mexendo no zum. O toureiro, ainda com a cabeça nas mãos do *bobo*, enfia a mão em uma gaveta da mesinha de cabeceira e retira de uma caixa ali guardada um charuto cubano de primeira qualidade. Dois *bobos* e um *imbécil* correm para acender, esbarrando um no outro nesse processo. "Desinfetante", diz a mãe do toureiro. "Esqueci-me de aplicar o desinfetante." Larga a câmera e sai à procura do desinfetante. Mas foi levado embora pelo cozinheiro. A mãe do toureiro deixa o recinto em busca do frasco de desinfetante. Ele, o toureiro, levanta a cabeça e acompanha a saída da mãe. Mais dor?

A mãe dele volta a adentrar o recinto trazendo um frasco de desinfetante. O toureiro coloca o pé enfaixado sob um travesseiro e as duas mãos, com os dedos bem abertos, sobre a almofada. A mãe abre a tampa do frasco de desinfetante. O bispo de Valência entra acompanhado de criados. O bispo é um homem pesado com a cabeça inclinada para a esquerda de forma permanente — resultado de anos ouvindo confissões dentro de um confessionário cujo cubículo direito tinha a reputação de ser habitado por víboras. A amante do toureiro veste a camisa às pressas. Os *imbéciles* e *idiotas* se recolhem às paredes. O bispo estende a mão. O toureiro beija o anel do bispo. O notório aficionado faz o mesmo. O bispo pergunta se pode inspecionar a ferida. O toureiro retira o pé de sob o travesseiro. A mãe do toureiro desfaz as ataduras. Ali está o pé, inchado até ficar com quase o dobro do tamanho. No centro do pé, a ferida, cercada de carne inflamada. O bispo sacode a cabeça, fecha os olhos, levanta a cabeça (na diagonal) e murmura uma breve oração. Em seguida abre os olhos e esquadrinha o recinto em busca de uma cadeira. Um *idiota* não perde tempo em trazer uma cadeira. O bispo toma assento ao lado da cama. O toureiro oferece um pouco de rosbife frio ao bispo. O bispo começa a falar sobre sua psicanálise: "Hoje sou outro homem", diz o bispo. "Mais pessimista, mais sombrio, ainda mais assustado. Juro pelo Espírito Santo que você não acreditaria no que enxerguei debaixo da cama bem no meio da noite." O bispo dá uma boa gargalhada. O toureiro faz o mesmo. A amante do toureiro está filmando o bispo. "Eu era mais feliz com meu uísque", diz o bispo, gargalhando ainda mais. A gargalhada do bispo começa a ameaçar a cadeira onde ele está sentado. Um *bobo* diz a outro *bobo*: "As classes privilegiadas têm condições de pagar por psicanálise e uísque. Ao mesmo tempo tudo que recebemos são sermões e vinho avinagrado. Isso é claramente injusto. Em silêncio, eu protesto." "É porque não servimos para nada", responde o segundo *bobo*. "É porque não somos coisa alguma."

O toureiro abre uma garrafa de Chivas Regal. Oferece uma dose ao bispo, que aceita com garbo, e serve outra para si. A mãe do toureiro avança aos poucos na direção da garrafa de Chivas Regal. A amante do toureiro filma a aproximação sorrateira da mãe. O bispo e o toureiro debatem uísque e psicanálise. O toureiro tenta agarrar de repente o cabelo da mãe. O cabelo da sua mãe! Erra e ela se esgueira até um canto, agarrada na garrafa. O toureiro apanha uma espada letal, um *estoque*, dentre a meia dúzia ainda sobre a cama. Entra a Rainha dos Ciganos.

A Rainha corre até o toureiro e seus trajes soltam pequenos tufos de grama seca enquanto ela cruza o recinto. "Desfaçam as ataduras da ferida!", ela clama. "A ferida, a ferida, a ferida!" O toureiro recua. O bispo se senta, severo. Os criados cochicham inquietos. A mãe do toureiro toma um gole direto da garrafa de Chivas Regal. O notório aficionado faz o sinal da cruz. A amante do toureiro olha para dentro da blusa entreaberta e espia os próprios seios. O toureiro enfia a mão de repente na gaveta da mesinha de cabeceira e tira a caixa de charutos. Extrai da caixa de charutos as orelhas e o rabo de um touro que matou, com excelência e emoção, muitos anos antes. Espalha ambos sobre a colcha, oferecendo-os à Rainha. As orelhas lembram carteiras ensanguentadas, e o rabo, o cabelo de um santo morto há muito tempo, roubado de um relicário. "Não", diz a Rainha. Ela agarra o pé do toureiro e começa a desfazer as ataduras. O toureiro faz uma careta de dor, mas se rende. A Rainha tira do cinto uma faca afiada. A amante do toureiro apanha um violino e começa a tocar uma peça de Valdéz. A Rainha decepa um pedaço enorme do rosbife e o mete na boca ainda curvada sobre a ferida — fitando profundamente, saboreando. Todos se encolhem — o toureiro, a mãe, a amante, o bispo, o aficionado, os *imbéciles*, *idiotas* e *bobos*. Um êxtase de encolhimento. Diz a Rainha: "Quero esta ferida. *Esta aqui*. É minha. Vamos, peguem ele." Todos os presentes metem a mão no toureiro e o levantam bem acima da cabeça (ele está gritando). Todavia a porta se vê repentinamente bloqueada pela silhueta de um imenso touro negro. O touro começa a tocar, como um telefone.

NO MUSEU TOLSTÓI

No Museu Tolstói sentamos e choramos. Serpentinas jorraram de nossos olhos. Nosso olhar vagueou na direção dos retratos. Estavam altos demais na parede. Sugerimos ao diretor que os baixasse em pelo menos quinze centímetros. Ele pareceu não gostar, mas disse que tomaria providências. O acervo do Museu Tolstói consiste, essencialmente em cerca de trinta mil retratos do conde Liev Tolstói. Depois que baixaram os retratos, voltamos ao Museu Tolstói. Não acredito que se possa perscrutar o rosto de um único homem por um tempo longo demais — por um período longo demais. Inúmeras paixões humanas se faziam distinguir por baixo da pele.

Tolstói significa "gordo" em russo. Seu avô mandava lavar a roupa de cama na Holanda. A mãe *não sabia* nenhum palavrão. Quando jovem, ele depilou as sobrancelhas na esperança de que crescessem mais espessas. Contraiu gonorreia pela primeira vez em 1847. Certa vez teve o rosto mordido por um urso. Em 1885 se tornou vegetariano. Para ganhar ares de pessoa interessante, às vezes fazia mesuras ao contrário.

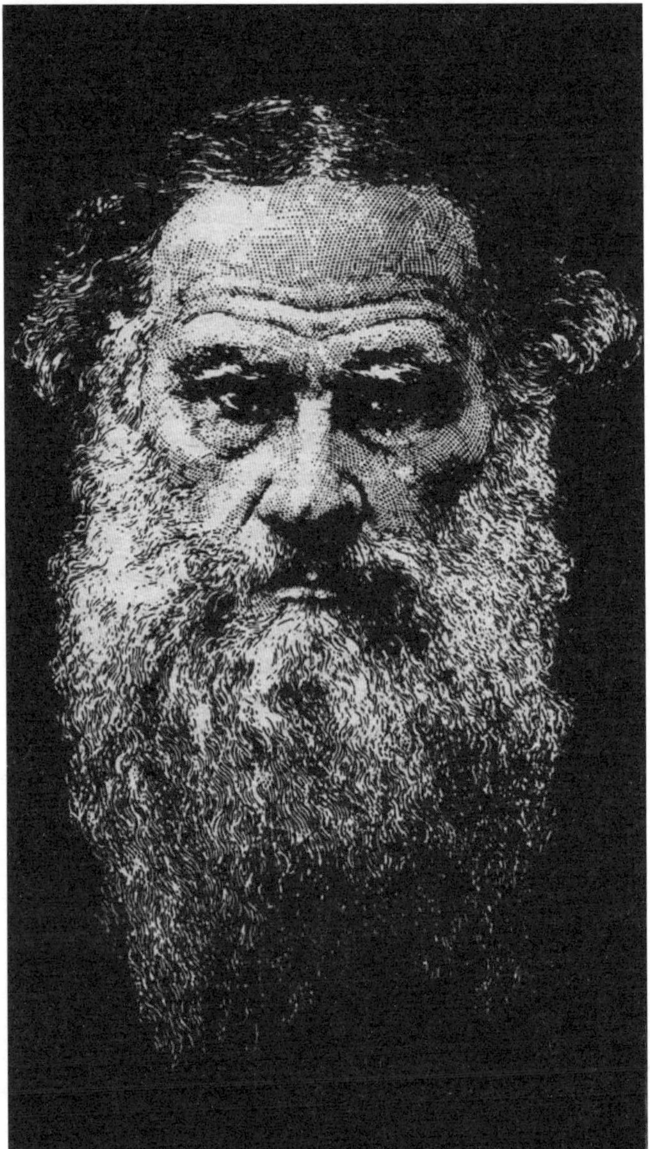

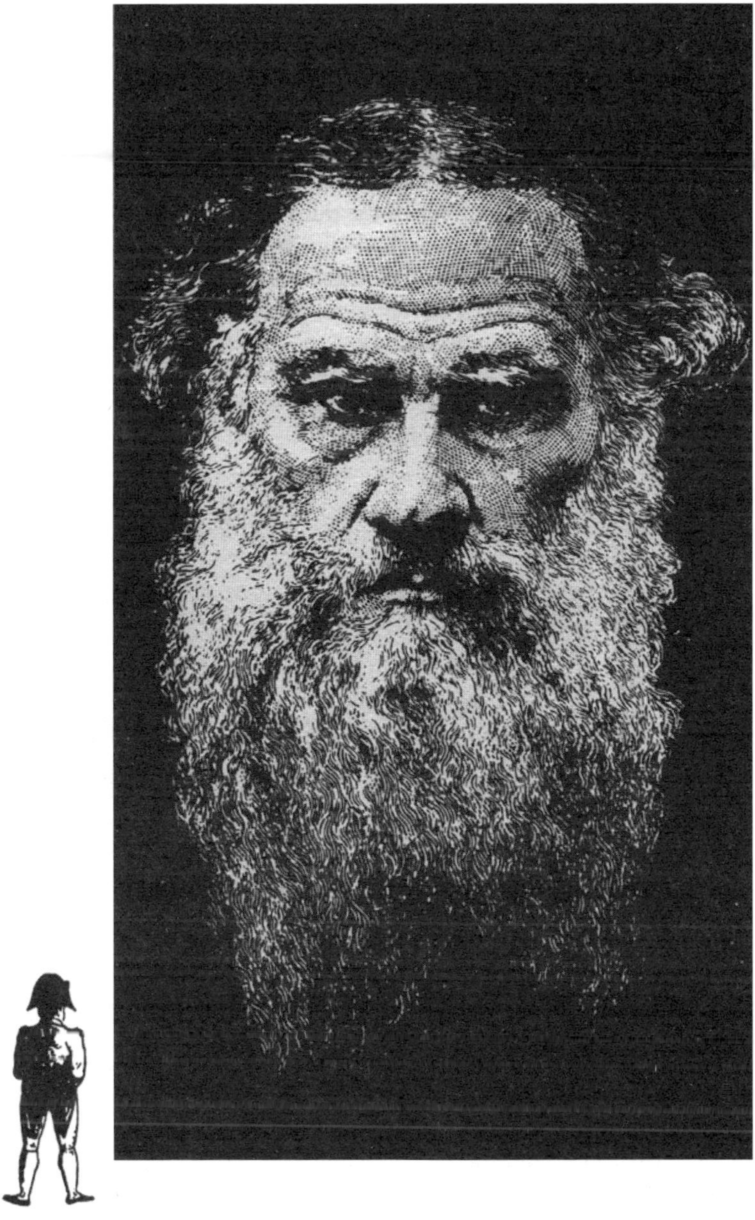

Eu estava comendo um sanduíche no Museu Tolstói. O Museu Tolstói é feito de pedra — muitas pedras, talhadas com destreza. Visto da rua, lembra três caixas empilhadas: o primeiro, o segundo e o terceiro andares. Em tamanho crescente. O primeiro andar tem, digamos, o tamanho de uma caixa de sapatos, o segundo andar, o tamanho de uma caixa de uísque e o terceiro andar, o tamanho de uma caixa contendo um capote novo. Muito se comentou sobre o cantiléver do terceiro andar. O piso de vidro permite que o visitante olhe diretamente para baixo e tenha a sensação de estar "flutuando". O prédio inteiro, visto da rua, dá a impressão de que vai desabar sobre o observador. Isso é relacionado pelos arquitetos à autoridade moral de Tolstói.

O casaco de Tolstói

No porão do Museu Tolstói trabalhadores descarregavam novos retratos do conde Liev Tolstói. Caixotes enormes com FRÁGIL escrito em estêncil com tinta vermelha...

Os guardas no Museu Tolstói carregam baldes que contêm pilhas de lenços de bolso brancos. Mais do que qualquer outro museu, o Museu Tolstói provoca o choro. Até mesmo o simples título de uma obra de Tolstói, com sua carga de amor, pode provocar o choro — por exemplo, o artigo intitulado "Quem deve aprender a escrever com quem, as crianças camponesas conosco ou nós com as crianças camponesas?" Muitas pessoas param diante desse artigo, chorando. Também aqueles que se veem surpreendidos pelos olhos de Tolstói nos diversos retratos, sala após sala após sala, não ficam impassíveis com a experiência. Dizem que é como cometer um pequeno delito e ser pego em flagrante pelo próprio pai, parado nas soleiras de quatro portas a nos encarar.

Eu estava lendo um conto de Tolstói no Museu Tolstói. Nesse conto, um bispo está viajando de navio. Um dos outros passageiros fala ao bispo sobre uma ilha onde vivem três ermitões. Dizem que os ermitões são de uma devoção extrema. O bispo se vê tomado pelo desejo de se encontrar e falar com os ermitões. Convence o capitão do navio a ancorar perto da ilha. Vai de barquinho até a terra firme. Fala com os ermitões. Os ermitões explicam ao bispo como adoram a Deus. Praticam a seguinte oração: "Três de Vós, três de nós, tende piedade de nós." Ao bispo a oração parece equivocada. Ele se ocupa de ensinar o pai-nosso aos ermitões. Os ermitões aprendem o pai-nosso, não sem grande dificuldade. Quando enfim conseguem aprender, a noite já caiu.

O bispo volta ao navio, feliz por ter podido ajudar os ermitões em sua adoração. O navio segue. O bispo se senta sozinho no convés,

O jovem Tolstói

Em Starogladkovskaia, circa 1852

Caça ao tigre, Sibéria

refletindo sobre as experiências do dia. Enxerga uma luz no céu, atrás do navio. A luz é emitida pelos três ermitões, que flutuam sobre a água de mãos dadas, sem mexer os pés. Alcançam o navio, dizendo: "Esquecemos, servo de Deus, esquecemos seu ensinamento!" Pedem que os ensine mais uma vez. O bispo faz o sinal da cruz. Então diz aos ermitões que a oração deles também chega aos ouvidos de Deus. "Nada tenho a ensinar a vocês. Orem por nós, pecadores!" O bispo faz uma mesura no convés. Os ermitões se afastam pairando sobre o mar, de mãos dadas, até voltarem à ilha.

    O conto é escrito em um estilo muito simples. Dizem que se baseia em uma lenda popular. Há uma versão da mesma história em Santo Agostinho. Fui tomado por uma depressão incrível ao ler esse conto. Por sua beleza. Distância.

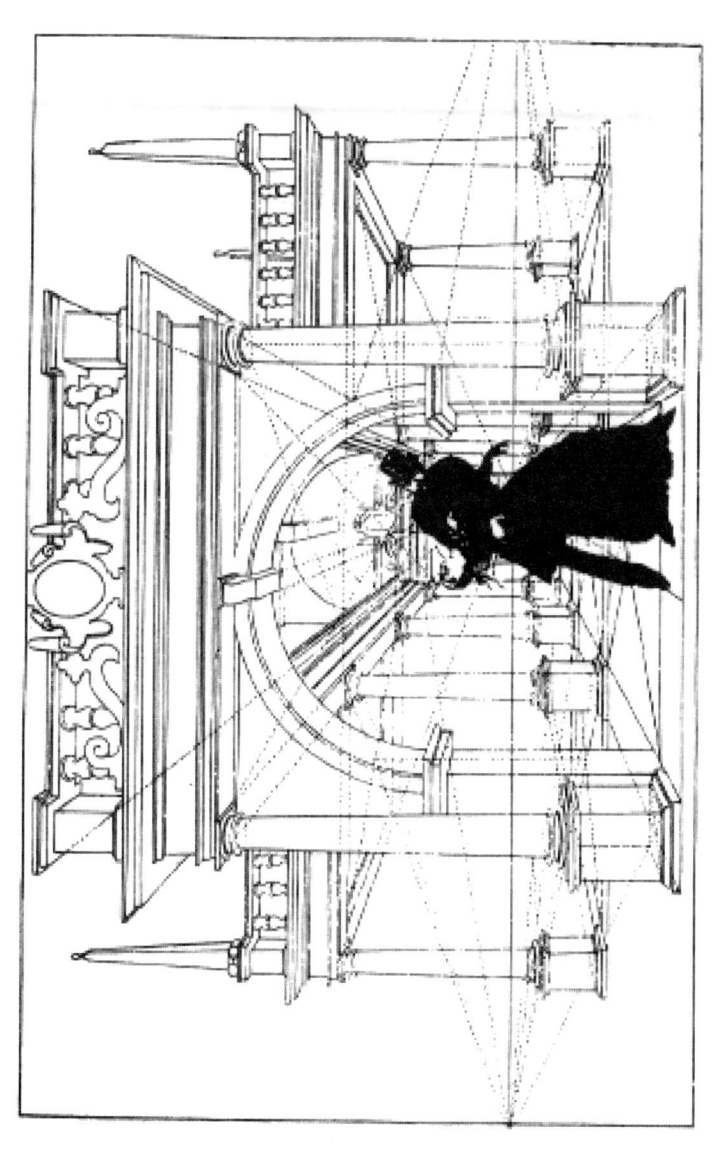

O Pavilhão Anna-Vronsky

Na cena do desastre (Tolstói indicado pela seta)

No Museu Tolstói, a tristeza tomou conta dos 741 visitantes dominicais. O Museu oferecia uma série de palestras sobre o texto "Por que os homens se entorpecem?" Os visitantes ficaram tristes por conta da eloquência dos oradores, que muito provavelmente tinham razão.

As pessoas fitavam retratos minúsculos de Turguêniev, Nekrasov e Fet. Estes e outros pequenos retratos estavam dependurados ao lado de retratos gigantescos do conde Liev Tolstói.

Na praça, um músico sinistro tocava um trompete de madeira, assistido por duas crianças.

Apreciamos as 640.086 páginas (Edição de Jubileu) das obras publicadas do autor. Algumas pessoas queriam que ele sumisse, mas outras eram gratas por sua existência. "Ele tem me servido de inspiração ao longo da vida toda", afirmou uma delas.

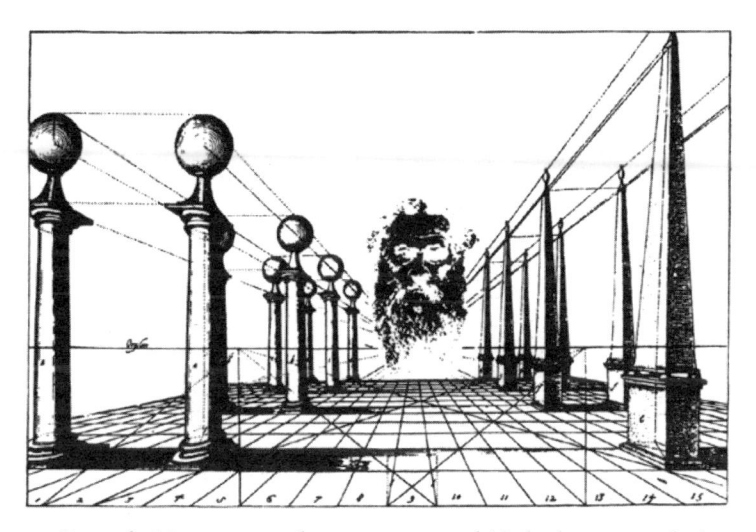

Praça do Museu com cabeça monumental (fechada às segundas)

    Eu não me decidi. Parado aqui na sala "Verão no campo", caio vítima de uma insistente confusão mental. Ainda assim creio que vou seguir adiante até "A manhã de um senhor". Talvez algo vivificante me aconteça por lá.

A FUGA DOS POMBOS DO PALÁCIO

No *palazzo* abandonado, ervas daninhas e velhos cobertores preenchiam os cômodos. O *palazzo* estava em péssimo estado. Passamos dez anos limpando o *palazzo* abandonado. Esfregamos as pedras. A esplêndida arquitetura foi restaurada e pintada. As portas e janelas foram consertadas. Tudo então ficou pronto para o espetáculo.

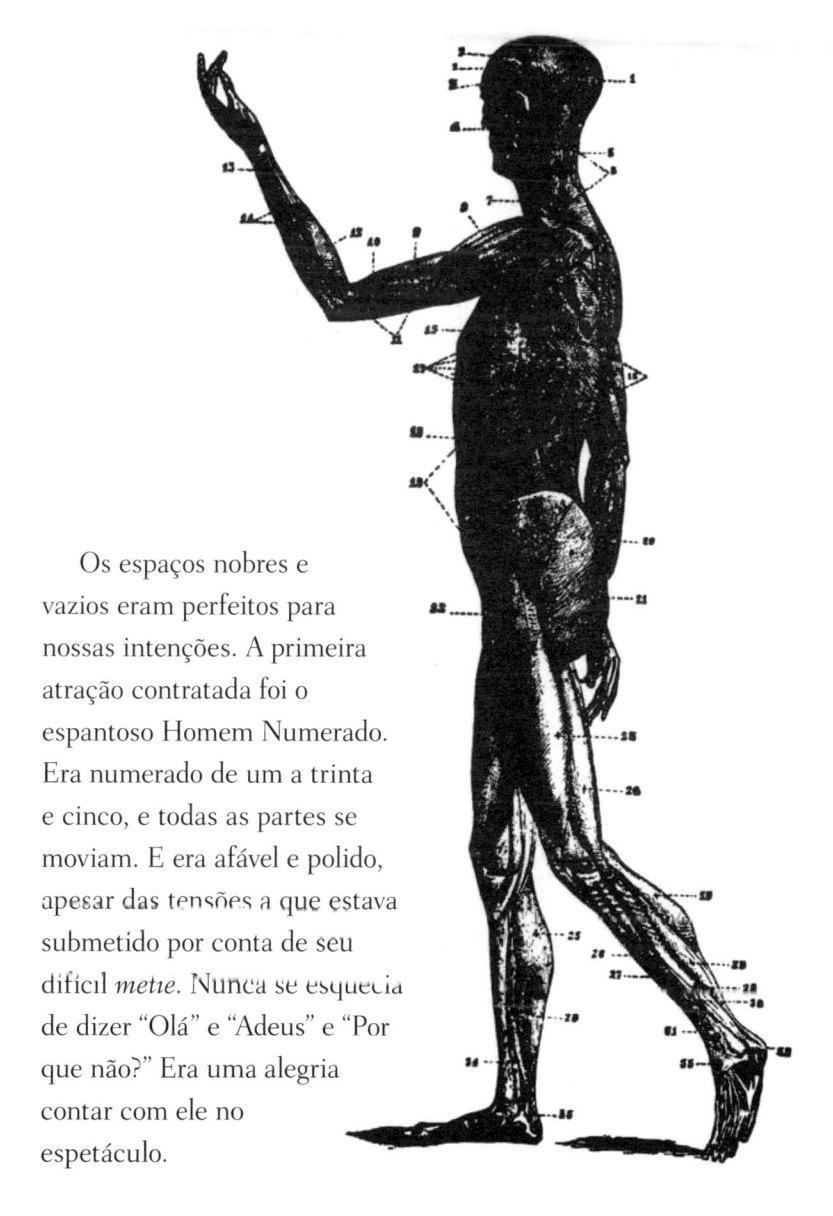

Os espaços nobres e vazios eram perfeitos para nossas intenções. A primeira atração contratada foi o espantoso Homem Numerado. Era numerado de um a trinta e cinco, e todas as partes se moviam. E era afável e polido, apesar das tensões a que estava submetido por conta de seu difícil *metie*. Nunca se esquecia de dizer "Olá" e "Adeus" e "Por que não?" Era uma alegria contar com ele no espetáculo.

Em seguida, conseguimos a Dama Emburrada. Ela nos dava as costas. Era assim que se sentia. Sempre tinha se sentido assim, afirmou. Tinha se sentido assim desde os quatro anos de idade.

Conseguimos outras atrações — uma Espada Cantante e um Comedor de Pedras. Ingressos e programas foram preparados. Baldes d'água foram espalhados aqui e ali para o caso de incêndio. Cordões de prata foram atados aos animais de estrondoso rugido e cheiro forte.

A formação para a noite de estreia incluía:

    Um homem assustadoramente belo
    Um Grande Cã
    Uma febre da tulipa
    A Taxa Preferencial de Juros
    Edgar Allan Poe
    Uma luz colorida

Nós nos perguntamos: como melhorar o espetáculo?

Fizemos uma entrevista de emprego com uma explosão.

Houve inúmeras situações em que homens eram maus com mulheres — dominando-as e comendo sua comida. Colocamos essas situações no espetáculo.

No verão do espetáculo apareceram os ladrões de túmulos. Túmulos famosos eram roubados diante dos olhos do público. Mortalhas eram desenroladas e coisas que deveriam ficar esquecidas foram lembradas. Músicas tristes eram tocadas pela banda, destituída de sanidade pela morte de sua tradição. Na agradável noite do espetáculo, uma trupe de cutias praticou evasão fiscal no topo de postes amarelos muito altos e oscilantes. Diante dos olhos do público.

A trapezista com quem eu tinha um trato... O momento em que ela fracassou em me agarrar...

Será que tentou mesmo? Não me lembro de vê-la fracassando em agarra ninguém de quem gostasse muito. É dona de músculos grandiosos, por demais hábeis para isso. Músculos grandiosos que contemplamos através de pálpebras pesadas...

Recrutamos bobos para o espetáculo. Tínhamos vagas para um bom número de bobos (e na grande apresentação exclusiva de bobos que vem logo em seguida ao segundo ato, algumas vagas para especialistas). Mas é difícil encontrar bobos. Em geral eles não gostam de se admitir como tal. Acabamos nos conformando com abestalhados, paspalhos, palermas. Um punhado de broncos, bocós, tontos, tolos. Alistamos uma besta quadrada, bem como alguns pacóvios e tapados. Um tanso. Ao vê-los todos reunidos zanzando sem rumo sob as luzes coloridas, tagarelando e fazendo milagres, é de surpreender.

Coloquei meu pai no espetáculo, com seus olhos glaciais. O segmento se chamava Meu Pai Preocupado com o Fígado.

As apresentações se sucediam lépidas e abundantes.
Apresentamos A Venda da Biblioteca Pública.
Apresentamos Macacos Espaciais Aprovam Verbas.
Fizemos Inovações Teológicas e fizemos Música Cereal (com suas passas de beleza) e não esquecemos de Pilhas de Mulheres Descartadas Emergindo do Mar.
Ouviam-se tênues aplausos. O público se amontoava. As pessoas enumeravam seus pecados.

Cenas da vida doméstica foram incluídas no espetáculo.

Usamos a Fuga dos Pombos do Palácio.

É difícil manter o interesse do público.

O público exige novas maravilhas amontoadas sobre novas maravilhas.

Muitas vezes nem sabemos de onde sairá nosso prodígio seguinte.

A oferta de ideias estranhas não é infinita.

O desenvolvimento de novas maravilhas não é como a produção de enlatados. Algumas coisas de início parecem maravilhas, mas quando nos familiarizamos com elas vemos que nada têm de maravilhoso. Às vezes um cacodemônio de vinte e três metros de altura, pago regiamente, evocará não mais que um ligeiro frisson. Alguns de nós até pensamos em encerrar o espetáculo — fechar tudo. Essa ideia tem pairado pelos corredores e salas de ensaio do espetáculo.

O novo vulcão que acabamos de contratar parece muito promissor...

ALGUNS MOMENTOS DE SONO E VIGÍLIA

Edward acordou. Pia já estava acordada.
"O que você sonhou?"
"Você era meu irmão", Pia respondeu. "Estávamos fazendo um filme. Você era o herói. Era um filme histórico. Você tinha uma capa e uma espada. Estava pulando de um lado para o outro, pulando em mesas. Mas na segunda metade do filme você tinha perdido todo o peso. Estava magro. Arruinou o filme. Os papéis não se encaixavam."
"Eu era seu irmão?"
Scarlatti no rádio. Era domingo. Pete sentado à mesa do café. Pete era médico em um submarino nuclear americano, psiquiatra. Tinha acabado de voltar de uma patrulha, cinquenta e oito dias debaixo d'água. Pia serviu a Pete ovos mexidos com cogumelos, *wienerbrød*, salame feito com vinho tinto, bacon. Pete interpretou o sonho de Pia.
"Edward era seu irmão?"
"Sim."
"E seu irmão verdadeiro está indo para a Itália, você disse."
"Sim."
"Pode ser um mero desejo de viajar."
Edward, Pia e Pete foram fazer um passeio de barco, um tour ao porto de Copenhague. A lotação do barco era cento e vinte turistas. Sentados lado a lado, de quatro em quatro, de um lado e de outro da coxia. Um guia falava ao microfone em dinamarquês, francês, alemão e inglês, informando aos turistas o que havia no porto.

"Interpretei esse sonho de modo bem superficial", disse Pete a Edward.

"Sim."

"Eu poderia ter feito ele render bem mais."

"Não faça."

"Aqui está a frota de submarinos da Dinamarca", anunciou o guia ao microfone. Edward, Pia e Pete encararam os quatro submarinos negros. Toda noite passava um filme no submarino de Pete. Pete debateu os cinquenta e oito filmes que tinha visto. Pete se sentou no sofá de Edward debatendo *A noviça rebelde*. Edward preparou drinques. Suco de limão da Rose's caiu dentro das taças de *gimlet*. Em seguida Edward e Pia levaram Pete ao aeroporto. Pete levantou voo. Edward comprou *A interpretação dos sonhos*.

Pia sonhou que tinha empreendido uma jornada até um casarão, um castelo, para cantar. Encontrou uma cama para si em um quarto com vista para jardins muito elaborados. Então surgiu outra garota, uma amiga de infância. A nova garota exigiu a cama de Pia. Pia se recusou. A outra garota insistiu. Pia se recusou. A outra garota começou a cantar. Cantava horrivelmente. Pia pediu que parasse. Surgiram outras cantoras, exigindo que Pia abrisse mão da cama. Pia se recusou. Rodearam a cama, gritando e cantando.

Edward fumava um charuto. "Por que você não deu logo a cama para ela?"

"Ficaria com a honra ferida", Pia respondeu. "Aquela garota não é assim, sabe. Na verdade ela é muito quieta e nada assertiva — assertiva? — isso, assertiva. Minha mãe dizia que eu podia seguir o exemplo dela."

"O sonho quis dizer que sua mãe estava enganada a respeito da garota?"

"Talvez."

"Que mais?"

"Não lembro."
"Você cantou?"
"Não lembro", disse Pia.
Søren, irmão de Pia, tocou a campainha. Trazia um par de calças. Pia consertou uma descostura nos fundilhos. Edward fez café instantâneo. Pia explicou o que era *blufaerdighedskraenkelse*. "Andar pela rua com as calças abertas", disse. Søren deu o songbook de Joan Baez para Edward e Pia. "*It's very good*", disse em inglês. A campainha tocou. Era o pai de Pia. Trazia um par de sapatos que Pia tinha esquecido na fazenda. Edward fez mais café. Pia se sentou no chão e cortou pedaços de tecido azul, vermelho e verde para fazer um vestido. Ole chegou. Trazia o violão. Começou a tocar algo do songbook de Joan Baez. Edward encarou o corte de cabelo de Ole, que lembrava Mogli. Somos do mesmo sangue, tu e eu. Edward leu *A interpretação dos sonhos*. "Sempre que meu próprio ego não aparece no conteúdo do sonho, mas somente alguma pessoa estranha, posso presumir com segurança que meu próprio ego está oculto, por identificação, por trás dessa outra pessoa; posso inserir meu ego no contexto."*

Edward estava em um café, sentado a uma das mesas da calçada e tomando uma cerveja. Usava os sapatos de camurça marrons, a calça de brim preto, a camisa xadrez branco-e-preto, a barba ruiva, os óculos imensos. Edward encarou as próprias mãos. Pareciam velhas. "Tenho trinta e três anos." Garotas miúdas passaram pela calçada usando calças pretas muito coladas. Em seguida, garotas corpulentas com calças brancas muito coladas.

Edward e Pia passearam pela Frederiksberg Allé, sob as estranhas árvores de copa quadrada. "Aqui me derrubaram da bicicleta quando eu tinha sete anos", disse Pia. "Foi um carro. No meio de uma nevasca."

---

* Sigmund Freud, *A interpretação dos sonhos*. Tradução de Jayme Salomão. Rio de Janeiro: Imago, 1972. (N. do T.)

Edward encarou o famoso cruzamento. "Você se machucou?"

"Minha bicicleta ficou totalmente destruída."

Edward leu *A interpretação dos sonhos*. Pia se curvou sobre a máquina de costura, costurando tecido azul, vermelho e verde.

"Num sonho, Freud transformou o amigo R. num tio mal-afamado."

"Por quê?"

"Queria ser professor-assistente. Estava louco para ser professor-assistente."

"Então por que não deixaram?"

"Não sabiam que ele era Freud. Não tinham visto o filme".

"Você está de brincadeira."

"Estou tentando."

Edward e Pia conversaram sobre sonhos. Pia contou ter sonhado com casos de amor infelizes. Nesses sonhos, afirmou, ela era muito infeliz. Depois acordava e sentia alívio.

"Por quanto tempo?"

"Acho que por uns dois meses. Mas depois eu acordava feliz. Porque não era o caso."

"Por que casos de amor *infelizes*?"

"Não sei."

"Acha que isso significa que você quer ter novos casos?"

"Por que eu iria querer ter casos de amor infelizes?"

"Talvez você queira ter casos, mas se sinta culpada por querer ter casos, e por isso eles se tornam casos infelizes."

"Que sutil", disse Pia. "Você está inseguro."

"Ora!", retrucou Edward.

"Mas então por que fico feliz quando acordo?"

"Porque não precisa mais se sentir culpada."

Edward resistiu a *A interpretação dos sonhos*. Leu oito romances de Anthony Powell. Pia desceu a rua usando o suéter azul de Edward.

Olhou para seu reflexo em uma vitrine. O cabelo estava horroroso. Pia entrou no banheiro e passou uma hora mexendo no cabelo. Depois escovou os dentes por um tempinho. O cabelo seguia horroroso. Pia se sentou e começou a chorar. Chorou por um quarto de hora, sem fazer qualquer ruído. Tudo estava horroroso.

Edward comprou *O livro dos sonhos da Madame Cherokee*. Sonhos em ordem alfabética. Se você sonhar com um pano negro, acontecerá uma morte na família. Se sonhar com uma tesoura, um nascimento. Edward e Pia assistiram a três filmes de Jean-Luc Godard. O senhorio apareceu e pediu que Edward pagasse o imposto de renda dinamarquês. "Mas eu não recebo nenhum dinheiro na Dinamarca", protestou Edward. Tudo estava horroroso.

Pia voltou do cabeleireiro para casa com pintura negra ao redor dos olhos.

"Que tal?"

"Odiei."

Pia estava picando um repolho enorme, um repolho do tamanho de uma bola de basquete. O repolho tinha um tamanho extraordinário. Era um repolhão.

"Que repolhão", Edward comentou.

"Repolhão", disse Pia.

Encararam o repolho enorme que Deus havia colocado no mundo para servir de jantar.

"Tem vinagre?", Edward quis saber. "Eu gosto... de vinagre... com..." Edward leu uma revista masculina cheia de fotografias coloridas de garotas nuas levando vidas normais. Edward leu a *New Statesman* e suas cartas ao editor. Pia apareceu com o vestido novo azul, vermelho e verde. Estava maravilhosa.

"Você está maravilhosa."

"*Tak*."

"Mesas significam mulheres", disse Edward. "Lembra que você disse que eu estava pulando em mesas no seu sonho? Freud disse que mesas representam mulheres. Você está insegura."

"*La vache!*", disse Pia.

Pia relatou um novo sonho. "Voltei para a cidadezinha onde eu tinha nascido. Primeiro zanzei por lá como turista, com uma câmera. Depois um garoto vendendo alguma coisa — de uma carrocinha? — pediu para ser fotografado. Mas eu não conseguia encontrá-lo no aparato da câmera. No visor. Outras pessoas sempre se metiam. Todo mundo nessa cidade tinha se divorciado. Todo mundo que eu conhecia. Aí fui para um clube feminino, um lugar onde as mulheres tiravam os homens para dançar. Mas só tinha um homem por lá. Ele aparecia na propaganda do lado de fora. Era o gigolô. Gigolô? É isso? Aí peguei o telefone e liguei para conhecidos. Mas todos tinham se divorciado. Todos estavam divorciados. Minha mãe e meu pai tinham se divorciado. Helle e Jens tinham se divorciado. Todo mundo. Todo mundo flutuava de um jeito estranho."

Edward gemeu. Um gemido palpável. "Que mais?"

"Não lembro."

"Mais nada?"

"Quando eu estava a caminho do clube feminino, o menino que tentei fotografar apareceu e tomou meu braço. Fiquei surpresa mas disse a mim mesma algo como *É preciso ter amigos por aqui*."

"Que mais?"

"Não lembro."

"Dormiu com ele?"

"Não lembro."

"O clube feminino fez você se lembrar de alguma coisa?"

"Ficava num porão."

"Fez você se lembrar de alguma coisa?"

"Parecia um lugar na universidade. Onde a gente ia dançar."

"O que está ligado a esse lugar, na sua mente?"
"Uma vez um garoto entrou na festa pela janela."
"Por que ele entrou pela janela?"
"Para não pagar."
"Quem ele era?"
"Alguém."
"Dançou com ele?"
"Sim."
"Dormiu com ele?"
"Sim".
"Muitas vezes?"
"Duas."

Edward e Pia foram até Malmö de hidroavião. O hidrofólio saltou para o ar. A sensação era de um avião avançando a duras penas por uma pista de decolagem.

"Sonhei com um telhado", disse Pia. "Onde se guardava milho. Onde ele era armazenado."

"O que isso...", começou Eduardo.

"E também sonhei com tapetes. Eu estava batendo um tapete", ela prosseguiu. "E sonhei com cavalos, estava cavalgando."

"Chega", disse Edward.

Pia ensaiou mais três sonhos em silêncio. Edward encarou as folhas verdes de Malmö. Edward e Pia cruzaram a seção de tapetes de uma loja de departamentos. Cercados por tapetes empolgantes: tapetes suecos, tapetes poloneses, tapetes de retalhos, tapetes de palha, tapetes de maior extensão, carpetes, sobras de tapete. Edward estava considerando um tapete que custava quinhentas coroas, em sete tons de vermelho, mais ou menos do tamanho de um *Herald Tribune*, edição Paris, aberto.

"Está claro que é bom demais para o chão", disse Pia. "É para pendurar na parede."

Edward tinha quatrocentos dólares no bolso. Em tese era para durar dois meses. O vendedor de tapetes aumentou a pressão com um sorriso hediondo. Correram para a rua. Bem na hora. "Mas Deus é testemunha de que são tapetes bonitos", Edward declarou.

"O que você sonhou ontem à noite?", perguntou Edward. "O que você sonhou? O quê?"

"Não lembro."

Edward chegou à conclusão de que se preocupava demais com o lado sombrio de Pia. Pia encarada como uma lua. Edward permanece na cama tentando se lembrar de um sonho. Não consegue se lembrar. São oito horas. Edward saiu da cama para ver se havia correspondência no chão, se alguma correspondência tinha passado por baixo da porta. Não. Pia acordou.

"Sonhei com feijão."

Edward olhou para ela. O *livro dos sonhos de Madame Cherokee* voou até suas mãos.

"Sonhar com feijão é, em qualquer cenário, um sinal de grande infortúnio. Comer feijão significa doença, cozinhar feijão significa que a vida de casado será muito difícil para você. Sonhar com *beterraba*, por outro lado, é bem auspicioso."

Edward e Pia discutiram *Rosa da esperança*. Não foi escrito por J. B. Priestley, segundo Edward.

"Lembro muito bem", insistiu Pia. "Errol Flynn era o marido, estava ali parado com os suspensórios, os suspensórios" — Pia fez um gesto de segurando-as-calças — "arriados, e ela disse que amava Walter Pidgeon".

"Errol Flynn nem trabalha nesse filme. Você acha que tudo foi escrito por J. B. Priestley, não é? Tudo que existe em inglês."

"Não acho."

"Errol Flynn nem trabalha nesse filme." Edward estava bêbado. Gritava. "Errol Flynn nem trabalha... nessa *bosta*... de filme!"

Pia não estava bem dormindo. Estava parada em uma esquina. Mulheres a encaravam de canto de olho. Ela segurava uma sacola de corda contendo morangos, cerveja, giletes, nabos. Uma senhora idosa passou de bicicleta e parou no sinal. A senhora idosa colocou os dois pés no chão, arrancou a sacola das mãos de Pia e a atirou na sarjeta. Depois saiu pedalando assim que o sinal mudou. As pessoas se aglomeraram ao redor de Pia. Ela sacudiu a cabeça. "Não", disse. "Ela simplesmente... eu nunca tinha visto ela antes." Alguém perguntou se Pia queria chamar a polícia. "Para quê?", Pia respondeu. O pai dela estava ali parado e sorrindo. Pia pensou: *Essas coisas no fundo não têm significado.* Pia pensou: *Se este vai ser o meu sonho desta noite, então nem quero sonhar.*

A TENTAÇÃO DE SANTO ANTÔNIO

Sim, o santo foi bastante subestimado na época, especialmente por pessoas que não gostavam de coisas inefáveis. Acho bastante compreensível — esse tipo de coisa pode ser extremamente irritante para algumas pessoas. Afinal de contas, tudo já é difícil o bastante sem termos de lidar com algo que não é tangível e claro. As categorias superiores de abstração não passam de estorvo para algumas pessoas, enquanto para outras, é claro, são bastante interessantes. No plano geral, eu diria que as pessoas que não gostavam desse tipo de ideia, ou que se recusavam a pensar sobre ela, estavam em maioria. E alguns chegavam a ficar furiosos com a ideia da santidade — não com o próprio santo, de quem todos gostavam, mais ou menos, exceto uns poucos, mas com a ideia que ele representava, especialmente por não estar em um livro ou em algum lugar, mas de fato presente ali, na comunidade. Claro que algumas pessoas saíram falando que ele "se achava melhor que todo mundo", e era preciso travar conversas particulares com essas pessoas e explicar que elas tinham se equivocado na percepção do problema, que não se tratava de uma questão de mera arrogância, que todos conhecemos muito bem, mas em vez disso algo puro e místico, do reino do extraordinário, por assim dizer; estranho a este mundo. Mas muitas pessoas não gostam de coisas estranhas a este mundo, para elas as coisas deste mundo bastam e não têm problema algum em fazer com que todos saibam disso. "Se ele se prestasse a arranjar um emprego, como todo mundo, aí poderia passar o dia inteiro sendo santo, se quisesse" — esse era um tema comum. Existe um certo ódio por pessoas que olham para além do cotidiano. Talvez tenha sido sempre assim.

Por esse motivo, em todo caso, as pessoas estavam sempre tentando enxergar o interior do apartamento do santo, descobrir se práticas estranhas estavam sendo realizadas ali dentro, ou se era possível discernir, a partir da disposição da mobília e assim por diante, se haviam sido feitas recentemente. Tocavam a campainha e fingiam ter se enganado de apartamento, essa gente, mas Santo Antônio deixava que entrassem assim mesmo, ainda que soubesse muito bem o que estavam tramando. Ficava parada por ali, algumas vezes uma dupla formada por marido e mulher, e eles encaravam o tapete, um tapete bege grande e muito corriqueiro, comprado no Kaufman's, e depois a mesinha de centro e assim por diante, meio que se esgueiravam para dentro da cozinha para ver o que ele andava comendo, se é que comia. Sempre ficavam surpresos ao ver que ele ingeria alimentos mais ou menos normais, talvez exagerando um pouco nas frituras. Acho que esperavam raízes e ervas. E havia é claro um interesse enorme e doentio pelo quarto, cuja porta costumava ser mantida fechada. As pessoas pareciam achar que ele deveria, na busca por quaisquer que fossem os objetivos superiores que tinha em mente, dormir no chão; quando descobriam que havia uma cama comum ali dentro, com uma colcha marrom, ficavam ligeiramente chocados. Santo Antônio a essa altura já tinha servido xícaras de café e pedido que eles se sentassem para descansar os pés, e perguntado sobre o trabalho e se tinham filhos e por aí vai; eles iam embora pensando: ele é igual a todo mundo. Era esse, creio, o modo com que ele queria se apresentar, naquela época.

Mais tarde, depois que tudo terminou, ele se mudou de volta para o deserto.

Eu não tinha nenhuma opinião em especial a respeito da coisa certa a se pensar sobre ele. Às vezes é preciso trilhar um longo caminho para se obter um consenso efetivo, e é claro que ao mesmo tempo é necessário manter funcionando os motores normais da vida. Assim, naquele longo ano que assisti ao surgimento da vontade dele como uma das principais balizas de nossa cidade, fiz todo o possível para ajudar as coisas a correrem bem, para direcionar até ele o fluxo das experiências da vida de modos com os quais ele pudesse lidar. Não que eu fosse um discípulo, dizer isso seria um exagero; eu era mais uma espécie de amigo. E havia coisas que eu podia fazer. Esta cidade, por exemplo, tem um bom tamanho, são mais de cem mil habitantes, e em qualquer cidade como esta — talvez ainda mais que nas cidades muito pequenas, onde todo mundo está lutando pela sobrevivência — encontramos pessoas sem muita coisa para fazer e que não se importam de causar uns probleminhas para alguém que seja incomum de alguma maneira, se isso for servir como distração. Desse modo, o exemplo estabelecido por mim e Elaine ao tratá-lo mais ou menos como qualquer outro amigo deve ter ajudado a normalizar as coisas, e é muito provável que o tenha protegido, de certa forma, das atenções indevidas que sem isso ele poderia ter atraído. Assim como os homens em sociedade parecem sentir que o importante é harmonizar todas as opiniões com todas as outras opiniões, ou pelo menos dotá-las de uma congruência reconhecível em relação à opinião principal, como se o mundo fosse uma sala do júri de onde ninguém pode sair até que todos tenham chegado a um consenso (e tendo sempre em mente a ameaça constante de um julgamento incorreto), os homens, e também as mulheres, da cidade (cujo nome não revelarei, de modo a proteger de possíveis constrangimentos os participantes que ainda moram aqui) tentaram encarar Santo Antônio, e por extensão, a santidade, das formas sacramentadas por sua época e condição.

Assim, a primeira coisa a fazer era provar que ele era um charlatão. Por mais que em retrospecto possa parecer estranho, de início a opinião geral era essa, pois quem acreditaria que se tratava do caso oposto? Porque não era nada fácil, no meio de todas as outras coisas nas quais se tinha de pensar, imaginar o maravilhoso. Não estou dizendo que ele saía por aí fazendo truques ou coisa que o valha. Era só uma certa — "inefável" é a única palavra na qual consigo pensar, e nunca entendi com precisão o que ela significa, mas passa uma determinada sensação, e era isso, também, que emanava do santo nos dias bons. (Ele tinha altos e baixos.) De qualquer modo, era bem feia a coisa no início, quando o pessoal tentava de tudo para descobrir algo que o comprometesse. Não tenho intenção de contestar a honestidade desses céticos; a dúvida é real o bastante na maioria das circunstâncias. Em especial, talvez, em casos que giram em torno de algum princípio de ação: quem acredita em alguma coisa deve, pela lógica, agir de acordo com ela. Quem decidisse que Santo Antônio era mesmo um santo teria de ter agido de determinada maneira com ele, prestado atenção nele, sido reverente e atencioso, lhe rendendo homenagem, talvez mudado um pouco a própria vida.

A principal tentação de Santo Antônio, no que diz respeito à sua vida por aqui, talvez tenha sido esta: a vida normal.

Não que ele se proclamasse santo com todas as letras. Mas suas ações, como diz o provérbio, falavam mais alto. Havia essa inefabilidade que já mencionei, e também certas coisas que ele fazia. Ele foi assaltado, por exemplo. Isso não é muito comum por aqui, mas com ele aconteceu. Era noite, alguém pegou ele pelas costas, agarrou seu pescoço e começou a revirar os bolsos. Tudo que o homem conseguiu foram uns poucos dólares, e em seguida derrubou Santo Antônio na calçada (colocou uma perna na frente das pernas do santo e deu-

-lhe um empurrão) e fez menção de fugir. Santo Antônio chamou o homem, levantou a mão e perguntou: "Você não quer o relógio?" Era um bom relógio, um Bulova. O homem ficou estupefato. Acabou voltando e tirando o relógio do pulso de Santo Antônio. Não sabia o que pensar. Hesitou por um minuto e depois perguntou a Santo Antônio se ele tinha dinheiro para o ônibus. O santo disse que isso não era problema, ele não morava muito longe, podia ir a pé. Então o assaltante fugiu correndo. Conheço alguém que viu tudo (e, claro, nada fez para ajudar, como é comum nesses casos). As opiniões se dividiram entre quem achava que Santo Antônio era mesmo um santo e os que acreditavam que era um simplório. Eu, pessoalmente, achei aquilo uma burrice da parte dele. Mas Santo Antônio me explicou que, pra começo de conversa, ele tinha ganhado aquele relógio de alguém, e só o usava para não magoar a outra pessoa. Nunca nem olhava para o relógio, disse. Não se interessava por saber as horas.

Um parêntese. No deserto, onde agora ele se encontra, faz muito frio à noite. Ele não acende fogueiras. As pessoas deixam coisas para ele do lado de fora da choupana. Levamos alguns cobertores, mas não sei se ele usa. As pessoas trazem as coisas mais estranhas, cafeteiras elétricas (mesmo que não haja eletricidade por lá), revistas em quadrinhos e até garrafas de uísque. Santo Antônio doa tudo o mais rápido que consegue. Eu o surpreendi, todavia, olhando curioso para um rádio portátil. Contou que quando era jovem, em Mênfis (não Memphis no Tennessee, mas Mênfis no Egito, a cidade em ruínas), gostava muito de música. Elaine e eu conversamos sobre levar uma flauta ou um clarinete de presente. Imaginamos que ele não veria problema nisso, porque tocar música para honrar e glorificar a Deus é uma tradição muito antiga, algumas de nossas melhores músicas têm nisso sua origem. Todo o repertório da música sacra. Perguntamos o que ele achava da ideia. Ele não aceitou, disse que era muito gentil de nossa parte, mas que seria uma distração da vida contemplativa e assim por diante. No entanto às vezes, quando pegamos o carro para vê-lo, às vezes até com outras pessoas, todos cantamos hinos. Ele parece gostar. Isso parece ser aceitável.

Uma coisa engraçada é que, perto do fim, a única coisa que ele dizia, a única palavra era... "Ou". Eu não conseguia entender no que ele estava pensando. Isso foi quando ele ainda morava na cidade.

As famosas tentações, sobre as quais tanto se escreveu, não aconteceram com muita frequência enquanto ele morava entre nós, em nossa cidade. Uma ou duas vezes. Eu nem cheguei a estar presente durante uma tentação, mas ouvi falar a respeito dela. A sra. Eaton, que morava no andar de cima, tinha perfurado um buraco no piso para espionar Santo Antônio! Achei um ato desprezível e fiz ela saber disso. Bem, ela respondeu, a vida dela era um tédio. Tinha cinquenta e oito anos e os dois filhos estavam na Marinha. E algumas lascas de madeira e coisas do tipo devem ter caído no piso do santo quando ela perfurou o buraco. Ela me revelou ter ido até a ferragem e comprado um arco de pua especialmente para isso. "Não tenho vergonha na cara", admitiu. Deus é testemunha. Mas o santo devia saber que ela estava lá em cima com seu olho de cinquenta e oito anos colado no buraco. Seja como for, ela alega ter visto uma tentação. Perguntei que forma essa tentação tinha assumido. Bem, ela respondeu, não era nada muito interessante. Tinha alguma coisa a ver com publicidade. Um homem de terno estava conversando com o santo. Disse que jogaria "a conta no seu colo" caso o santo fizesse alguma coisa com alguma coisa. A única outra coisa que ela ouviu foi uma menção de "faturamento anual na casa de cinco a seis milhões". O santo recusou, de forma muito educada, e o homem foi embora em meio a cordialidades de ambos os lados. Perguntei o que ela esperava ter visto e ela me olhou com um brilho nos olhos e disse: "Adivinha." Acho que estava falando de mulheres. Eu também tinha curiosidade, admito, a respeito das fabulosas beldades nuas com as quais, ao que se conta, ele foi tentado, e coisas do tipo. Nesse contexto é difícil impedir que a imaginação tome caminhos libidinosos. É curioso como nosso apetite para tudo que é sexual parece não ter fim, mesmo que Elaine e eu tenhamos um casamento feliz há nove anos e um relacionamento excelente, tanto na cama quanto fora dela. Nunca parece haver sexo suficiente na vida de uma pessoa, a menos que ela esteja exausta e esgotada, imagino — é curioso que Deus nos tenha criado assim, isso eu nunca compreendi. Não que em tese eu não goste da coisa.

Depois que ele voltou para o deserto, aparecemos um dia por lá para ver se estava em casa. A porta da choupana estava coberta com um pelego velho. Muitas formigas e animais rastejantes infestavam a superfície do pelego. Ao passar pela porta da choupana é preciso se mover bem rápido. É uma das coisas mais desagradáveis nas visitas a Santo Antônio. Batemos no pelego, que está duro como uma tábua. Ninguém respondeu. Era possível ouvir ruídos abafados no interior da choupana. Cochichos. Tive a impressão de que havia mais de uma voz. Batemos de novo no pelego; mais uma vez ninguém respondeu. Entramos no Pontiac e voltamos para a cidade.

Agora ele está mais maduro, é claro. Deve estar levando as coisas com mais tranquilidade.

Não me importo se ele colocou a mão na perna dela ou não colocou a mão na perna dela.

Todos sentiam que a cidade tinha feito algo errado, muito errado, mas a essa altura já era tarde demais para remediar o erro.

Alguém teve a ideia brilhante de ver como ele reagiria a Camilla. Essa cidade tem gente muito grosseira. Camilla é bem conhecida. É muito aristocrática, de certo modo, se "aristocrático" significar que a pessoa não dá a mínima para as bobagens sem tamanho, ou até mesmo as maldades, às quais se presta. Os pais dela tinham dinheiro demais, isso era parte do problema, e ela era bonita demais — era bonita, é a única palavra que se pode usar — isso era a outra parte. Acabou convencida por alguns amigos. Foi até a casa do santo vestida com um daqueles shorts bem curtos que eram moda, e tudo o mais. Ela tem seios lindos. É muito inteligente, foi para a Sorbonne e estudou um tipo de filosofia chamada "estrutura" com um sujeito chamado Lévi que dizem ser bastante famoso. Quando ela voltou, não tinha com quem conversar sobre o assunto. Ela fuma muito maconha, isso todos sabem. Mas de certo modo ela não é desprovida de compaixão. Ela se interessava pela personalidade do santo, além de sua condição de anomalia em nosso contexto local. Em suma, alegou que ele tinha dado em cima dela, colocado a mão na perna dela e tudo o mais. Não sei se estava mentindo ou não. Podia estar. Podia estar falando a verdade. É difícil dizer. De qualquer modo isso causou um alvoroço enorme, e o pai dela disse que iria dar queixa, embora no fim das contas não tenha feito isso. No dia seguinte, ela parou de falar no assunto. Alguma coisa deve ter acontecido, mas não acho que necessariamente tenha sido o que ela disse que foi. Mais tarde ela se tornou voluntária do programa federal de combate à pobreza e foi trabalhar nas áreas pobres de Detroit.

 Seja como for, isso caiu na boca de muita gente. Certo, e se ele *tiver* colocado a mão na perna dela — diziam alguns —, o que isso tinha de tão errado? Eram ambos seres humanos adultos e solteiros, afinal de contas. A sexualidade é tão importante quanto a santidade e talvez ambas tenham a mesma beleza aos olhos de Deus, caso contrário a primeira não faria parte do plano divino. Sempre há conflitos de ideias entre quem pensa uma coisa e quem pensa outra. Eu não estou nem aí se ele colocou a mão na perna dela ou se não colocou a mão na perna dela. (Prefiro, é claro, que não tenha colocado.) Para mim foi meio que um incidente sem a menor importância, sobre o qual nem valia a pena falar nada, especialmente se levando em conta o contexto maior do inefável. No ambiente de mundanidade em que ele se via, o santo *brilhava*. Isso ficava bem claro até para as crianças.

Claro que acabariam expulsando da cidade depois de um tempo, com pressões sutis. O anticlericalismo ainda é forte por estas bandas. Mas ainda o visitamos no deserto, uma ou duas vezes por mês. Não fizemos as visitas no mês passado porque estávamos na Flórida.

Ele me disse que, depois de velho, passou a encarar as tentações como "entretenimento".

FRASE

Ou uma frase longa se movendo em certo compasso página abaixo, rumo à margem inferior — se não a margem inferior desta página, então de outra — onde ela pode descansar, ou parar por um instante para pensar sobre as questões suscitadas por sua própria existência (temporária), ou a frase despenca da mente que a aninha (temporariamente) em um tipo de abraço, não necessariamente ardente, mas talvez mais como o tipo de abraço recebido (ou tolerado) por uma esposa que acabou de acordar e está a caminho do banheiro de manhã para lavar o cabelo e então nela esbarra o marido, que estava relaxando à mesa do café lendo o jornal e não a viu sair do quarto, mas quando ele esbarra nela, ou ela esbarra nele, ergue as mãos para abraçá-la de leve, brevemente, porque sabe que se a abraçar de verdade de manhã tão cedo, antes de ela ter a chance de sacudir os sonhos para fora da cabeça e colocado uma roupa velha, ela não vai retribuir, e talvez até fique um tanto irritada, e diga algo que o magoe, e assim o marido não investe nesse abraço tanta pressão física ou emocional quanto poderia, porque não quer desperdiçar nada — com esse tipo de sentimento, então, a frase mais ou menos perpassa a mente, e existe também outro modo de descrever a situação, que é dizer que a frase rasteja pela mente como algo que alguém nos diz quando estamos ouvindo uma estação FM com muita atenção, alguma banda de rock e sua música empolgante, e assim, com nossa atenção ou pelo menos a maior parte dela já dedicada a alguma coisa, não resta muito espaço mental a ser concedido para o comentário, especialmente se levarmos em conta que é muito provável que tenhamos acabado de brigar com aquela pessoa, a emissora do comentário, porque o rádio estava alto demais ou alguma coisa assim, e encaramos o comentário como algo que preferíamos não ouvir, mas precisamos ouvir, queremos ouvir pela menor fração de tempo possível, e durante um intervalo comercial, porque imediatamente após o intervalo comercial vão tocar uma nova música da nossa banda de rock favorita, e queremos ouvir a música e reagir a ela de uma nova maneira, uma maneira que se harmonize com seja lá o que estejamos sentindo no momento, ou poderíamos sentir, caso a ameaça da nova experiência pudesse ser sobrepujada (temporariamente) pela promessa de possíveis vantagens, ou algo que a mente assim interpreta, lembrando que, na maioria dessas vezes, essas são, no fim das contas, derrotas disfarçadas (não que tais derrotas não sejam, de tempos em tempos, boas para nosso caráter, ensinando que não é apenas com sucessos que galgamos os degraus da vida, mas que os infortúnios também colaboram para o encruamento da personalidade, que, ao fornecer uma superfície texturizada para contrapormos à da vida, permite-nos deixar ligeiros vestígios, ou marcas de dedos, na fachada da história humana — nossa marca) e, afinal de contas, buscar vantagens sempre cheira a vaidade nua e crua, como se quiséssemos depositar louros em nossa própria fronte, ou usar nossas medalhas em um piquenique quando o convite nada mencionou a respeito delas, e ainda que o ego viva faminto (ao que se diz) é bom lembrar que o sucesso contínuo é quase tão desprovido de sentido quanto o insucesso contínuo, que pode nos deixar doentes, e que é bom deixar algumas migalhas sobre a mesa para o resto de nossos irmãos, não varrer todas para dentro da bolsinha de miçangas de nossa alma, mas conceder também aos outros parte da gratificação e, se assim compartilharmos, veremos que as nuvens nos sorrirão, e o carteiro nos trará a correspondência, e as bicicletas estarão disponíveis quando quisermos alugá-las, e muitos outros sinais, ainda que cautelosos e limitados, de nossa aprovação (temporária) pela comunidade, ou pelo menos de sua disposição de nos deixar acreditar (temporariamente) que não nos julga tão desprovidos de virtudes louváveis quanto antes nos fez pensar, devido ao seu escárnio por nossos méritos, como se poderia dizer, ou de qualquer modo sua recusa constante em reconhecer nossa humanidade básica, além de seu voto contrário ao nosso projeto de permanecermos vivos, realizado em sessão executiva por seus órgãos dirigentes, os quais, como todos sabem, levam a cabo programas ocultos de recompensa e punição, confidencialmente, causando alterações tênues no status quo, pelas nossas costas, em diversos pontos ao longo da periferia da vida em comunidade, em conjunto com outros empreendimentos não muito dessemelhantes em tom, como produzir filmes dotados de qualidades ou atributos especiais, como um filme em que a segunda metade é um mistério sagrado, e meninas e mulheres não têm permissão para assistir, ou escrever romances nos quais o último capítulo é um saco plástico cheio d'água, a qual podemos tocar, mas não beber: dessa forma, ou formas, a vida mental subterrânea da coletividade se vê sabotada, ou negada, ou transformada em algo jamais imaginado pelos planejadores, os quais, retornando do mais recente seminário sobre gerenciamento de crises e questionados a respeito do que aprenderam, afirmam que aprenderam a jogar a toalha; a frase, enquanto isso, embora não insensível acerca dessas considerações, possui sua própria consciência supurada, a qual a persuade a seguir sua estrela e mover-se de forma deliberada a toda a velocidade de um lugar a outro, sem perder nenhum dos "passageiros" que porventura tenha apanhado apenas por estar ali, na página, e virando pra lá e pra cá, para ver o que há ali, sob aquela árvore de formato estranho, ou ali, refletido no barril com água de chuva da imaginação, ainda que seja verdade que em nossa mocidade tenhamos aprendido que frases curtas e energéticas são melhores (mas o que ele quis dizer com isso? "energético" não é algo que transmite energia física? acho que ele deve ter querido dizer "frases curtas e *enérgicas*", no sentido de frases vigorosas, talvez até cheias de músculos, e agora conferindo essa palavra no dicionário encontrei ali por perto "enérgide", que é a parte viva de uma célula, composta de citoplasma, núcleo e membrana plasmática — é isso que eu quero para minha frase, que ela tenha vitalidade!) e agora temos maturidade suficiente para tolerar o choque de aprender que muito do que nos foi ensinado na juventude estava errado, ou compreendido de forma imprópria por quem ensinava, ou talvez um pouco adulterado, uma adulteração resultante das necessidades particulares dos professores, que como seres humanos tinham a tendência de inserir um pouco da própria essência no trabalho, e às vezes essa essência podia não ser muito perfumada, e mesmo que imaginassem estar transmitindo o "saber", como determinado pelo Conselho de Educação, poderiam ter percebido que suas frases não estavam tendo o poder de nocaute das novas armas cujas balas atravessam o alvo em zigue-zague (mas é verdade que não tínhamos tais armas na época) e que poderiam ter levado em conta a dubiedade fundamental de seu projeto (mas todos os projetos concebidos de forma inteligente já tinham sido engolidos, como a lua e as estrelas), nos restando, com nossas roupas domingueiras, somente atividades como conduzir diligentes guerras de desgaste contra nossas esposas, que agora acordaram de vez, e vestiram suas calças boca de sino listradas, e cobriram o torso com suéteres, e se recusaram terminantemente a usar sutiãs por baixo dos suéteres, explicando em minúcias o significado político desta recusa a qualquer interessado em ouvir, ou olhar, mas não tocar, porque isso não está em questão, dizem elas; nos restando somente atividades como fazer folhas de papel-alumínio flutuarem pela sala, tentando descobrir quantas conseguimos manter no ar ao mesmo tempo, o que nos concede ao menos algum senso de participação, como se fôssemos o Buda, a olhar do alto para o mistério de seu sorriso, o qual precisa ser investigado, e acho que vou fazer isso agora mesmo, enquanto ainda há luz suficiente, se você se sentar bem ali, na melhor cadeira, e colocar os pés naquele apoio de pés elétrico (que previne contra a pneumonia) e vestir essa bata hospitalar branca que nunca fica amarrotada para cobrir sua nudez — ora, se você fizer tudo isso estaremos prontos para começar! assim que eu lavar as mãos, porque nessa cidade há uma quantidade impressionante de exúvias, ficamos cheios delas apenas caminhando ao ar livre, e cumprimentando conhecidos com aceno de cabeça, e conversando com amigos, no caminho de sempre (e morte aos nossos inimigos! a propósito) — mas estou ficando um pouco nervoso com isso de lavar as mãos, porque não consigo encontrar o sabão, que alguém usou e não devolveu à saboneteira, o que é extremamente irritante se temos uma bela paciente sentada na sala de exames, nua por dentro da bata e espiando as próprias pintas no espelho, com os imensos olhos castanhos acompanhando cada um de nossos movimentos (quando não estão observando as pintas e esperando que, como em um documentário da Disney sobre animais, elas se descamem) e a imensa cabeça castanha se perguntando o que faremos com ela, os locais perfurados na cabeça deixando vazar essa pergunta, enquanto o terapeuta decide lavar as mãos com água e mais nada, e que se dane o sabão! e é isso que ele faz, e em seguida procura uma toalha, mas todas as toalhas foram recolhidas pelo serviço de toalhas e não estão ali, então ele enxuga as mãos na calça, na parte de trás (de modo a evitar manchas suspeitas na parte da frente), pensando: o que ela deve pensar a meu respeito? e tudo isso parece bem pouco profissional e confuso! tentando visualizar os contratempos do ponto de vista dela, se tiver algum (mas como pode ter? ela não está no lavatório) e então parando, porque enfim ele se importa com o próprio ponto de vista e não com o dela, e com isso firme na mente, e com passos leves e confiantes como os que se encontram nas obras de Bulwer-Lytton, ele adentra o espaço que ela tão belamente ocupa e, tomando a mão dela, rasga o tecido engomado da bata hospitalar (mas não, nós não podemos ter esse tipo de *merde* pornográfica nesta frase majestosa e magnânima, que provavelmente acabará parando na Biblioteca do Congresso) (isso foi apenas algo que se deu no interior da consciência dele ao olhar para ela, e como sabemos que a consciência é sempre uma consciência *de* alguma coisa, ela não está inteiramente eximida de responsabilidade na questão) e assim, tomando a mão dela, despenca no estupendo purê branco de seu abismo, não, eu quis dizer que ele pergunta quanto tempo faz desde a última vinda ao hospital, e ela responde duas semanas, e ele sente um calafrio e diz que com uma doença daquelas (ela é um soldado imensamente popular, e suas tropas vencem todas as batalhas fingindo serem florestas, apenas o inimigo descobre no último segundo que as árvores sob cuja sombra eles comeram o almoço têm olhos e espadas) (o que me lembra da apresentação de 1845 de Robert-Houdin, intitulada *A laranjeira fantástica*, na qual Robert-Houdin tomou emprestado o lenço de uma senhora, esfregou entre as mãos e colocou no centro de um ovo, e depois colocou o ovo no centro de um limão, e depois colocou o limão no centro de uma laranja, e então apertou a laranja entre as mãos, fazendo com que ficasse cada vez menor até que restou apenas um pó, ao que ele requisitou um vasinho com uma laranjeira e salpicou o pó sobre ela, e da árvore brotaram flores, e as flores se tornaram laranjas, e as laranjas se tornaram borboletas, e as borboletas se tornaram belas moças, que então se casaram com membros do público), uma doença tão nociva para quaisquer formas de interações sociais em tempo real, que o melhor que ela pode fazer é desistir, e depor suas armas, e ele se deitará sobre elas, e juntos eles se permitirão um pouco do bom e velho vai e vem, ela usando apenas a medalha de Sr. Cristóvão no cordão de prata, e ele (pois tal é a margem de manobra concedida às classes profissionais) se preocupando com a frase, com seus fios delgados de tensão dramática, os quais têm sido omitidos, com a questão de devermos ou não tomar nota de eventos naturais ocorrendo no céu (pássaros, relâmpagos) e com um possível golpe de Estado dentro da frase, mediante o qual seu principal verbo seria — mas nesse momento um mensageiro surge correndo na frase, sangrando por conta do chapéu de espinhos que traz na cabeça, e grita: "Você não sabe o que está fazendo! Pare de fazer esta frase e comece a fazer coquetéis Moholy-Nagy, pois é disso que realmente precisamos nas fronteiras do mau comportamento!" e em seguida desaba no solo, e um alçapão se abre sob ele, e ele despenca pelo alçapão até cair dentro de um fosso úmido onde um narval azul aguarda com o chifre a postos (mas talvez o peso do mensageiro, despencando daquela altura, acabe por quebrar o chifre) — desse modo, ponderando tudo com cuidado, à doce luz dos machados cerimoniais, na barafunda alucinante da indisposição informacional, precisamos tomar uma decisão acerca de prosseguir ou recuar, neste último caso saboreando o *páthos* da erradicação, no primeiro caso lendo um anúncio erótico que começa com *Como transformar sua boca num excitante maçarico* (mas isso não exigiria demais de nosso antisséptico bucal?), tentando, durante a pausa, enquanto nossas bocas queimadas são besuntadas de gordura, imaginar uma frase melhor, mais digna, mais significativa, como as frases na Declaração de Independência, ou um extrato bancário mostrando que temos sete mil coroas a mais do que imaginávamos — um extrato recapitulando nossas exigências excessivas em relação à vida, e também outro que pergunta "se você pode imaginar essas exigências, por que não as satisfaz regularmente, seu grande idiota?", mas naturalmente não é essa a questão que esta frase infectada se dispôs a responder (e um olá! para nossa namorada, Pedra Roseta, que seguiu firme e forte conosco por tempos ruins e muito ruins) mas sim outra questão cuja natureza algum dia descobriremos, e aqui vem Ludwig, o especialista em construção de frases que tomamos emprestado da Bauhaus, que deverá — "Guten Tag, Ludwig!" — provavelmente encontrar uma cura para o inchaço da frase, usando os modos de pensar aprimorados desenvolvidos em Weimar — "Sinto informar que a Bauhaus não existe mais, que todos os grandes mestres que um dia ali pensaram estão mortos ou aposentados, e que eu mesmo me vi reduzido a compor livros sobre como passar no exame para sargento de polícia" — e Ludwig despenca pela Vila Tugendhat e cai na história dos objetos artificiais; uma decepção, sem a menor dúvida, mas nos lembra que a frase em si é um objeto artificial, não aquele que queríamos, é claro, mas ainda assim uma construção humana, uma estrutura a ser estimada por sua debilidade, em oposição à solidez das pedras.

PEPPERONI

Em termos financeiros, o jornal está bem saudável. As áreas florestais do jornal, sua participação em operações de minério, polpa e papel, os setores dedicados a livros, revistas, caixas de papelão e cartões comemorativos, as empresas de cinema, rádio, televisão e tevê por assinatura e os grupos de processamento de dados e comunicações via satélite estão todos prosperando, com o rendimento global sobre capital investido aumentando em cerca de onze por cento ao ano. No último ano, o bônus dos três executivos e diretores mais bem-pagos foi respectivamente de $399.500, $362.700 e $335.400, sem contar a participação nos lucros e os acréscimos nos planos de pensão.

Mas a alta gerência está desanimada e entristecida, e a gerência de segundo escalão anda bebendo demais. Na redação o moral é elevado por conta dos recentes aumentos, mas as testas suadas do pessoal do copidesque, emblemas tradicionais de energia e esperança, começaram a exibir rugas estranhas e pouco atraentes. Em todos os níveis, mesmo nas profundezas das rotativas, onde os impressores usam insolentes chapéus quadrados e sujos feitos de papel dobrado, todos querem que a diretoria pare o que está fazendo antes que seja tarde demais.

Os novos terminais de computador prejudicaram o jornal, disso ninguém duvida. O pessoal da redação não gosta das máquinas. (Alguns dizem gostar delas, mas são as mesmas pessoas que gostam dos banheiros.) Quando os terminais saem do ar, o que acontece com certa frequência, o pessoal da redação dá risadas e aplaude. O editor-executivo instalou um vidro espelhado na porta do gabinete e se posta atrás dele observando a redação, inquieto e gemendo. Há pouco o jornal passou uma semana inteira publicando todos os dias as mesmas tabelas de cotações. Ninguém percebeu, ninguém reclamou. A gerência de segundo escalão implorou à alta gerência uma mudança de rumo. A alta gerência respondeu com garantias proteladas em uma escala móvel. O sindicato está encurralado, choramingando. Os impressores promovem uma série infindável de festas de aniversário em honra de heróis trabalhistas. Repórteres entregam as matérias como sempre, mas algumas delas não são publicadas.

Um pequeno exemplo: o jornal não publicou uma matéria sobre o Número de Mortes no Feriadão após o Dia do Trabalho deste ano, a primeira vez desde 1926 que nenhuma matéria sobre o Número de Mortes no Feriadão foi publicada no jornal após o Dia do Trabalho (e a contagem total de mortes, ainda que não fosse um recorde, era bem significativa).

Alguns elementos da equipe não estão deprimidos. O editor de imóveis do jornal, muito criativo, tem sido uma fonte inesgotável de ideias, e suas páginas, cheias de fotografias coloridas de ambientes domésticos desejáveis, transbordam de anúncios e deixam a edição de domingo muito, muito, muito gorda. Mais redatores de gastronomia foram contratados, e mais redatores de moda, e mais redatores de decoração, e mais redatores de jardinagem. Os colunistas de *bridge*, uíste, *skat, cribbage,* dominó e vinte e um são muito populares.

O Conselho Editorial voltou a apelar à gerência de segundo escalão em busca de socorro, que mais uma vez lhe foi prometido (mas a gerência de segundo escalão tem bafo de Glenfiddich até na hora do café da manhã). As pesquisas realizadas pela alta gerência indicam que sessenta e cinco por cento dos leitores "querem filmes", e estudos de viabilidade estão em curso. A alta gerência reconhece, em longos almoços em bons restaurantes, que os leitores se enganam ao indicar que "querem filmes", mas insiste que não se pode legislar a moralidade. A redação ganhou isolamento acústico (com produtos do setor Echotex da empresa) para que o pessoal ali dentro não escute mais o barulho das ruas.

Os editoriais do jornal foram terceirizados à Texas Instruments, e os obituários à Nabisco, para que a equipe tenha "mais tempo para pensar". A editoria internacional está ministrando aulas de língua estrangeira ("*Yo temo que Isabel no venga*", "Receio que Isabel não venha"). Na terça-feira a primeira página estava especialmente animada. A principal matéria de capa era sobre *pepperoni* — um guia útil e muito completo. Aparecia ao lado da matéria, com imagens, sobre perder volume nas coxas.

A alta gerência se comprometeu a parar o que está fazendo — não agora, mas muito, muito em breve. O pessoal da redação formou uma orquestra de câmara e tocamos Haydn até o sol nascer.

ALGUNS DE NÓS TÊM AMEAÇADO NOSSO AMIGO COLBY

Alguns de nós têm ameaçado nosso amigo Colby há um bom tempo por ele estar se comportando desse jeito. E como agora ele foi longe demais, decidimos que será enforcado. Colby argumentou que ter ido longe demais (ele não negou ter ido longe demais) não era motivo suficiente para que ele acabasse enforcado. Ir longe demais, afirmou, era algo que todo mundo fazia uma vez ou outra. Não demos muita atenção a esse argumento. Perguntamos que tipo de música ele gostaria de ouvir no enforcamento. Ele respondeu que pensaria no assunto mas que levaria algum tempo para decidir. Enfatizei que teríamos de saber isso sem muita demora, porque Howard, que é maestro, teria de contratar e ensaiar os músicos e não teria como começar até saber qual seria a música. Colby declarou apreciar desde sempre a *Quarta sinfonia* de Ives. Howard retrucou que isso era uma "tática para ganhar tempo" e que todos sabiam ser quase impossível executar essa sinfonia de Ives, que o processo envolveria semanas de ensaios e que o tamanho da orquestra e do coral estouraria em muito nosso orçamento para a música. "Seja razoável", ele pediu a Colby. Colby respondeu que tentaria pensar em algo um pouco menos árduo.

Hugh estava preocupado com o texto dos convites. E se algum deles caísse nas mãos das autoridades? Enforcar Colby era sem dúvida contra a lei, e se as autoridades ficassem sabendo do plano de antemão era quase certo que apareceriam para tentar arruinar tudo. Comentei que, embora enforcar Colby fosse quase certamente contra a lei, tínhamos um perfeito direito *moral* de fazer isso porque ele era *nosso* amigo, *pertencia* a nós em inúmeros sentidos importantes, e além de tudo tinha ido longe demais. Concordamos que o texto dos convites ganharia um tom ambíguo, de modo que o convidado não teria como saber ao certo para que estava sendo convidado. Decidimos nos referir ao evento como "Um Evento com a Presença do Sr. Colby Williams". Uma bela caligrafia foi escolhida em um catálogo e selecionamos um papel cor de creme. Magnus disse que gostaria de cuidar da impressão dos convites, e debatemos se deveríamos servir drinques. Colby afirmou que achava os drinques uma boa ideia, mas se preocupava com o custo. Respondemos cordialmente que o custo não tinha a menor importância, afinal de contas éramos todos seus queridos amigos e se um grupo de seus queridos amigos não pudesse se reunir e fazer isso com um tantinho de *éclat*, ora, onde o mundo iria parar? Colby perguntou se ele também teria direito a drinques antes do evento. "Certamente", respondemos.

Em seguida entrou em pauta o cadafalso. Nenhum de nós sabia muito sobre projetos de cadafalso, mas Tomás, que é arquiteto, se comprometeu a estudar livros antigos e desenhar os esquemas. Até onde ele se lembrava, o mais importante era que o alçapão funcionasse perfeitamente. Afirmou que, grosso modo, contando mão de obra e materiais, o cadafalso não nos custaria mais de quatrocentos dólares. "Meu bom Deus", exclamou Howard. Perguntou se Tomás estava pensando em usar pau-rosa. Não, respondeu Tomás, apenas pinho de boa qualidade. Victor perguntou se pinho sem pintura não ficaria meio "tosco" e Tomás respondeu que não seria muito complicado deixar a madeira com um tom de nogueira escura.

Comentei que, embora achasse que a coisa toda deveria ser feita com capricho e tudo o mais, achava também que quatrocentos dólares por um cadafalso, somados às despesas com drinques, convites, músicos e todo o resto, eram um pouco demais, e sugeri que poderíamos simplesmente usar uma árvore — um carvalho bem bonito ou algo assim. Enfatizei que o enforcamento aconteceria em junho e as árvores estariam gloriosamente frondosas, e que usar uma árvore não somente criaria um clima "natural" mas também era uma tradição, especialmente no Oeste. Tomás, esboçando cadafalsos em versos de envelope, lembrou que um enforcamento ao ar livre sempre tinha de levar em conta o risco de chover. Victor disse gostar da ideia de promover o evento ao ar livre, talvez à margem de um rio, mas observou que teria de acontecer a alguma distância da cidade, o que criava o problema de levar os convidados, músicos etc. até o local e depois de volta para casa.

Nesse momento todos olharam para Harry, dono de uma locadora de carros e caminhões. Harry achava que conseguiria reunir um número suficiente de limusines para cuidar dessa questão, mas os motoristas teriam de ser pagos. Como os motoristas não eram amigos de Colby, argumentou, não se poderia esperar que trabalhassem de graça, assim como não o fariam o barman e os músicos. Informou ter umas dez limusines, usadas quase sempre em funerais, e que provavelmente conseguiria obter mais uma dúzia delas com alguns telefonemas para amigos do ramo. Disse também que se o evento fosse ser realizado ao ar livre, a céu aberto, seria melhor providenciar uma tenda ou alguma espécie de toldo para abrigar ao menos os convidados mais importantes e a orquestra, porque se chovesse no enforcamento a cena seria meio deplorável. Quanto à dúvida entre cadafalso e árvore, prosseguiu, ele não tinha qualquer preferência especial e achava que a escolha deveria ser mesmo deixada a cargo de Colby, pois o enforcamento era dele. Colby comentou que todo mundo vai longe demais às vezes, será que não estaríamos sendo um pouco draconianos? Howard replicou meio seco que aquilo já tinha sido debatido, e perguntou se ele preferia cadafalso ou árvore. Colby quis saber se podia escolher um pelotão de fuzilamento. Não,

ALGUNS DE NÓS TÊM AMEAÇADO NOSSO AMIGO COLBY

respondeu Howard, não podia. Howard afirmou que um pelotão de fuzilamento seria apenas uma *ego trip* para Colby, em especial a parte dos olhos vendados e do último cigarro, e que Colby já estava suficientemente em apuros sem tentar "roubar a cena" dos outros com teatralidades desnecessárias. Colby pediu desculpas, disse que não tinha essa intenção e escolheu a árvore. Tomás, desgostoso, amassou os esboços de cadafalso com que se ocupava até então.

Em seguida surgiu a questão do carrasco. Pete quis saber se um carrasco era mesmo necessário. Se usássemos uma árvore, o nó corrediço poderia ser ajustado na altura adequada e Colby poderia simplesmente pular de cima de algo — uma cadeira, um banquinho ou algo assim. Além disso, disse Pete, dificilmente haveria carrascos autônomos vagando pelo país agora que a pena de morte tinha sido abolida por completo, temporariamente, e que acabaríamos tendo de importar algum por via aérea da Inglaterra, da Espanha ou de algum país sul-americano, e mesmo se fizéssemos isso, como saberíamos de antemão que o sujeito era um profissional, um carrasco genuíno, e não um mero amador ganancioso que executaria o serviço porcamente e nos envergonharia na frente de todos? Concordamos então que Colby deveria apenas pular de cima de alguma coisa e que uma cadeira não seria o objeto em questão, porque isso nos parecia de péssimo gosto — uma velha cadeira de cozinha postada ali debaixo da nossa bela árvore. Tomás, dono de uma perspectiva bem moderna e que não teme inovações, propôs que Colby ficasse sobre uma enorme bola de borracha, bem redonda, com três metros de diâmetro. Segundo ele, isso permitiria uma "queda" suficiente e ao mesmo tempo rolaria para longe se depois de pular Colby mudasse de ideia de repente. Ele nos lembrou que, abrindo mão de usar um carrasco, estaríamos depositando no próprio Colby uma parte significativa da responsabilidade pelo sucesso da empreitada, e que embora ele tivesse certeza de que Colby realizaria tudo a contento e não desgraçaria os amigos no último instante, ainda assim é de conhecimento geral que as pessoas tendem a ficar um pouco indecisas em momentos como esse, e que a bola de borracha de três metros, que provavelmente poderia ser fabricada a um custo bem baixo, garantiria uma produção "formidável" sem que fosse preciso gastar muito arame.

À menção de "arame", Hank, que tinha ficado quieto o tempo todo, de repente abriu a boca e sugeriu que talvez fosse melhor usarmos arame em vez de corda — seria mais eficiente e, no fim das contas, sugeriu, menos cruel com Colby. Colby começou a ficar meio esverdeado e isso eu não tenho como criticar, porque é bastante desagradável se imaginar sendo enforcado com arame em vez de corda — inspira certa repulsa no sujeito, quando ele para e pensa no assunto. Achei bastante antipático da parte de Hank ficar falando daquele jeito sobre arame quando tínhamos acabado de resolver com tanta elegância o problema de decidir de qual objeto Colby pularia, depois da ideia de Tomás sobre a bola de borracha, então me apressei em responder que arame estava fora de questão porque danificaria a árvore — talharia o galho em que estaria amarrado assim que fosse retesado pelo peso de Colby — e que nesta era de crescente respeito pelo meio ambiente isso seria sem dúvida alguma bastante indesejável. Colby me lançou um olhar agradecido e a reunião chegou ao fim.

Tudo correu muito bem no dia do evento (Colby acabou escolhendo uma música bem corriqueira, "Elgar", muito bem executada por Howard e seus rapazes.) Não choveu, o evento recebeu um bom público e não ficamos sem scotch nem nada mais. A bola de borracha de três metros foi pintada de verde-escuro e combinou muito bem com o cenário bucólico. Minhas duas melhores lembranças sobre todo esse episódio são o olhar agradecido que Colby me lançou quando comentei o que comentei sobre o arame e o fato de nunca mais alguém ter ido longe demais.

RAIO

Edward Connors, em uma pauta para a revista *Folks*, se preparou para entrevistar nove pessoas atingidas por raios. "Nove?", perguntou a Penfield, o editor. "Nove, dez", respondeu Penfield, "não importa, só precisa ser mais de oito". "Por quê?", Connors quis saber, e Penfield respondeu que cinco páginas tinham sido reservadas para a matéria e queriam pelo menos duas pessoas atingidas por raios em cada uma delas, e mais alguém bem chamativo para a página de abertura. "Alguém um pouco impressionante", explicou Penfield, "corpo bonito, não preciso explicar essas coisas, uma pessoa com um rosto especial. E que também tenha sido atingida por um raio".

Connors publicou um anúncio no *Village Voice* procurando gente que tivesse sido atingida por um raio e quisesse falar sobre a experiência para uma revista, e sem demora começou a receber telefonemas. Uma boa parte dos que telefonavam, ao que parecia, também tinha bisavôs ou bisavós atingidos por raios, em geral expelidos para fora do banco dianteiro de uma carruagem aberta em uma estrada rural em 1910. Connors anotou nomes e endereços e marcou encontros para realizar entrevistas, tentando adivinhar pelas vozes se alguma das mulheres com que tinha entrado em contato poderia ser, nos critérios da revista, impressionante.

Connors tinha sido repórter por dez anos e era freelancer havia cinco, e no intervalo passou seis anos como assessor de imprensa da Topsy Oil em Midland-Odessa. Na época de repórter era empolgado, consistente e mal pago, apaixonado pelo trabalho, especialista na área de economia, entendido nas agências reguladoras e seu eterno bailado com as Sete Irmãs, um homem consciente do que deveria ser feito acerca do gás natural, da energia nuclear, que entendia de blocos de coroamento e plataformas de empilhamento e Austin Chalk, que guardava o próprio capacete de proteção ("Welltech") sobre um fichário na sala em que trabalhava. Quando a esposa acabou comentando que ele não ganhava dinheiro suficiente (o que era mesmo verdade!), foi trabalhar com a Topsy, cujo diretor de Relações Públicas lhe lançava acenos sedutores havia muitos anos. Assinando com a Topsy ele triplicou o salário, comprou quatro ternos razoavelmente caros, gozou (brevemente) da estima da mulher e passava o tempo escrevendo releases incrivelmente medonhos sobre atividades corporativas ou discursos em louvor da livre iniciativa para o CEO da empresa, E. H. ("Bug") Ludwig, um homem redondo, afável e imponente por quem nutria grande afeição. Quando a esposa de Connors o abandonou por um atleta de raquetebol ligado ao *country club* de Big Spring, ele resolveu que poderia voltar a ser pobre e deixou a Topsy, alugou um apartamento de fundos horroroso na Lafayette Street em Nova York e ganhava a vida escrevendo, para um amplo leque de publicações, resenhas de música clássica para a *High Fidelity*, matérias de viagem para a *Time* ("As praias fabulosas de Portugal"), jornalismo investigativo para a *Penthouse* ("Por dentro da Comissão Trilateral"). Abordava cada pauta com bom raciocínio, bom olho, esmero obstinado, prazer. Tinha quarenta e cinco anos, mal conseguia se sustentar e estava curioso sobre pessoas atingidas por raios.

    O primeiro homem que entrevistou foi um ladrilhador de trinta e oito anos chamado Burch, que foi atingido por um raio em fevereiro de 1978 e imediatamente se tornou Testemunha de Jeová. "De certo modo, foi a melhor coisa que me aconteceu na vida", declarou

Burch. Era um homem calmo e até bonito, com cabelo loiro claro cortado bem curto, em estilo militar, e um apartamento elegante de austeridade (cinzas e marrons em tons escuros) em uma rua vinte e poucos oeste, que, aos olhos de Connors, parecia ter contado com a intervenção de um decorador. "Eu estava voltando de um trabalho em New Rochelle", contou Burch, "quando o pneu furou. O céu estava fechando e eu queria trocar o pneu antes que começasse a chover. Tirei a roda e no momento em que estava quase colocando o estepe, ouvi um estrondo absurdo e acabei deitado de barriga para cima bem no meio da rua. A chave de roda saiu voando, achei mais tarde em um terreno a uns trezentos metros de distância. Uma Kombi estacionou bem na minha frente, um cara saiu e falou que eu tinha sido atingido por um raio. Eu não conseguia ouvir o que ele dizia, estava surdo, mas ele fez uns sinais. Depois me levou para um hospital e me examinaram, ficaram impressionados — nenhuma queimadura, nada, só mesmo a surdez, que durou umas quarenta e oito horas. Entendi que estava devendo alguma coisa ao Senhor e me tornei Testemunha. E vou dizer uma coisa, desde esse dia minha vida tem sido" — fez uma pausa em busca da palavra certa. "*Serena*. Verdadeiramente serena." Um bisavô de Burch também tinha sido atingido por um raio, expelido para longe do banco dianteiro de uma carruagem aberta em uma estrada rural da Pensilvânia em 1910, mas até onde ele sabia isso não tinha rendido conversão nenhuma. Connors marcou para o dia seguinte uma sessão com um fotógrafo da *Folks* e, muito impressionado — raramente tinha encontrado serenidade naquele nível —, deixou o apartamento com os bolsos cheios de publicações das Testemunhas de Jeová.

Em seguida Connors falou com uma mulher chamada MacGregor, que foi atingida por um raio sentada em um banco da plataforma da estação de trem de Cold Spring, Nova York, e sofreu queimaduras de terceiro grau nos braços e pernas — vestia uma capa de chuva emborrachada que imaginava ter oferecido alguma proteção, mas talvez nem fosse o caso, ela não tinha como saber. A experiência, ainda que *per se* desprovida de uma dimensão religiosa, tinha feito com que ela pensasse bastante sobre a vida, afirmou, inspirando algumas mudanças importantes (*Raios mudam as coisas*, Connors escreveu no bloquinho.) Ela se casou com o homem que namorava havia dois anos, mas até então não levava muito a sério, e no fim das contas isso tinha sido a coisa certa a se fazer. Ela e Marty tinham uma casa em Garrison, Nova York, onde Marty trabalhava com imóveis, e ela tinha abandonado o emprego na Estée Lauder porque a viagem de ida e volta para casa, que ela fazia desde 1975, era cansativa demais. Connors marcou uma data com o fotógrafo. A sra. MacGregor era agradável e atraente (terninho castanho-amarelado, meias pretas bordadas), mas, pensou Connors, velha demais para abrir a reportagem.

No dia seguinte ele recebeu um telefonema de alguém que parecia jovem. Ela se apresentou como Edwina Rawson e contou ter sido atingida por um raio no dia de Ano-Novo de 1980, caminhando na floresta com o marido, Marty. (*Dois Martys na mesma matéria?*, pensou Connors franzindo a testa.) O curioso, segundo ela, é que sua bisavó também tinha sido atingida por um raio e projetada para longe do banco dianteiro de uma carruagem aberta em uma estrada rural nas cercanias de Iowa City em 1911. "Mas não quero aparecer na revista", declarou. "Não no meio daquele monte de celebridades do rock e do cinema. Não sou nenhuma Olivia Newton-John. Se você estivesse escrevendo um livro ou coisa que o valha..."

Connors ficou fascinado. Nunca tinha encontrado alguém que não quisesse aparecer na *Folks*. Também ficou um pouco irritado. Já tinha visto colegas muito razoáveis ficarem ensandecidos ao terem um pedido de entrevista recusado. "Bem", ele respondeu, "podemos ao menos conversar? Prometo não tomar muito do seu tempo e, como você sabe, é uma experiência bem importante ter sido atingida por um raio — não acontece com muita gente. Você também pode se interessar pelo que os outros sentiram..." "Certo", ela aceitou, "mas em *off*, a não ser que eu mude de ideia". "Combinado", respondeu Connors. *Meu Deus, ela se acha o Departamento de Estado.*

Edwina não era apenas um pouco impressionante, mas um tantinho maravilhosa, digna de uma fotografia de página dupla em qualquer veículo, *Vogue, Life, Elle, Ms., Town & Country*, a escolher. Ah meu Deus, pensou Connors, existem várias maneiras de ser atingido por um raio. Ela vestia jeans e uma parca, e era lindíssima e negra — uma vantagem considerável, Connors percebeu de forma automática, pois a revista tomava o cuidado de evitar matérias em que só havia pessoas brancas. Ela estava com um exemplar de *Variety* (que ela não seja atriz, ele pensou, *por favor* que ela não seja atriz) e não era atriz, mas estava fazendo um trabalho sobre a *Variety* para uma disciplina de estudos de mídia na NYU. "Nossa, eu amo a *Variety*", declarou. "A vulgaridade desfilando imponente nas páginas centrais." Connors decidiu que "Quer casar comigo?" não serviria como segunda coisa a ser dita a alguém que ele tinha acabado de conhecer, mas foi uma decisão bem difícil.

Estavam em um bar chamado Bradley's, na University Place, no Village, um bar que Connors às vezes usava para entrevistas por ter uma atmosfera calorosa e cordial. Edwina bebia uma Beck's, e Connors, atingido por um raio, envolvia com a mão mole um copo de vodca-tônica. Relaxa, disse para si mesmo, vai com calma, temos meia tarde. Ela tinha um filho, contou, um menino de dois anos, filho de Marty, Marty que foi para a Califórnia trabalhar como analista de sistemas na Warner Communications, tomara que aquela coisa ruim não volte. Connors não tinha a menor ideia sobre o que fazia um analista de sistemas: seguia o fluxo? O problema de Marty, ela disse, era ser imaturo, analista de sistemas e branco. Ela reconhecia que quando foi atingida pelo raio ele a tinha reanimado com respiração boca a boca e talvez lhe salvado a vida; tinha feito um curso de reanimação cardiopulmonar na New School, o que combinava perfeitamente com a atitude cautelosa e prudente diante da vida, típica de brancos. Ela não tinha nada contra pessoas brancas, afirmou Edwina com um sorriso terno, ou coelhos, como eram chamados às vezes pelos negros, porque vamos admitir que, enquanto pessoas, não eram grande coisa. Pense na Comissão Trilateral, ela disse, é um exemplo perfeito. Connors aproveitou para fazer comentários bem-informados sobre a Comissão, refugos de sua reportagem para a *Penthouse*, e conseguiu prender o interesse dela ao longo de uma segunda Beck's.

"Ser atingida por um raio mudou sua vida?", perguntou Connors. Ela franziu o cenho, pensou no assunto. "Sim e não", respondeu. "Eu me livrei de Marty, isso foi bom. Nunca vou entender por que me casei com ele. Por que ele se casou *comigo* eu também nunca vou entender. Um minuto de valentia, jamais repetido." Connors notou que ela era muito consciente da própria beleza, justificando a imodéstia de não querer aparecer na revista — desde quando ela precisava daquilo? Muita gente escavaria poços inclinados por aquela mulher, invadiria um campo de produção na calada da noite com um caminhão-tanque para afanar vinte mil litros de óleo cru alheio, preencheria cheques extravagantes, abriria casas noturnas elegantes revestidas de ouro e mármore na Bahnhofstrasse de Zurique. O que ele tinha a oferecer?

"Pode me falar um pouco mais sobre o que você sentiu ao ser atingida?", ele perguntou, tentando se concentrar no trabalho. "Posso", disse Edwina. "Estávamos dando uma volta — estávamos na casa da mãe dele em Connecticut, perto de Madison — e Marty estava querendo saber se devia ou não participar do grupo para abandonar o cigarro da ACM, ele fumava Kents, quilômetros e mais quilômetros de Kents. Eu estava dizendo sim, sim, participe! e então bam!

o raio. Quando voltei a mim era como se eu estivesse pegando fogo por dentro, por dentro do peito, tomei dezessete copos d'água, entornei um depois do outro, achei que iria explodir. E minhas sobrancelhas tinham sumido. Eu me olhei no espelho e não tinha mais sobrancelhas. Ficou bem engraçado, pode até ter me deixado melhor." Olhando com mais atenção, Connors percebeu que, de fato, as sobrancelhas dela eram traços dramáticos feitos com lápis escuro. "Já trabalhou como modelo?", ele perguntou, subitamente inspirado.

"É como eu ganho a vida", respondeu Edwina, "é como sustento o pequeno Zachary, dê uma olhada na *Times Magazine* de domingo, trabalho para a Altman's, para a Macy's, geralmente com três garotas brancas, quase sempre propagandas de lingerie..."

A alma arde, pensou Connors, ao ser atingida por um raio. Sem música, afirmou Nietzsche, o mundo seria um erro. Será que foi isso mesmo que ele disse? Connors não era músico (embora fosse um estudioso da música para rabeca, de Pinchas Zukerman a Eddie South, "anjo negro do violino", 1904-1962), mas concordava de todo coração. Seria o raio uma tentativa divina de fazer música? É de se considerar, pensou Connors, ainda que *tentativa* já estivesse errado por definição porque Deus por definição é perfeito... Seria um raio ao mesmo tempo um *coup de théâtre* e orientação vocacional? Connors se perguntou se teria alguma canção para cantar, uma canção que fizesse sentido para a bela criatura fulminada que ele tinha diante de si.

"Ao que se sabe, o tatu é o único animal além do homem que pode contrair lepra", disse Connors. "O lento e amistoso tatu. Eu imagino um tatu leproso, branco como a neve, com um sininho dependurado no pescoço, cruzando o Texas de El Paso a Big Spring com seu galope trôpego. É de partir o coração."

Edwina encarou o peito dele, onde o coração partido quicava dentro da sua jaula de osso. "Rapaz, que criatura mais sentimental."

Connors acenou para o garçom pedindo mais drinques. "Foi por volta de 1880 que o virtuoso tatu cruzou o Rio Grande e entrou no Texas", disse, "buscando levar sua mensagem até aquele grandioso estado. A mensagem era: me esmaguem em suas estradas. Transformem minha carapaça com nove placas em belos cestos laqueados para decorar pátios, deques e trailers. Observem enquanto atravesso suas vastas savanas a passo de soldado e as fertilizo com excrementos de primeira qualidade. Em certas partes da América do Sul os tatus crescem até quase um metro e meio de altura e têm permissão para ministrar disciplinas dos quatro primeiros semestres na universidade. Na Argentina..."

"Você é maluco, baby", disse Edwina, dando tapinhas no braço dele.

"Sim", respondeu Connors, "não quer ver um filme?"

O filme era *Moscou não acredita em lágrimas*, coisa fina. Connors, com Edwina ocupando tanto o lado direito quanto o esquerdo do cérebro, entrevistou em seguida um homem chamado Stupple, atingido por um raio em abril de 1970 e que em consequência disso se filiou ao Partido Nazista Americano, mais especificamente à Seção Horst Wessel #66 em Newark, que (contando Stupple) tinha três membros. *Não posso usar esse sujeito,* pensou Connors, *estou perdendo meu tempo,* e ainda assim se dedicando a registrar no bloquinho páginas e mais páginas de vitupérios relacionados aos Protocolos dos Sábios de Sião e à suposta inferioridade genética dos negros. *Que maravilha, esses caras nunca atualizam o discurso?* Connors se lembrou de ter ouvido a mesma ladainha, quase palavra por palavra, de um assistente do Grande Dragão da Ku Klux Klan de Shreveport (Louisiana), um homem mais burro que uma porta, em 1967, no Dew Drop Inn de Shreveport, que serve uma costela com molho vermelho até gostosa. Stupple, que tinha colocado uma braçadeira nazista sobre a manga esquerda da camisa de flanela xadrez para a entrevista, conduzida em um apartamento de dois cômodos no andar de cima de um salão de boliche com quatro pistas, caindo aos pedaços, serviu a Connors aquavita dinamarquesa congelada em cubos e acompanhada por uma excelente cerveja japonesa, Kirin. "Não vai precisar de uma foto?", Stupple perguntou após um longo tempo, ao que Connors respondeu evasivo: "Bem, você sabe como é, muita gente foi atingida por raios."

Ao ligar para Edwina de uma cabine telefônica no lado de fora do Terminal da Autoridade Portuária, ficou sabendo que ela não estava disponível para jantar. "Como você está se sentindo?", perguntou a ela, consciente da imprecisão da pergunta — o que ele queria de fato saber era se ter sido atingida por um raio era um estado contínuo ou, em vez disso, uma iluminação única — e aborrecido com a própria incapacidade de tomar as rédeas da matéria. "Cansada", ela respondeu, "Zach anda gritando muito, me liga amanhã, de repente a gente faz alguma coisa..."

Penfield, o editor da *Folks*, tinha deixado um recado pedindo para Connors entrar em contato telefônico assim que voltasse ao apartamento da Lafayette Street. "Como vão as coisas?", Penfield quis saber. "Ainda não entendi", disse Connors, "como a coisa funciona. As pessoas mudam". "O que você precisa entender?", perguntou Penfield, "é coisa rápida, bate-pronto, vapt-vupt, conseguiu alguém para abrir a matéria? Temos umas fotos sensacionais de relâmpagos isolados, estou imaginando uma página dupla com imagem sangrada e o texto invertido sobre o céu roxo saturado e um rosto minúsculo, mas absolutamente impressionante olhando para cima na direção do raio..." "Ela é negra", disse Connors, "você vai ter problemas com o roxo, não tem contraste suficiente". "Então vai ser sutil", respondeu Penfield empolgado, "vivo e sutil. O raio vai dar brilho suficiente. Vai ficar legal".

Legal, pensou Connors, que palavra para definir alguém sendo atingido por um raio.

Connors, tentando chegar ao âmago da experiência — será que ser atingido por um raio intensificava ou exacerbava tendências e estados mentais preexistentes, e qual a relevância da eletroconvulsoterapia, se era mesmo uma terapia? — conversou com um monge trapista atingido por um raio em 1975 enquanto trabalhava na horta da abadia da ordem em Piffard, Nova York. Tendo recebido permissão do superior para falar com Connors, o monge baixinho e careca se mostrou um verdadeiro tagarela. Revelou a Connors que uma privação que realmente o afetava, enquanto membro de uma ordem monástica, era a ausência de rock'n'roll. "Por quê?", ele perguntou em tom retórico. "Sou velho demais para esse tipo de música, é coisa de jovens, eu sei, você sabe, não faz o menor sentido. Mas eu amo rock, simplesmente amo. E depois que fui atingido pelo raio, a comunidade me comprou um Walkman da Sony." Orgulhoso, mostrou a Connors o pequeno dispositivo com delicados fones de ouvido. "Uma licença especial. Acho que imaginaram que eu estava moribundo, então não haveria problema algum em subverter um pouco a Regra. Eu simplesmente amo esse negócio. Já ouviu The Cars?" Postado em meio a pés de beterraba com o monge de hábito marrom, Connors sentiu a profunda felicidade daquele homem e se questionou sobre talvez estar na hora de repensar sua postura em relação ao cristianismo. Não seria nada mau passar os dias colhendo beterrabas ao calor do sol ouvindo The Cars e à noite se recolher à cela para ler Santo Agostinho e ficar por dentro dos lançamentos de Rod Stewart e B-52s.

"O negócio", disse Connors a Edwina naquela noite, durante o jantar, "é que não entendo o que precisamente causa a mudança. Seria apenas o medo? A gratidão por ter sobrevivido?" Estavam a uma mesa de um restaurante italiano chamado Da Silvano, na Sexta Avenida, perto da Houston, comendo tortellini ao molho branco. O pequeno Zachary, um garoto bonito de dois anos, estava sentado em uma cadeirinha e comia pedacinhos de massa cortada. Edwina tinha participado de uma sessão de fotos naquela tarde e não estava de bom humor. "A mesma porcaria de sempre", reclamou, "eu e três brancas, não dá para acreditar que nunca se arriscam a inverter as coisas". Só precisava de uma capa da *Vogue* e uma campanha de perfume, afirmou, e então ficaria bem de vida. Tinha sido sondada para *Hashish* havia algum tempo mas não deu em nada, e andava em dúvida se estava de fato recebendo da agência (Jerry Francisco) todo o apoio necessário. "Vem comigo", disse Edwina, "quero massagear suas costas, você parece um pouquinho estressado".

Em seguida Connors entrevistou mais cinco pessoas atingidas por raios, revelando alguns casos incomuns, incluindo um camarada mudo de nascença que, ao ser atingido pelo raio, desatou a falar um francês perfeito; o bisavô dele, por acaso, também tinha sido atingido por um raio, expelido para longe do banco de um reboque agrícola na Bretanha em 1909. Na matéria, Connors descreveu a experiência como "inefável", usando uma palavra que tinha passado a vida inteira abominando e desprezando, falou de raios como manifestações de graça divina e chegou até mesmo a mencionar a Descida do Espírito Santo. Penfield, sem nem pensar duas vezes, cortou o parágrafo inteiro, afirmando (corretamente) que o leitor de *Folks* não gostava de "gracinhas" e indicando que a matéria estava mesmo longa demais por causa da página adicional concedida à fotografia de Edwina na abertura, na qual ela usava um vestido tubinho pregueado Mary McFadden e estava, usando a expressão de Penfield, fantástica por um triz.

O CATEQUISTA

À noite, via de regra, o catequista se aproxima.
"Por onde você andava?", pergunta.
"No parque", respondo.
"Ela estava por lá?", pergunta.
"Não", respondo.
O catequista traz consigo um livro. Lê em voz alta: "*O principal motivo para a vinda de Cristo foi proclamar e ensinar o amor de Deus por nós. Disso deve emanar o ponto focal da instrução fornecida pelo catequista.*" Na palavra "proclamar" o catequista pousa a ponta do indicador direito sobre a ponta do polegar esquerdo, e na palavra "ensinar" o catequista pousa a ponta do indicador direito sobre a ponta do indicador esquerdo.
Então pergunta: "E os outros?"
Respondo: "Ofendendo as mães."
"Os guardas?"
"Sim. Como de costume."
O catequista enfia a mão no bolso e retira um recorte de jornal. "Já sabe da notícia?", pergunta.
"Não", respondo.
Lê em voz alta: *"Autorizado o uso de óleo vegetal em três rituais católicos."*
Faz uma pausa. Olha para mim. Não digo nada. Lê em voz alta: *"Roma, 2 de março. Reuters."* Olha para mim. Não digo nada. *"Reuters",*

repete. "*Unções sacramentais do rito católico romano poderão de agora em diante ser realizadas com qualquer óleo vegetal, conforme uma nova instrução do Vaticano que revoga a insistência milenar...*" Faz uma pausa. "*Milenar*", enfatiza.

Penso: Talvez ela esteja em paz. Olhando para seu lago.

O catequista lê: "*... que revoga a insistência milenar da Igreja no uso de azeite de oliva.* Ponto parágrafo. *Dentro da liturgia católica, o óleo abençoado previamente por um bispo é usado simbolicamente nos sacramentos do crisma, do batismo e da unção dos enfermos, anteriormente conhecida como extrema-unção.* Ponto parágrafo. *Outros óleos vegetais são mais baratos e consideravelmente mais fáceis de obter que o azeite de oliva em muitas partes do mundo, enfatizaram os observadores do Vaticano.*" O catequista faz uma pausa. "Você é um sacerdote. Eu sou um sacerdote", ele diz. "Agora me responda."

Penso: Talvez ela esteja angustiada e olhar para o lago de nada adiante para resolver a angústia.

Ele diz: "Imagine que você está morrendo. A enfermaria. A cama. O lençol repuxado. A consternação dos entes queridos. O padre se aproxima. Traz consigo o santo viático, os óleos sagrados. A administração da hóstia. A derradeira unção. E o que você ganha? Você, o moribundo? Óleo de amendoim."

Penso: Óleo de amendoim.

O catequista devolve o recorte ao bolso. Lerá mais uma vez amanhã. Então diz: "Quando viu os guardas ofendendo as mães, você..."

Digo: "Escrevi outra carta."

"E colocou no correio?"

"Como antes."

"A mesma caixa de correio?"

"Sim."

"Você se lembrou de colocar um selo..."

"Um selo de vinte e dois centavos com uma concha de lesma-do-mar em vermelho."

Penso: Quando eu era jovem faziam outras perguntas.

Ele pede: "Fale sobre ela."

Digo: "Ela tem cabelo escuro."

"O marido..."

"Não quero falar sobre o marido."

O catequista lê um trecho do livro. *"O candidato deve ser questionado acerca de seus motivos para se tornar cristão."*

Penso: Meus motivos?

Ele pede: "Fale sobre você."

Digo: "Tenho quarenta anos. Visão ruim. Inchaço do fígado."

"Isso é do álcool", ele diz.

"Sim", confirmo.

"Nisso você se parece muito com seu pai."

"Um tanto mais ávido."

Temos essa mesma conversa todos os dias. Nenhum detalhe muda. Ele diz: "Mas um homem com sua profissão..."

Digo: "Mas não quero falar sobre minha profissão."

Ele pergunta: "Agora você vai voltar? Para o parque?"

"Sim. Ela pode estar esperando."

"Achei que ela estava olhando para o lago."

"Quando não está olhando para o lago, ela está no parque."

O catequista enfia a mão na manga da túnica negra. Retira um manifesto. Lê o manifesto em voz alta. *"Todas as produções intelectuais da burguesia são armas, ofensivas ou defensivas, contra a revolução. Todas as produções intelectuais da burguesia são, objetivamente, objetos ofuscantes que servem de obstáculo à emancipação do proletariado."* Devolve o manifesto para o interior da manga.

Digo: "Mas isso envolve outros níveis de significação além do econômico."

O CATEQUISTA

O catequista abre o livro. Lê: "*Uma experiência decepcionante: a insuficiência da linguagem para expressar o pensamento. Mas que o catequista crie coragem.*" Fecha o livro.
Penso: Coragem.
Ele pergunta: "O que você propõe?"
Digo: "Sugeri a ela que eu poderia mudar de profissão."
"Recebeu alguma oferta?"
"Uma sondagem."
"De quem?"
"General Foods."
"Como ela reagiu?"
"Um arrepio se abateu sobre a conversa."
"Mas você enfatizou..."
"Enfatizei que, embora as coisas estejam ficando mais permissivas, sem dúvida ainda levaria um bom tempo para que padres recebessem permissão para casar."
O catequista me olhou.
Penso: Ela está esperando no parque, na pracinha.
Ele pergunta: "E depois?"
Digo: "Ouvi sua confissão."
"Interessante?"
"Nada de novo."
"O que os outros estavam fazendo?"
"Atormentando as mães."
"Você escreveu outra carta?"
"Sim."
"Você não se cansa dessa atividade de escrever cartas?"
"A gente faz o que pode." Penso: Ou não faz o que pode.
Ele diz: "Vamos debater o amor."
Digo: "Não sei nada sobre isso. Exceto, é claro, se estiver se referindo ao amor divino."

"Eu tinha em mente o amor encontrado nas obras de Scheler, para quem o amor é um aspecto do conhecimento fenomenológico, e Carroll, para quem é o amor, é o amor, que..."

"Não sei nada sobre isso."

O catequista abre o livro. Lê em voz alta: "*Como lidar com os instruídos. Tentações e escândalos a serem enfrentados pelo candidato durante o catecumenato.*" Fecha o livro. Não se passa um só dia, um só dia, sem que tenham essa conversa. Ele pergunta: "Quando você foi ordenado?"

Digo: "1960."

Ele diz: "Esses pecados, os seus, os pecados que estamos debatendo, tenho certeza de que você não se importa que eu os chame de pecados ainda que sua magnitude, sua classificação entre mortal ou venial, é algo que deixo para que você mesmo avalie nos recônditos do coração..."

Digo: "A pessoa fica sentada no confessionário ouvindo confissões, ano após ano, sábado após sábado, às quatro da tarde, vinte e um anos vezes cinquenta e dois sábados, exceto em anos bissextos..."

"Mil e noventa e dois sábados..."

"Estimando uma média de quarenta e cinco adultérios por sábado..."

"Quarenta e nove mil, cento e quarenta adultérios..."

"A pessoa se pergunta: Será que não deveria haver uma redefinição? E alguns adultérios têm explicações. O homem é taxista. Trabalha à noite. A esposa quer sair e se divertir. Diz a ele que não faz nada de errado — toma uns drinques no bar da vizinhança, dança um pouquinho. 'Mas você sabe muito bem, padre, e eu sei muito bem, padre, que existe beber e dançar e existem coisas bem diferentes. Aí, padre, eu mando ela ficar bem longe do bar se não quiser levar uma bela porrada na cabeça. Aí, padre, ela responde que posso dar quantas porradas eu quiser na cabeça dela que mesmo assim não vou impedir que ela vá para aquele bar sempre que quiser e que eu posso passar o dia inteiro enchendo de porrada e isso não vai adiantar coisa alguma. E o que eu vou fazer numa situação dessas, padre? Preciso passar todas as noites da semana dentro do táxi, menos às segundas, e às vezes também trabalho às segundas para ganhar um dinheiro extra. Aí dou umas belas porradas na cabeça dela, mas isso não faz a menor diferença, ela sai assim mesmo. Aí eu penso o seguinte, padre, se ela anda pulando a cerca, por que não eu? Depois sempre me arrependo, padre, mas o que eu vou fazer? Se eu trabalhasse de dia seria outra história e agora ela vive rindo da minha cara e o que eu vou fazer, padre?'"

"E o que você diz?"

"Recomendo autocontrole".

O catequista remexe nos bolsos. Remexe no bolso direito por um tempo e depois remexe no bolso esquerdo. Enfim saca um minúsculo Antigo Testamento, um Antigo Testamento do tamanho de um selo. Abre o Antigo Testamento do tamanho de um selo. "*Sois todos consoladores inoportunos.*"* Fecha o Antigo Testamento do tamanho de um selo. "Jó 16:2." Devolve o Antigo Testamento do tamanho de um selo para o bolso esquerdo. Remexe no bolso direito e saca um botton com a palavra AMOR. Espeta o botton na minha batina, acima do cinto, abaixo do colarinho. Ele diz: "Mas você vai voltar."

Digo: "Às onze. Na pracinha infantil."

Ele diz: "A chuva. As árvores."

Digo: "Essa porcaria toda."

Ele diz: "Os bancos, molhados. A gangorra, abandonada."

Digo. "Esse lixo todo."

Ele diz: "Domingo, o dia de descanso e adoração, é odiado por toda sorte de homens em todos os países até onde se levou a Pala-

---

* Versão da Bíblia de Jerusalém.

vra. Em Londres o ódio ao domingo se aproxima de cem por cento. No Rio, o ódio ao domingo causa suicídios. Em Madri, o ódio ao domingo só é apaziguado com a chacina ritual de grandes animais pretos em arenas. Em Munique, o ódio ao domingo é legendário. Em Sydney, o ódio ao domingo é considerado pelos especialistas o mais refinado dos ódios ao domingo."

Penso: Ela vai se encostar em mim com as mãos nos bolsos de trás da calça.

O catequista abre o livro. Lê em voz alta: *"A apatia dos ouvintes. O catequista criterioso sabe lidar com a dificuldade."* Fecha o livro.

Penso: Análise limitável e ilimitável. Penso: Então ela vai embora do parque olhando para trás.

Ele diz: "E os guardas, o que estavam fazendo?"

Digo: "Ofendendo as mães."

"Você escreveu uma carta?"

"Outra carta."

"O que você alegou, originalmente? Que tinha uma vocação? Que tinha ouvido um chamado?"

"Ouvi muitas coisas. Gritos. Suítes para solo de violoncelo. Não ouvi um chamado."

"E ainda assim..."

"E ainda assim fui até a loja de paramentos litúrgicos e comprei uma batina de verão e uma batina de inverno. A batina de verão tem manga curta. Comprei um chapéu preto."

"E o marido dela?"

"Psicólogo. Trabalha com os limites da sensação. Busca definir com precisão as duas sensações que operam como limites no *continuum* sensorial, o limite superior e o limite inferior. Vive no laboratório. Está medindo pontos de fuga."

"Que ironia."

"Pois é."

Não há dia em que não se trave essa conversa e nenhum detalhe desta conversa que não seja reproduzido em algum dia específico em que essa conversa seja travada.

O catequista saca um pendão da túnica. Desenrola o pendão e levanta o pendão desenrolado acima da cabeça, com as duas mãos. O pendão diz: VOCÊ FOI INTERROMPIDO EM MEIO A UMA TAREFA MAIS AGRADÁVEL? MAS ESTA TAREFA É A OBRA DO SENHOR. O catequista volta a enrolar o pendão. Devolve o pendão para a túnica. Pergunta: "Mas você vai voltar?"

Respondo: "Sim. Às onze".

Ele diz: "Mas a chuva..."

Digo: "Com as mãos nos bolsos de trás da calça."

Ele diz: *"Deo gratias."*

OURIÇOS NA UNIVERSIDADE

"Eis que a poeira púrpura da hora crepuscular / adentra furtiva os prados de meu coração", disse o reitor.

Sua bela esposa, Paula, estendeu as mãos longas e graciosas, cheias de negronis.

Um batedor irrompeu na sala cruzando a porta. "Ouriços!", gritou.

"Ouriços o quê?", o reitor quis saber.

"Milhares e milhares deles. Distantes cinco quilômetros daqui e avançando rápido pela estrada!"

"Talvez não se matriculem", disse o reitor. "Podem estar só de passagem."

"Não se pode ter certeza", comentou a esposa.

"Como eles são?", perguntou ele ao batedor, que arrancava espinhos de ouriço dos tornozelos.

"Bem, você sabe. Parecem ouriços".

"Vai acabar com eles?", Paula quis saber.

"Estou cansado de acabar com pessoas", disse o reitor.

"Não são pessoas", Paula enfatizou.

"*De acabibus non est disputandum*", disse o batedor.

"Acho que preciso fazer alguma coisa", disse o reitor.

Enquanto isso o tocador de ouriços tocava os animais através do oeste poeirento e denso em edificações.

Nuvens de poeira. Ganidos. O mugido dos ouriços.

"Bora, seus ouricins."

E vou ficar rico quando chegar às grandiosas fábricas de conservas de ouriço no leste, ponderou o tocador. Vou me sentar na varanda da frente do Hotel Muehlebach em Nova York e fumar um charuto desse tamanho. Depois, a mulherada chique.

"Certo, seus ouriços, todo mundo ali na linha amarela."

Não havia linha amarela. Era apenas uma expressão usada pelo tocador para conduzir os ouriços. Ele tinha ouvido aquilo no exército. Os idiotas dos ouriços não sabiam a diferença.

O tocador trotava lendo os anúncios de um exemplar da revista *Song Hits*, APRENDA A TOCAR GAITA EM 5 MINUTOS, e coisas do tipo.

O tropel de ouriços avançava aos saltinhos. Havia entre quatro e cinco mil no rebanho. Ninguém tinha feito uma contagem precisa.

Um tocador auxiliar se aproximou, vindo das bordas do rebanho. Também trazia consigo um exemplar da revista *Song Hits*, no bolso de trás da calça. Olhou para o braço do tocador-chefe, que estava cheio de furinhos.

"Ei, Griswold."

"Que foi?"

"E esse monte de furinhos no braço?"

"Já tentou marcar um ouriço com ferro em brasa?"

É bem provável que a mulherada chique apareça coberta de vestidos decotados e perfumes baratos, pensou o tocador. É bem provável que sejam centenas, centenas e mais centenas delas. Todas atrás da bolsinha xamânica com meu ouro e minha pua da sorte. Mas se tentarem me apressar, eu saco a viola. E canto uma canção sobre a virilidade das pradarias.

"Ouriços na universidade", disse a esposa do reitor. "Ora, por que não?"

"Não temos *instalações* para quatro ou cinco mil ouriços", respondeu o reitor. "Não consigo sinal de discagem."

"Eles podem se matricular em Estilos de Vida Alternativos", Paula sugeriu.

"Já temos gente demais matriculada em Estilos de Vida Alternativos", retrucou o reitor, desistindo do telefone. "Que se dane. Eu mesmo vou acabar com eles. Só. Zinho."

"Você vai se machucar."

"Que bobagem, são apenas ouriços. Melhor eu botar umas roupas velhas."

"Tem um saco cheio de camisas sujas no closet", disse Paula.

O reitor foi até o closet.

Sacos e mais sacos de camisas sujas.

"Por que ela nunca leva essas camisas para a lavanderia?"

Griswold, o tocador, escreveu uma nova canção sem descer do cavalo.

> *Mulher chique mulher chique*
> *Mas pra que tanta bobagem*
> *Você merecia um soco na boca*
>   *por ter feito o que fez*
> *No pórtico do Colégio Integrado*
> *de Ensino Médio Trinity River sexta-feira*
>   *passada.*

Vou me recostar e ficar olhando a canção subir ao topo das paradas, disse para si mesmo. Gravada por Merle Travis. Primeiro vai entrar nas Mais Pedidas. Depois chega ao Top Quarenta. E por fim vira um Clássico Imortal.

"Certo, seus ouriços. Bora."

O rebanho avançava por uma trilha com doze pistas de concreto macio como seda. Placas ao longo da trilha anunciavam coisas como PRÓXIMA SAÍDA A 8 KM e FISCALIZAÇÃO ELETRÔNICA.

"Griswold, tem uns motoristas ficando bem putos da cara atrás da gente."

"Sou eu que tô levando essa manada de oríceo", disse Griswold, "e acho melhor a gente ir saindo da estrada."

O rebanho foi conduzido até um campo aberto, de grama muito verde. Grama verde com faixas brancas de cal em intervalos de dez jardas.

O programa de Sonny & Cher na tevê, pensou o tocador. Bem, Sonny, se quer mesmo saber como escrevi essa canção, digo que foi enquanto eu tocava uma manada de ouriços. Dá pra dizer que foi a última manada de ouriços. Tinha umas quatro ou cinco mil cabeças engordadas ao longo da Tuscalora, a caminho de Nova York.

O reitor municiou uma reluzente metralhadora Gatling capaz de disparar 360 projéteis por minuto. A metralhadora Gatling estava montada sobre uma carroça puxada por uma mula e coberta por uma lona velha. Antes estava exposta sobre uma laje de concreto na frente do Centro de Treinamento de Oficiais da Reserva.

Primeiro, disse o reitor para si mesmo, só vão enxergar uma carroça velha e esquisita, puxada por uma mula velha e acabada. Daí eu tiro a lona. Ali estará a reluzente metralhadora Gatling capaz de disparar 360 projéteis por minuto. Minha mão pousada sobre a manivela, delicada e confiante. Não passarão, eu digo. *Ils ne passeront pas*. Daí começo a fazer picadinho de ouriço.

Será que essa munição ainda presta?

A gigantesca metralhadora Gatling assomava sobre o rebanho como uma imensa notícia ruim.

"Ei, Griswold."

"Que foi?"

"Ele tem uma arma."

"Tô *vendo*", respondeu Griswold. "Acha que sou cego?"

"O que a gente vai fazer?"

"Que tal sair de fininho?"

"Mas o rebanho..."

"Esses ouricins podem cuidar de si mesmos", disse Griswold. "Diacho, melhor negociar." Levantou da grama, onde estava deitado de bruços, e caminhou na direção da carroça.

"Bons dias, parceiro".

"Olha aqui", disse o reitor. "Você não pode matricular esses ouriços aqui. Está fora de questão."

"Ah, é?"

"Fora de questão", repetiu o reitor. "Já tivemos muitos problemas. A polícia nem fala mais comigo. Não *podemos* ter mais problemas."

O reitor deu uma espiada no rebanho. "Nossa, mas que belo rebanho você tem aí."

"Bondade sua", disse Griswold. "Que bela mula *você* tem."

Ambos olharam para a mula estropiada do reitor.

Griswold enxugou o pescoço com uma bandana vermelha. "Cê não quer ouriços nas suas bandas, é isso?"

"É isso."

"Bem, a gente *não* vai aonde não é chamado", disse o tocador. "Não precisa fazer ameaça com aquela... *máquina*."

O reitor pareceu ficar constrangido.

"Cê não conhece o sr. Sonny Bono?", perguntou Griswold. "Ele não mora por aqui, não?"

"Não tive o prazer de ser apresentado a ele", respondeu o reitor. Pensou por um instante. "Mas conheço um agenciador lá em Vegas. Era do nosso pessoal. Pós-graduando em religião comparada."

"A gente podia fazer um trato", sugeriu o tocador. "Pra que lado fica Nova York?"

"E então?", perguntou a esposa do reitor. "Quais eram as exigências?"

"Conto daqui a pouco", respondeu o reitor. "Estacionei a mula em fila dupla".

O rebanho entrou na Via Expressa Cross Bronx. Pelas janelas dos carros, as pessoas enxergavam milhares e milhares de ouriços. Pareciam acessórios mal projetados para aspiradores de pó.

Vegas, pensava o tocador. Dez semanas no Caesar's Palace a 15 mil limpos por semana. A Balada da Última Manada. Leroy Griswold cantando seu *single* de sucesso, A Balada da Última Manada.

"Vambora, seus ouricins."

Os cidadãos olhavam para os ouriços de dentro dos carros, pensando: O que é maravilhoso? Será que esses ouriços são maravilhosos? Será que são significativos? Será que é deles que eu preciso?

CONCRETO ENSACADO

Em nossa rua agora faltam catorze lixeiras. As lixeiras do Cento e Dezessete e do Cento e Dezoito sumiram ontem à noite. Não é um problema sério, mas por outro lado não podemos passar a noite toda vigiando as lixeiras. Talvez a melhor maneira de descrever seja incômodo. Cento e Doze, Cento e Vinte e Dois e Cento e Trinta e Um compraram novas lixeiras de plástico na Ferragem do Barney para substituir as que desapareceram. Assim sendo, estamos com um déficit de onze lixeiras. Muita gente está usando grandes sacos plásticos escuros. A nova obra no hospital ao fim do quarteirão desalojou um número considerável de ratos. Ratos não se incomodam com sacos de lixo de plástico. Na verdade, se me mandassem imaginar a coisa mais lucrativa que poderia ser inventada por um comitê de ratos, seria o saco de lixo de plástico escuro. Os ratos passam a noite inteira correndo pra cima e pra baixo na nossa rua.

Se me mandassem imaginar quem está roubando nossas lixeiras, eu não conseguiria. Duvido muito que seja minha esposa. Algumas das lixeiras na nossa rua são de metal, bem amassadas, outras são de plástico verde pesado. Plástico verde pesado ou plástico preto pesado predominam. Algumas das lixeiras exibem os números das casas a que pertencem pintados com tinta branca na lateral ou na tampa. Em geral por alguém com uma noção muito rudimentar da arte da caligrafia. O Cento e Dezenove, que tem entre os inquilinos um talentoso artista comercial, é uma exceção.

Ninguém famoso demais mora em nossa rua, ao que eu saiba, de modo que a atenção mórbida que às vezes o lixo dos famosos atrai não seria um fator. O distrito diz que nenhuma outra rua relatou problemas semelhantes.

Se minha esposa está roubando as lixeiras, à noite, enquanto estou bêbado e durmo, o que está fazendo com elas? Não estão no porão, já olhei (ainda que não goste de descer até o porão, nem mesmo para substituir um fusível queimado, por causa dos ratos). Minha esposa tem um Pontiac amarelo conversível. Ninguém mais tem esse tipo de carro, mas consigo imaginá-la colocando lixeiras no banco de trás do Pontiac amarelo conversível, às quatro da madrugada, enquanto eu sonho que estou no palco, sonho que preciso executar um concerto de bateria com apenas uma baqueta...

Em nossa rua agora faltam vinte e uma lixeiras. Novas infâmias foram comunicadas do Cento e Trinta e Um ao Cento e Quarenta e Três — sete consecutivas, e no mesmo lado da rua. E também depredações no Cento e Dezesseis e no Cento e Sessenta e Quatro. Colocamos dezenas de latas de raticida na rua, mas são ignoradas pelos ratos. Por que deveriam escolher o raticida quando têm os restos dos turnedôs à Rossini de Ellen Busse, pelos quais ela é famosa em um raio de seis quarteirões? Comemos bem nesta rua, não se pode negar. Exceto pelos estudantes de enfermagem do Cento e Cinquenta e Oito, mas são estudantes, por que deveriam comer bem? Minha esposa prepara siris moles quando está na época, empanados, salpicados com saborosa pimenta-caiena e fritos por imersão. Acabou o estoque de lixeiras na Ferragem do Barney e o próximo carregamento só chega em julho. Quaisquer novas lixeiras terão de ser compradas na Ferragem Econômica, que fica muito, muito longe, na Rua Dois.

Petulia, da lavanderia Capricho, quer saber por que minha esposa tem andado tão estranha. "Estranha?", pergunto. "Em que sentido?" Dr. Maugham, que mora no Cento e Quarenta e Quatro, onde fica também seu consultório, formou um comitê. Sr. Wilkens do Cento e Dezenove, Pally Wimber do Cento e Vinte e Nove e minha esposa estão no comitê. O comitê se reúne à noite, enquanto durmo, sonhando que chegou minha hora de rebater e estou parado na base, sem bastão nenhum...

São sessenta e duas residências na nossa rua, em sua maioria prédios de arenito pardo com quatro andares. Agora faltam cinquenta e duas lixeiras. Ratos galopam pra cima e pra baixo na nossa rua trepados nas costas de outros ratos. O comitê não consegue decidir se vai se chamar Comitê das Lixeiras ou Comitê dos Ratos. A prefeitura mandou um inspetor, que ficou parado em nossa rua, à meia-noite, maravilhado com tanta atividade. Vai apresentar um relatório. Recomenda que as lixeiras restantes sejam imediatamente preenchidas com pedras grandes. Minha esposa me designou como subcomitê do comitê principal, com a tarefa de encontrar pedras grandes. Será que sua cara está estranha quando ela efetua a nomeação? O dr. Maugham comprou uma escopeta com dois canos sobrepostos, calibre 12. O sr. Willkins comprou um arco de caça e duas dúzias de flechas. Eu comprei uma flauta e um manual de instruções.

Se me mandassem imaginar quem está roubando nossa lixeiras, a família de Louis Escher me viria à cabeça, não como culpados, mas como causa imediata. A família de Louis Escher tem alta renda e um pequeno apartamento no Cento e Vinte e Um. A família de Louis Escher tem propensão a adquirir coisas, e dadas as dimensões do apartamento de Louis Escher, precisa jogar fora as coisas velhas de modo a acomodar as coisas novas. Às vezes as coisas velhas que a família de Louis Escher joga fora mal têm duas semanas. Sendo assim, o lixo do Cento e Vinte e Um é acompanhado com atenção pelos vizinhos, da mesma forma que liquidações e promoções nos jornais são acompanhadas com atenção. O comitê, para quem o lixo da família de Louis Escher pode estar dando uma ideia errada da vizinhança para a comunidade criminosa, preparou uma lista parcial de itens jogados fora pela família de Louis Escher durante a semana de oito de agosto: pilão e almofariz, de maiólica; uma máquina inglesa de fazer creme de leite (o creme de leite é produzido misturando leite com manteiga de nata doce sem sal); um conjunto de pratos de louça verde em formato de folha de gerânio; um amadurecedor de frutas projetado por cientistas da Universidade da Califórnia, em acrílico; um guarda-sol de náilon com hastes de alumínio; uma combinação de caneta-tinteiro e relógio com mostrador LED; um miniperfurador de papel/máquina de fazer confete; um mata-moscas acionado por molas, com empunhadura de pistola; uma prensa de ferro fundido para tortilhas; um bracelete de marfim com detalhes em rabo de elefante; e muito, muito mais. Mas enquanto não duvido que os excessos da família de Louis Escher estejam dando uma impressão errada da vizinhança para a comunidade criminosa, não consigo me convencer a apoiar sequer uma moção de repúdio, pois ao longo dos anos os excessos da família de Louis Escher nos renderam muito assunto para conversas e um bom número de conjuntos de pratos de louça verde em formato de folha de gerânio.

 Informei à minha esposa que era difícil encontrar pedras grandes na cidade. "Pedras", ela disse. "*Pedras grandes.*" Comprei noventa quilos de concreto ensacado na Ferragem do Barney para fazer pedras. Basta misturar água e mexer para obtermos uma pedra tão pesada e bruta quanto uma pedra criada por Deus em pessoa. Estou temporariamente ocupado, no porão, moldando concreto ensacado para se parecer com isso, aquilo e aquilo outro, mas acima de tudo com pedras — fabricar uma pedra de boa aparência não é um empreendimento dos mais fáceis. Ritchie Beck, o garotinho do Cento e Dez que passa o dia inteiro sozinho na calçada, sorrindo para estranhos, está me dando uma ajuda. Uma vez comprei para ele um exemplar de *Mechanix Illustrated*, que eu adorava ler quando garoto. Harold, dono da lavanderia Capricho e também de um Cessna, se ofereceu para sobrevoar nossa rua à noite e lançar sobre os ratos bombas feitas de mortífero fluido para lavagem a seco. Ele pode apanhar um canal ao longo do Hudson (desde que se mantenha abaixo de mil e cem pés), fazer uma curva abrupta à esquerda, soltar as bombas e voltar Hudson acima, a toda. Diz que vai perder o brevê se for pego, mas àquela hora da noite... Mostro as novas pedras para minha esposa. "Não gosto delas", comenta. "Não parecem pedras de verdade." Ela não está errada, de fato mais parecem potes deformados, como se tivessem sido feitos por um oleiro sem polegares. O comitê, que se batizou de Zona de Extermínio de Ratos Abusados e Repulsivos (ZERAR), adquiriu braçadeiras e capacetes de aço branco e está debatendo um aperto de mão secreto que será usado para a identificação mútua dos integrantes.

Agora não há mais lixeiras em nossa rua — não sobrou nenhuma lixeira para ser roubada. Um comitê de ratos se aliou ao comitê Zona de Extermínio para lidar com a situação, a qual, informaram os ratos, tem atraído elementos ratinheiros indesejáveis, vindos de outras partes da cidade. Membros de ambos os comitês trocam apertos de mão secretos, sobre os quais eu nada sei. Minha esposa leva grupos de ratos pra lá e pra cá no Pontiac amarelo conversível, comparecendo a reuniões importantes. A crise, afirma, vai ser longa. Ela nunca esteve tão feliz.

CAPITÃO BLOOD

Quando o capitão Blood sai ao mar, ele mesmo tranca as portas e as janelas de sua casa em Cow Island. Nunca se sabe que tipo de gente pode aparecer quando estamos fora.

Quando o capitão Blood, em alto-mar, anda de um lado para o outro no convés, costuma andar de um lado para o outro na coberta de proa em vez do convés de ré — uma questão de preferência. Guarda no camarote compota de laranja e um macaco-aranha, e quatro perucas em suportes.

Quando o capitão Blood, em alto-mar, descobre ter em seu encalço o almirante holandês Van Tromp, cogita jogar as mulheres na água. De modo que então boiem todas como gigantescas flores de lótus em seus vestidos verdes, lilases, roxos e azuis no rumo de Van Tromp, e ele terá de parar para resgatá-las. Blood providenciará coletes salva-vidas para elas usarem por baixo dos vestidos. Dificilmente correrão qualquer perigo. Mas e as mandíbulas das tartarugas-marinhas? Não, as mulheres não podem ser lançadas ao mar. Vil, vil! Que ideia idiota! O que ele tinha na cabeça? Os padrões que elas criariam flutuando na superfície da água, à luz do luar, um vestido cereja, um vestido prateado...

O capitão Blood exibe um semblante de imperturbabilidade marmórea.

Está meditando sobre as cartas náuticas, prometendo a todos que as coisas vão melhorar. Nem um pingo de butim nos últimos oito meses. Será que deveria tentar outra rota? Outro oceano? Os homens têm sido bem tolerantes com a situação. Nada foi dito. Ainda assim é de arrebentar os nervos.

Quando o capitão Blood se retira à noite (deixando ordens para ser chamado imediatamente em caso de necessidade), costuma ler. Ou fumar, pensando com calma nas últimas coisas.

Sua medonha reputação não deveria, a rigor, ser pintada nos costumeiros tons deploráveis. Muitos homens caminham pelas ruas da Cidade do Panamá, ou de Port Royal, ou de San Lorenzo, vivos e saudáveis, homens estes que teriam levado uma rapieira na goela ou um chuço de abordagem nos miolos não fosse a intervenção ágil e animada de Blood. Em certos momentos, é claro, medidas extremas são inevitáveis. Nesses momentos ele não hesita, mas executa as ações apropriadas com uma firmeza admirável. Não há escapatória: quando alguém dispara setenta e quatro canhões de um costado contra o casco frágil de outro navio, o resultado é carnificina.

Blood ao amanhecer, uma figura solitária andando de um lado para o outro na coberta de proa.

Nenhuma outra vela à vista. Ele enfia a mão no bolso do casaco de veludo azul com detalhes em renda prateada. Sua mão se fecha sobre três objetos redondos e brancos: naftalina. Enojado, atira as bolinhas ao mar. Nós *criamos* nossa própria sorte, pensa. Enfiando a mão noutro bolso, retira um pergaminho dobrado e amarrado com uma fita. Ao desdobrar o pacotinho, descobre ser um lembrete que anotou para si mesmo dez meses antes. "*Dolphin,* capitão Darbraunce, 120 ton, carga prata, páprica, bananas, zarpando 10-3 Havana. *Esteja lá!*". Mal segurando o riso, Blood sai atrás do imediato, Oglethorpe — um gigante loiro e esfuziante.

Quem estaria a bordo desse navio, agora ao alcance dos canhões?, pergunta-se o capitão Blood. Gente rica, espero, com ouro bonito e coisas de prata em abundância.

"John Miúdo, cadê o sr. Oglethorpe?"

"Não sou John Miúdo, senhor. Sou John-de-Orkney."

"Desculpa, John. O sr. Oglethorpe cumpriu minhas instruções?"
"Sim, senhor. Está a vante, agachado sobre a bombarda, charuto aceso na mão, pronto para disparar."
"Bem, então que dispare."
"Fogo!"
BUM!
"O outro capitão não entende o que está acontecendo com ele!"
"Não está arribando!"
"Está ignorando a gente!"
"Que pateta!"
"Dispare mais uma vez!"
BUM!
"Agora sim."
"Está virando contra o vento!"
"Jogou a âncora!"
"Está baixando as velas!"
"Muito bem, sr. Oglethorpe. Preparar para a abordagem."
"Muito bem, Peter."
"E Jeremy..."
"Sim, Peter?"
"Sei que os últimos meses foram de vacas magras."
"Nem foram tão ruins, Peter. Talvez um pouco parados..."
"Bem, antes da abordagem, gostaria que você transmitisse aos homens meu apreço por tamanha paciência. Paciência e, posso até dizer, tato."
"Sabíamos que você ia aparecer com alguma coisa, Peter."
"Pode dizer isso a eles por mim?"
Sempre um momento fantástico, pensa o capitão Blood. A preparação para a abordagem. Pistola numa das mãos, sabre curto na outra. Pousar suavemente sobre o convés da embarcação atracada, tendo às costas a tripulação sorridente, devassa, turbulenta e voraz, ainda assim obediente à mais rígida disciplina dos bucaneiros.

Prontos a enfrentar o pequeno bando de vítimas enlouquecidas de medo, apavoradas com o massacre de fato possível. Dentre elas, várias belas mulheres, mas uma mulher em especial, de beleza realmente espetacular, um pouco afastada das irmãs, segurando com força um machete com o qual, contra qualquer bom senso, pretende...

Quando o capitão Blood celebra a aquisição de um rico butim, desce pessoalmente à cozinha do navio e prepara *tallarínes a la catalána* (macarrão, costeleta de porco, amêndoas, pinhões) para todos os marujos. O nome da embarcação capturada é registrado em um livrinho com todos os outros nomes de navios que ele capturou em sua longa carreira. Aqui estão alguns deles: o *Oxford*, o *Luis*, o *Fortune*, o *Lambe*, o *Jamaica Merchant*, o *Betty*, o *Prosperous*, o *Endeavor*, o *Falcon*, o *Bonadventure*, o *Constant Thomas*, o *Marquesa*, o *Señora del Carmen*, o *Recovery*, o *María Gloriosa*, o *Virgin Queen*, o *Esmeralda*, o *Havana*, o *San Felipe*, o *Steadfast*...

O bucaneiro legítimo também não está convicto de que Deus não esteja ao seu lado — especialmente quando, como muitas vezes é o caso, ele se tornou pirata após sofrer alguma monstruosa injustiça, como ter sido recrutado à força em alguma das marinhas reais quando estava apenas bebendo inocentemente em uma taverna junto ao mar, ou confinado às masmorras infectas da Inquisição por ter feito algum comentário gratuito, irrefletido, ligeiro. Por conseguinte, Blood se sente um devoto *à própria moda*, e patrocina círios ardentes em igrejas da maioria das grandes cidades do Novo Mundo. Ainda que não use seu nome verdadeiro.

O capitão Blood está sempre em movimento, promovendo ataques intrépidos. O ataque típico rende algo como 20 mil dólares espanhóis, partilhados de forma justa entre a tripulação, com os feridos recebendo a mais de acordo com a gravidade dos ferimentos. Uma orelha cortada vale duas moedas, uma orelha *decepada* de dez a doze. A escala de pagamentos por lesão está afixada no castelo de proa.

Quando em terra, Blood fica confuso e perturbado com a vida nas cidades, onde qualquer transeunte desconhecido pode atacá-lo sem motivo algum, se assim decidir. E de fato a mera presença do desconhecido, multiplicada por vezes sem fim, é uma espécie de agressão. O simples fato de ser preciso *levar em conta* toda essa gente desembestada é uma tarefa excruciante. Isso não acontece em um navio ou em um oceano.

Um incidente divertido: o capitão Blood ultrapassou um navio de guerra, fez com que baixasse âncora (nesta viagem em particular ele navega com três outros navios sob seu comando, totalizando quase mil homens alistados) e agora está entrevistando o capitão detido em seu camarote cheio de potes de compota de laranja e perucas novas.

"E como o senhor se chama, se não se importa de dizer?"

"Jones, senhor."

"Que tipo de nome é esse? Inglês, imagino."

"Não, senhor. É americano."

"Americano? O que é um americano?"

"A América é uma nova nação entre as nações do mundo."

"Nunca ouvi falar. Onde fica?"

"A norte daqui, a norte e a oeste. No momento é uma nação muito pequena, e faz apenas dois anos que possui esta condição."

"Mas seu navio tem um nome francês".

"Sim, tem. Foi batizado em homenagem a Benjamin Franklin, um de nossos heróis americanos."

"*Bon Homme Richard*? O que isso tem a ver com Benjamin ou Franklin?"

"Bem, é uma alusão a um almanaque publicado pelo dr. Franklin, chamado..."

"O senhor me aborrece. Americano ou não, foi capturado, então me diga — o senhor se rende, com todos os homens, acessórios, carga e tudo mais?"

"Senhor, ainda nem comecei a lutar."

"Capitão, isso é loucura. Vocês estão completamente cercados. Além disso seu casco está com um buraco enorme abaixo da linha d'água, no ponto em que nosso tiro de advertência, por um leve erro de cálculo, estraçalhou a madeira. Você está sendo inundado a um ritmo apavorante. E ainda assim quer lutar?"

"É a valentia dos americanos, senhor. Somos assim. Nossa pequena nação precisa ser mais valente do que as outras para sobreviver entre as outras nações do mundo, maiores e mais antigas."

"Bem, valha-me Deus, Jones, o senhor é o barbado mais colhudo que eu já vi. Juro que estou tentado a deixar o senhor sair ileso dessa, só por conta dessa valentia impressionante."

"Não, senhor, eu insisto em lutar. Como fundador da tradição naval americana, preciso firmar um bom exemplo."

"Jones, volte para seu navio e suma daqui."

"Não, senhor, vou lutar até o último farrapo de lona em honra da América."

"Jones, mesmo na América, seja lá onde fica, os senhores devem conhecer a palavra 'parvo.'"

"Oh. Entendo. Muito bem. Creio que então vamos levantar âncora, capitão, com sua licença."

"Fique à vontade, capitão. E que Deus o acompanhe."

Blood, ao amanhecer, uma figura solitária andando de um lado para o outro na coberta de proa. O mundo da pirataria é vasto e, ao mesmo tempo, limitado. O sujeito pode passar o dia inteiro sendo galante e ainda assim terminar com um macaco-aranha como esposa. E o que a mãe dele vai pensar?

A dança favorita do capitão Blood é a solene e melancólica *sardana* catalã, na qual os participantes se dão as mãos, um de frente para o outro, formando um anel que aos poucos fica maior, e então menor, e em seguida volta a crescer. É uma dança na maioria dos casos executada sem sorrisos. Ele costuma dançar a *sardana* com seus homens, no meio do oceano, depois do almoço, ao som de uma solitária corneta de prata.

RUA 61 OESTE, 110

Paul deu a Eugenie um imenso filé de espadarte como presente de aniversário. Embrulhado em papel vermelho e branco. O papel estava encharcado de sucos de espadarte em alguns pontos, mas ainda assim Eugenie ficou agradecida. Ele tinha feito um esforço. Paul e Eugenie foram assistir a um filme. Seu bebê tinha acabado de morrer e eles estavam tentando não pensar no assunto. O filme deixou ambos um pouco deprimidos. O corpo da criança tinha sido doado ao hospital para experiências médicas. "Mas e a vida após a morte?", tinha perguntado a mãe de Eugenie. "Não existe", Eugenie respondeu. "Tem certeza?", insistiu a mãe. "Não", disse Eugenie. "Como posso ter certeza? Mas é minha opinião."
Eugenie disse a Paul: "Está sendo meu melhor aniversário." "De jeito nenhum", Paul respondeu. Eugenie preparou o filé de espadarte imaginando o que o hospital tinha feito com Claude. Claude tinha dois anos quando morreu. *Aquele moleque desgraçado!*, ela pensou. Olhando ao redor, podia ver os lugares onde ele tinha estado — via de regra no chão. Paul pensou: não funcionou a piada do filé de espadarte. Olhou para o peixe sem graça no prato. Eugenie tocou em seu ombro.
Paul e Eugenie foram assistir a muitos filmes eróticos. Mas os filmes não eram eróticos. Nada era erótico. Começaram a olhar um para o outro e pensar em outras pessoas. A parede dos fundos do apartamento estava desmoronando. Pedreiros vieram fazer orçamentos. Seria preciso instalar uma viga *I* de aço na parede para

sustentar o piso do apartamento de cima, que estava cedendo. O senhorio não quis pagar os quatro mil dólares que a obra custaria. Dava para enxergar a luz do dia entre a parede dos fundos e a parede divisória. Paul e Eugenie foram passar um dia na casa do pai dele em Connecticut. O pai de Paul era advogado testamenteiro — um advogado especializado em testamentos. Mostrou a eles um folheto de propaganda vendendo testamentos no esquema faça-você-mesmo. JÁ FEZ SEU TESTAMENTO? *Todos deveriam fazer. Economize em honorários — faça seu próprio testamento com o Kit de Formulários para Testamento. O kit inclui 5 formulários, um livreto de 64 páginas sobre testamentos, um guia dos deveres do executor e formulários para registrar bens de família. $1,98.* Eugenie analisou o impresso postal. "Quais são nossos bens de família?", perguntou a Paul. Paul refletiu sobre a pergunta. A irmã de Paul, Debbie, teve aos quinze anos um filho que foi dado para adoção. Depois virou freira. O irmão de Paul, Steve, era do Serviço Secreto e passava o tempo inteiro protegendo a viúva de um ex-presidente. "Será que a Debbie ainda acredita em vida após a morte?", perguntou Eugenie de repente. "Até onde sei, ela acredita em vida *agora*", respondeu o pai de Paul. Eugenie se lembrou de Paul contando que o pai dele gostava de bater nas nádegas expostas de Debbie, quando ela era criança, usando uma guia de cachorro. "Ela acredita em ação social", prosseguiu o pai recurvado de Paul. "Deve ter razão. Parece ser a tendência entre freiras."

Paul pensou: Barbados. Talvez lá possamos recuperar o que perdemos. Será que a Ordem dos Advogados oferece um voo fretado?

Paul e Eugenie voltaram de carro para a cidade.

"Estamos atravessando um lodaçal deprimente", disse Paul ao chegarem a Port Chester, NY. "Mas depois vai melhorar." Não vai não, pensou Eugenie. "Vai sim", disse Paul.

"Você é tão cheio de si", Eugenie disse a Paul. "É a única coisa que não suporto num homem. Às vezes me dá vontade de gritar." "Você é uma vagabunda que não tem coragem de se assumir", Paul replicou. "Por que não vai para um bar e arranja alguém, pelo amor de Deus?" "Não adiantaria nada", disse Eugenie. "Eu sei", respondeu Paul. Eugenie se lembrou da última cena do filme erótico a que tinham assistido no aniversário dela, no qual a garota tirava um revólver de uma gaveta e o usava para matar o amante. Na ocasião ela achou esse final medíocre. Agora sentia vontade de ter um revólver dentro de uma gaveta. Paul tinha medo de ter armas em casa. "Elas atiram sozinhas", dizia sempre. "Sem você ter nada com isso."

Mason apareceu para conversar. Paul e Mason tinham servido juntos ao Exército. Mason, que um dia quis ser ator, agora dava aulas de oratória em uma faculdade de graduação tecnológica em Long Island. "Estão conseguindo lidar?", perguntou Mason, se referindo à morte de Claude. "Muito bem", disse Paul. "Estou lidando muito bem, mas ela não." Mason olhou para Eugenie. "Bem, dá para entender", disse. "Ela já deveria ter virado alcoólatra." Eugenie, que bebia muito pouco, sorriu para Mason. As piadas de Paul eram via de regra melhores que as piadas de Mason. Mas Mason tinha compaixão. Sua compaixão era real, pensou Eugenie. Só que ele não sabe como expressar.

Mason contou uma longa história sobre assuntos corriqueiros da faculdade. Paul e Eugenie tentaram fingir interesse. Eugenie tinha tentado doar as roupas de Claude para a amiga Julia, que também tinha um filho de dois anos. Mas Julia tinha recusado. "Você vai estar sempre vendo as roupas", justificou. "Doe para algum amigo mais distante. Você não tem amigos distantes?" Paul foi promovido. Virou sócio majoritário no escritório de advocacia. "É um grande dia", declarou ao chegar em casa. Estava um pouco bêbado. "Não existem grandes dias", Eugenie respondeu. "Antes eu acreditava nisso. Agora eu aprendi. Aceite meus sinceros parabéns pela promoção, que acredito mesmo ter sido muito merecida. Você é talentoso e se matou de tanto trabalhar. Peço desculpas por ter dito mês passado que você era cheio de si. Era verdade — não retiro o comentário —, mas uma esposa melhor teria tido o discernimento de não mencionar o problema." "Não", disse Paul. "Você estava certa em mencionar. É verdade. Quando alguém sabe a verdade, deve dizê-la. E deve sair e dar para alguém se tiver vontade. Viver sob esse manto de cortesia não ajuda ninguém". "Não", disse Eugenie. "Escuta. Quero engravidar de novo. Talvez seja uma péssima ideia, mas eu quero. Apesar de tudo." Paul fechou os olhos. "Não não não não não", disse.

Eugenie imaginou a nova criança. Uma garota desta vez. Uma moça, pensou, com o tempo. Alguém para conversar comigo. Com Claude tínhamos cometido um erro terrível. Deveríamos ter providenciado um caixãozinho, uma sepultura. Fomos sensatos. Fomos desnaturados. Paul surgiu do banheiro com uma toalha enrolada na cintura. Ainda estava um pouco molhado. Eugenie tocou no ombro dele. Certa vez Paul e Eugenie tinham ido juntos a uma sauna, na Noruega. Paul tinha levado um cálice de brandy para dentro da sauna e o cálice ficou tão quente que ele não conseguia mais pegar. O telefone tocou. Era a irmã de Eugenie ligando da Califórnia. "Vamos ter outro filho", disse Eugenie à irmã. "Você está grávida?", a irmã perguntou. "Ainda não", respondeu Eugenie. "Você pensa nele?", perguntou a irmã. "Ainda vejo ele engatinhando pelo chão", disse Eugenie. "Embaixo do piano. Ele gostava de fazer bagunça embaixo do piano."

Nos dias que se seguiram, Paul encontrou um par de abotoaduras de ouro, ovais, no fundo de uma gaveta. Abotoaduras, pensou. Quando foi que usei abotoaduras? Nos dias que se seguiram, Eugenie conheceu Tiger. Tiger era um artista negro que, de tanto ódio pelos brancos, só transava com mulheres brancas. "Acredito em igualdade racial, Tiger", disse Eugenie a Tiger, na cama. "Acredito mesmo." "Acredita nada", respondeu Tiger. "Se quer enganar alguém com essa história, vai fundo. Só não tenta *me* fazer de otário." Eugenie admirava as inúmeras qualidades de Tiger. Tiger "era de deixar tonta", ela explicou a Paul. Paul tentou se manter calmo. As responsabilidades crescentes estavam desgastando seus nervos. Conduzia o processo de falência de uma empresa de ônibus. Paul perguntou a Eugenie se ela estava usando contraceptivos. "Claro", ela respondeu. "Como foi isso?", Tiger perguntou a Eugenie, se referindo à morte de Claude. Eugenie contou. "Não gostei nada disso", falou Tiger. "Tiger, você é um monstro egocêntrico sem nada na cabeça", ela disse. "Você quer é me chamar de *crioulo escroto*", replicou Tiger. Ele adorava falar "crioulo", porque os brancos ficavam chocados. "Quero é dizer que você é um selvagem de mentirinha. É tão selvagem quanto uma lata de canja de galinha da Campbell." Tiger então bateu algumas vezes na cabeça de Eugenie para convencê-la de sua autenticidade. Mas ela seguia inflexível. "No fundo, cara", ela disse, se abraçando nele e usando a mesma linguagem, "você é igualzinho a um *marido*".

Tiger despencou no abismo sem fundo dos ex-conhecidos.

Paul sorriu. Não sabia que daria nisso, mas agora que tinha dado nisso ele estava satisfeito. A empresa de ônibus estava estacionada em segurança na grande garagem da Seção 112 da Lei de Falências. O tempo passou. Julia, amiga de Eugenie, apareceu para tomar um café e trouxe o filho de três anos, Peter. Peter zanzou pela casa atrás do velho amigo Claude. Eugenie falou a Julia sobre a partida de Tiger. "Ele cheirava pó mas nunca me dava nada", reclamou. "Falava que não queria me viciar." "Deveria estar agradecida", disse Julia. "Você não teria dinheiro para sustentar o vício." Uma barulheira vinha do cômodo dos fundos onde pedreiros enfim instalavam a viga I. Paul foi promovido de falências de linhas de ônibus para falências ferroviárias. "Hoje é um grande dia", disse a Eugenie quando chegou em casa. "Sim, é", ela respondeu. "Eles me deram a Cincinnati & West Virginia. Inteirinha. É tudo meu." "Que maravilha", disse Eugenie. "Vou preparar um drinque para você." Então foram para a cama, ele se masturbando com movimentos longos e demorados, ela se masturbando com toques rápidos e leves, ao mesmo tempo em que trocavam beijos apaixonados.

O FILME

As coisas nunca estiveram tão boas, exceto pelo fato de a criança, uma das estrelas do nosso filme, ter acabado de ser levada por vândalos, e isso vai emperrar um pouco o progresso do filme ou até impedir que a produção continue. Mas será que esse incidente, dotado de uma carga específica de drama humano, não poderia ser integrado ao enredo? Julie coloca a mão na cabeça da criança, no acampamento dos vândalos. "A febre baixou." Os vândalos deram uma boneca de madeira para a criança brincar até o cair do noite. E de repente eu por acaso topo com um destacamento de desembarque de nossos navios — quarenta tenentes todos vestidos de branco, todos perfilando a espada, em posição de sentido. O oficial em comando enfia a lâmina na bainha diversas vezes, num gesto ou decidido ou indeciso. Sim, ele vai nos ajudar a capturar os vândalos. Não, ele não tem nenhum plano específico. Apenas princípios gerais, diz. A Arte da Guerra em si.

A ideia do filme é que ele não seja como outros filmes.

Ouvi um barulho lá fora. Olhei pela janela. Uma velha estava curvada sobre a lixeira, pegando alguma coisa emprestada do meu lixo. Fazem isso pela cidade inteira, velhos e velhas. Pegam o lixo emprestado e nunca mais devolvem.

Pensando na sequência de *Voando até a América*. Vai ser o clímax do filme. Mas será que sou capaz de armar tal espetáculo? Ainda bem que tenho Ezra para me ajudar.

"E não é verdade", disse Ezra, quando nos conhecemos, "que estive ligado à produção de dezenove importantes longas-metragens de tamanha originalidade selvagem, *vérité* escaldante e indecência sexual doce e pegajosa que as próprias salas de cinema trancafiaram as portas para não permitir a exibição desses importantes longas-metragens em suas instalações com cheiro de amônia e emplastradas de chiclete? E não é verdade", prosseguiu Ezra, "que eu mesmo, com minhas duas mãos vigorosas e este cérebro incansável com que Deus me presenteou, fiz parte da transformação de sete prestigiosas obras literárias de primeira categoria, quatro de segunda categoria e duas de terceira categoria em fabuloso moscatel? E não é verdade verdadeira", Ezra continuou, "que fui eu mesmo, eu em pessoa e mais ninguém, que me agarrei à parte de baixo da câmera do grande Dreyer, me agarrei com minhas duas mãos vigorosas, coxas nobres e joelhos de músculos hábeis, tanto destros quanto sinistros, durante a cinematização da *Gertrud* do mestre, me agarrei ali para reduzir o movimento de tal câmera àquela sublime lentidão que distingue essa obra-prima de todas as outras obras-primas de sua categoria? E não é a mais pura verdade", disse Ezra, "que dentre todos os camaradas do grupo Dziga Vertov fui eu o primeiro a rechaçar, o mais firme em rechaçar, o mais intransigente em rechaçar toda sorte de dulcíssimas seduções comerciais de qualquer categoria e lisonjas capitalistas de qualquer categoria e incorreções ideológicas de qualquer que fosse a categoria? E não é verdade tão veríssima quanto Saulo ter se tornado Paulo", disse Ezra, "que você precisa de um homem, homem bom e verdadeiro de membros firmes e imenso fôlego, e que este homem *sou eu mesmo** aqui parado diante de você em carne e osso?"

"Está contratado, Ezra", falei.

---

* João 9.9, Bíblia de Jerusalém.

* * *

De quem é a criança? Esquecemos de perguntar quando escalamos o elenco. Talvez pertença a si mesma. Tem um ar de calma bastante notável para alguém tão humilde, e na época de pagamento percebo que os cheques são nominais a ela, e não a um terceiro. Ainda bem que temos Julie para cuidar dela. O hotel de beira de estrada em Tel Aviv é nosso objetivo temporário, não de longo prazo. Novas providências não devem resolver nada, mas serão tomadas mesmo assim: o dinheiro do resgate foi contado e colocado em belos sacos coloridos, o filme foi colocado em latas redondas, as vigas destruídas que obstruem o caminho são empurradas para um canto...

Pensando em sequências para o filme.
   Um frenesi de desejo?
   Amantes sensatos tomando precauções?
   Nadando com cavalos?

Hoje filmamos medo, uma emoção aflitiva suscitada por perigo iminente, real ou imaginado. No medo você sabe o que teme, enquanto na ansiedade não. Segundo Hagman, a correlação dos medos dos filhos com os medos dos pais é de 0,667. Filmamos o padrão de alarme — o encolhimento, as piscadelas, tudo isso. Ezra se recusou a fazer a "inibição dos centros nervosos superiores". Não o culpo. Contudo ele foi ótimo ao demonstrar a reação de raiva simulada e também o "arquejar". Então filmamos uma coisa na qual uma pessoa primitiva (meu braço despido fazendo o papel da pessoa primitiva) mata um inimigo apontando um osso mágico em sua direção. "Certo, quem está com o osso mágico?" Trouxeram o osso mágico. Apontei o osso mágico, e o ator que fazia o papel do inimigo caiu no chão. Tomei o cuidado de explicar ao ator que o osso não o mataria de verdade, eu tinha quase certeza.

Em seguida, a vibração do medo ao longo das nádegas. Usamos as nádegas de Julie para essa sequência. "A esperança é o sinal rematado da ausência de felicidade", disse Julie, de bruços no divã. "A fama é um paliativo para a dúvida", falei. "O acúmulo de riqueza é uma fonte de medo para vencedores e fracassados", disse Ezra. "A meta da civilização é tornar todas as coisas boas acessíveis até aos covardes", declarou o ator que tinha feito o papel do inimigo, citando Nietzsche. As nádegas de Julie vibraram.

Então terminamos as filmagens. Levei o osso mágico para casa. Não que eu acredite nele, mas nunca se sabe.

Será que alguma vez estive mais alerta, mais confiante? Seguindo os lenços caídos até o acampamento dos vândalos — ali, um azul e verde, preso num arbusto! O chefe dos vândalos, um homem alto, limpa as mãos na blusa de moletom. Os vândalos, afirma, têm sido vítimas de uma fama totalmente equivocada. Suas antigas práticas, que lhes renderam a condenação generalizada, eram reativas a situações históricas específicas e não um traço de caráter, como ser bom ou mau. Alguém riscou nosso negativo com um instrumento pontiagudo, os 45 mil metros todinhos. Mas os vândalos alegaram estar no outro lado da cidade naquela noite, plantando árvores. É difícil acreditar neles. Mas ao contemplar as fileiras graciosas de mudas, alinhadas com cuidado e cercadas por um tapete verde de plantas que pareciam ervilhaca... Que belo trabalho! Ninguém sabia o que pensar.

Conseguimos Mark Grunion para o filme; ele ficará com o importante papel de George. No começo Mark queria uma dinheirama, mas agora que entende a natureza do projeto está trabalhando em troca do piso da categoria, para que possa crescer como ator e pessoa. Está crescendo visivelmente, plano a plano. Logo vai se tornar o maior ator do mercado. Vive rodeado pelos outros atores, que espiam seus tornozelos... Será que *deveríamos* fazer esse filme? É uma das perguntas difíceis que precisamos esquecer quando estamos rindo diante de situações incertas ou do mau tempo. Que bela garota é Julie! Sua sexualidade lustrosa deixou os vândalos em chamas. Seguem Julie pra lá e pra cá, tentando tocar na ponta da luva ou no babado do vestido. Ela mostra os seios para quem pedir. "Misericórdia!", dizem os vândalos.

Hoje filmamos as rochas lunares. Armamos o set na Sala das Rochas Lunares do Smithsonian. Elas estavam lá. As rochas lunares. As rochas lunares eram a coisa mais sensacional que já tínhamos visto na vida! As rochas lunares eram vermelhas, verdes, azuis, amarelas, pretas e brancas. Cintilavam, faiscavam, tremeluziam, resplandeciam, bruxuleavam e crepitavam. Produziam estrondos, trovoadas, explosões, estrépitos, frêmitos e rugidos. Repousavam sobre uma almofada do mais puro velcro, e quem encostava na almofada conseguia atirar longe as muletas e dar saltos no ar. Quatro casos de gota e onze ocorrências de paraboloidismo hiperbólico foram curados diante de nossos olhos. Choviam muletas. As rochas lunares atraíam com sua irresistibilidade fatal, mas ao mesmo tempo mantinham todos a uma distância razoável com sua discrição decorosa. Perscrutando as rochas lunares era possível ver o futuro e o passado em cores, e eles podiam ser mudados à vontade. As rochas lunares emitiam um leve zumbido, que limpava os dentes, e um brilho incandescente, que absolvia pecados. As rochas lunares assobiavam "Finlandia", de Jean Sibelius, enquanto recitavam *As Confissões de Santo Agostinho*, de I.F. Stone. As rochas lunares eram tão boas quanto uma sedução inesperada que se revela significativa e emocionalmente recompensadora. As rochas lunares eram tão boas quanto ouvir as conversas dos membros da Suprema Corte no vestiário da Suprema Corte. Eram tão boas quanto a guerra. As rochas lunares eram melhores que um exemplar com dedicatória do *Random House Dictionary of the English Language* autografado pelo próprio Geoffrey Chaucer. Eram melhores que um filme no qual o presidente se recusa a dizer à população o que ela precisa fazer para ficar a salvo de uma coisa terrível que está prestes a acontecer, ainda que ele saiba muito bem o que precisa ser feito e tenha escrito um memorando secreto sobre o assunto. As rochas lunares eram melhores que uma boa xícara de café de uma urna decorada com a mutação de Filomela, pelo rei bárbaro*. As rochas lunares eram melhores que uma ¡huelga! liderada por Mongo Santamaria, com diálogos adicionais por São João da Cruz e efeitos especiais por Melmoth, o Errante. As rochas lunares superaram nossas expectativas. As chocantes, transadas, muito maneiras e profundas rochas lunares eram o maior barato e fizeram nossa cabeça, pode crer. Estávamos com os olhos inchados e vermelhos quando acabamos a filmagem.

E se o filme fracassar? E se ele fracassar, eu vou perceber?

Uma boneca assassinada boiando de barriga pra baixo em uma banheira — vai ser esse o plano de abertura. Um *cold open*, mas com ligeiras insinuações sobre a felicidade da infância e o prazer que a água nos proporciona. Em seguida, os créditos, sobrepostos em uma meia-carcaça bovina pendendo de um gancho. Música de samisém e um longo discurso de um porta-voz dos vândalos louvando a cultura vândala e minimizando o saque a Roma em 455. Em seguida, planos de um talk-show onde todos os participantes estão sussurrando, inclusive o apresentador. Aqui a delicadeza poderia sem dúvida ser considerada um tema. A criança se comporta durante as longas horas de filmagem. Os tenentes marcham perfilados, sacudindo os

---

* "The Waste Land", tradução de Lawrence Flores Pereira em *T. S. Eliot & Charles Baudelaire: Poesia em tempo de prosa*, Iluminuras, 2005.

braços. O público sorri. Um vândalo está parado perto da janela, e de repente rachaduras enormes aparecem na vidraça. Cacos de vidro despencam no chão. Mas eu estava olhando para ele o tempo todo; ele não fez nada.

Eu queria filmar tudo, mas tem coisas que não estamos pegando. O asno selvagem está ameaçado de extinção na Etiópia — não temos nada sobre isso. Não temos nada sobre elitismo intelectual financiado com dinheiro público, um assunto importante. Não temos nada sobre raios globulares nem nada sobre o sistema elétrico nacional e nem meio metro de filme sobre o problema da descontinuidade de Gutenberg, o problema da economia circular ou o interessante problema das ruminações noturnas.

Eu queria pegar tudo isso, mas o tempo é limitado, a energia é limitada. A resistência aos antibióticos vem aumentando no mundo inteiro e reatores regeneradores rápidos de metal líquido estão sujeitos à dilatação, e uma vasta proporção dos quacres são daltônicos, mas nosso filme não vai ter sequer uma migalha sobre nenhuma dessas questões.

Será que o filme é sexual o bastante? Não sei.

Lembro-me de uma breve altercação com Julie sobre a práxis revolucionária.

"Mas eu achava", falei, "que tinha acontecido uma revolução sexual e que todo mundo podia transar com todo mundo desde que se tratasse de adultos aptos a consentir."

"Em teoria", respondeu Julie. "Em teoria. Mas transar com alguém também tem uma dimensão política. Ninguém, por exemplo, deve transar com cães servis do imperialismo."

Pensei: Mas quem vai proteger e consolar os cães servis do imperialismo? Quem vai trazer sua comida de cachorro, quem vai colocá-los na cama para sonhar seus sonhos imperialistas?

* * *

Seguimos em frente. Mas cadê Ezra? Estava responsável por trazer mais iluminação, a iluminação de que precisamos para *Voando até a América*. Os vândalos caem na estrada sem saber se devem se colocar sob nossa proteção ou lutar. As garrafas vazias de Slivovitz são enterradas e as cinzas das fogueiras usadas para cozinhar, espalhadas. A um sinal do líder, os trailers reluzentes e bem cuidados adentram a rodovia. A reabilitação do público cinéfilo através de um "bom conceito", através da "delicadeza", é nosso objetivo secreto. A cobrança pela ocupação dos assentos vai prosseguir por mais um tempinho, mas acabará sendo abolida. Qualquer pessoa poderá entrar em um cinema como quem entra no chuveiro. Tomar uma chuveirada com os atores vai se tornar algo banal. Nossos dois grandes princípios são terror e terror, mas temos outros princípios aos quais recorrer caso estes fracassem. "Isso eu consigo entender", diz Mark. Consegue mesmo. Observamos com ceticismo.

Quem assassinou a boneca? Seguimos com nossa investigação, sendo tratados com a maior cortesia pelos policiais de Tel Aviv, que afirmaram nunca ter visto um caso como esse, nem em lembranças, nem em sonho. Algumas toalhas molhadas formam as únicas evidências restantes, excetuando, no interior da cabeça oca da boneca, pedacinhos de papel nos quais estava escrito

JULIE
JULIE
JULIE
JULIE

com uma caligrafia hesitante. E agora o chão se abriu e engoliu a sala de montagem. Não havia como responsabilizar os vândalos. E ainda assim...

* * *

Agora estamos filmando *Voando até a América*.
Os 112 pilotos conferem os relógios.
Ezra tomou chá de sumiço. Será que a iluminação vai dar conta?
Se todos os pilotos ligarem as máquinas ao mesmo tempo...
Voando até a América.
(Mas será que lembrei de...?)
"Cadê o dirigível?", grita Marcello. "Não estou achando o..."
Cordas pendendo do céu.
Estou usando quarenta e sete câmeras, das quais a mais distante está postada nos charcos de Dover.
O Atlântico está calmo em algumas regiões, agitado em outras.
Um diagrama com seis quilômetros e meio de extensão é o plano de voo.
Todos os pormenores estão coordenados com os serviços de resgate aéreo e marítimo de todas as nações.
Vitória com o poderio aéreo! Acho que me lembro de ter ouvido esse slogan em algum lugar.
Aerobarco voando para a América. Hidroaviões voando para a América. F-111s voando até a América. O *China Clipper*!
Hidroplanos, bombardeiros, asas voadoras voando até a América.
Plano de um piloto chamado Tom. Abre a porta da cabine e fala aos passageiros. "Agora a América está a apenas três mil e duzentos quilômetros de distância", anuncia. Os passageiros abrem sorrisos.
Balões voando até a América (pintados com listras vermelhas e brancas). Spads e Fokkers voando até a América. O aperfeiçoamento pessoal é um tema importante ao se voar até a América. "Em nenhum lugar a realização pessoal é uma possibilidade mais concreta do que na América", diz um homem.
Julie observando as nuvens de aparelhos no ar...

O FILME

Planadores planando até a América. Um homem construiu uma imensa aeronave de papel com vinte e dois metros de comprimento. Está se saindo melhor do que as previsões mais otimistas. Mas previsões otimistas são uma parte essencial de se voar até a América. Ricos estão voando até a América, e pobres, e remediados. Essa aeronave é propulsionada por doze elásticos, cada elástico mais grosso que a perna de um homem — será que tem chance de sobreviver à turbulência sobre a Groenlândia? E aqui está Ezra! Ezra carrega a iluminação necessária para esta parte do filme — um enorme holofote emprestado pela Marinha dos Estados Unidos. Agora nosso filme será um sucesso, ou pelo menos será terminado, e as aeronaves iluminadas, e a criança resgatada, e Julie se casará bem, e a luz da iluminação cairá sobre os olhos dos vândalos, cravando-os ao chão. Verdade! Outra coisa que, disseram, estaria ausente do nosso filme. Simplesmente me esqueci dela ao contemplar a série de triunfos que constitui minha vida privada.

VIAGEM NOTURNA A MUITAS CIDADES DISTANTES

*U*m *grupo de chineses de casaco marrom nos precedeu ao longo dos salões de Versalhes.* Eram homens de meia-idade, pesados, de importância óbvia, talvez uns trinta deles. Na entrada de cada salão um guarda nos detia e obstruía nosso avanço até que os chineses tivessem concluído sua inspeção. Tinham chegado em uma frota de Citroëns oficiais de cor preta, estavam muito à vontade em Versalhes e uns com os outros, era nítido que estavam sendo recompensados por muitos anos de bom comportamento.

Pedi à minha filha uma opinião sobre Versalhes, ela respondeu que achou a decoração exagerada.

Bem, sim.

Ainda em Paris, anos antes, sem Anna, estávamos em um quarto de hotel que dava para um pátio, e tarde da noite através de uma janela aberta ouvimos uma mulher expressando um prazer intenso e crescente. Ficamos corados e nos atracamos.

Agora céu ensolarado em Midtown Manhattan, a temperatura está em seis graus.

Em Estocolmo comemos filé de rena e eu disse ao primeiro-ministro... Que o preço da bebida era alto demais. Vinte dólares por uma garrafa de J&B! Ele (Olof Palme) concordou, de forma muito educada, e disse que era assim que eles financiavam o Exército. Estávamos participando de uma conferência realizada em uma colônia de férias para trabalhadores, um pouco distante da cidade. Descarado, pedi uma cama de casal, não havia nenhuma, juntamos duas camas de solteiro. Um jornalista israelense sentou-se nas duas camas de solteiro bebendo nosso valioso uísque e explicando as diretrizes perversas do Likud. Depois chegou a hora da diversão com os africanos. Um poeta que tinha sido ministro da Cultura por algum tempo explicou o porquê de ter queimado um piano de cauda no gramado em frente ao ministério. "O piano", afirmou, "não é o instrumento nacional de Uganda."

Um passeio de barco através das ilhas dispersas. Um romancista do Pacto de Varsóvia me pediu para levar um pacote com papéis até Nova York.

Mulher fica dois dias quieta em San Francisco. E caminhou pelas ruas com os braços levantados, tocando nas folhas das árvores.

"Mas você é *casado*!"

"Não é *culpa minha*!"

Devorando siri frio no Scoma, vimos Chill Wills em outra mesa fazendo a mesma coisa. Acenamos.

Em Daegu o ar foi tomado pelo barulho dos helicópteros. O helicóptero pousou em uma plataforma, o general A saltou e saiu caminhando com passos firmes e viris até o ponto onde o general B o aguardava — generais se visitando. Apertaram as mãos, a guarda de honra com lenços azuis no pescoço e fuzis cromados disparou, a banda tocou, fotografias foram tiradas. Com ar decidido, o general A, seguido pelo general B, passou em revista a empertigada guarda de honra, e então os dois generais seguiram para o rancho dos generais para tomarem um drinque.

No momento são oitocentos e sessenta e um generais na ativa. Quatrocentos e vinte e seis generais de brigada, trezentos e vinte e quatro generais de divisão, oitenta e sete generais de corpo de Exército e vinte e quatro generais-de-exército. A coisa mais engraçada do mundo é um general tentando forçar um apelido. Às vezes não pega. "Maluco Ululante", "Velha Nogueira", "Velho Sangue e Tripas" e "Machão" já têm dono. "Velho Rendado" não é uma boa escolha. Quando um general está em campanha, mora em um carro de general, uma espécie de motocasa para generais. Certa vez vi um general de duas estrelas, bêbado, agarrar uma atriz em visita — era Marilyn Monroe — e colocá-la no colo, berrando "antiguidade é posto!" sem parar.

Chega de generais.

Probabilidade de chuva em trinta por cento nesta tarde, a temperatura máxima fica em torno de treze graus.

Em Londres conheci um homem que não estava apaixonado. Belos sapatos, negros como mármore negro, e um terno de bom corte. Fomos juntos ao teatro, custava umas poucas libras, ele sabia quais peças eram as melhores, em várias ocasiões levou a mãe consigo. "Um americano", disse para a mãe, "um americano que conheci". "Conheci um americano durante a guerra", ela me disse, "não gostei dele". Tudo dentro do esperado, em seguida ela me diria que não temos cultura. O filho estava esfomeado, faminto, eu diria louco de fome, sugava os botões dos punhos do terno de bom corte, se engasgava com os botões dos punhos do terno de bom corte, mangas esquerda e direita enfiadas na boca — não estava apaixonado, afirmou, "de novo não estou apaixonado, não estou apaixonado de novo". Acabei com seu sofrimento usando um bom livro, Rilke, se bem lembro, e decidi que nunca me veria em uma situação tão medonha.

Em San Antonio passeamos ao lado do riozinho. E acabamos no Helen's Bar, onde John encontrou um jogador de sinuca que, como John, era ex-*marine*. Como esses ex-*marines* se amam! É uma pouca vergonha. O Congresso devia tomar alguma providência. A Receita Federal devia tomar alguma providência. Você e eu conversamos entre nós enquanto John conversava com o amigo do campo de treinamento de Parris Island, e até que não foi nada mau, não foi nada mau. Debatemos vinte e quatro romances sobre adultério normativo. "Sem adultos *não* é possível ocorrer adultério", eu disse, e você concordou que era verdade. Pensamos a respeito, as mãos nos joelhos um do outro por baixo da mesa.

No carro, voltando de San Antonio, as senhoras conversaram sobre o traseiro de um poeta respeitado. "Grande demais", disseram, "demais, demais, demais". "Imagina como deve ser ir para a cama com ele", disseram, e então todas falaram "Não, não, não, não, não" e riram, riram, riram e riram.

Eu me ofereci para sair e ficar correndo ao lado do carro, se com isso elas ficassem mais à vontade para conversar.

Em Copenhague fui às compras com dois húngaros. Achei que só queriam comprar presentes para as esposas. Compraram luvas de couro, jogos de xadrez, peixe congelado, comida para bebês, cortadores de grama, aparelhos de ar-condicionado, caiaques... Passamos seis horas na loja de departamentos.

"Agora você deve ter aprendido", disseram, "a nunca ir às compras com húngaros."

De volta a Paris, o hotel era o Montalembert... Anna pulou na cama e cortou a mão em um estojo de aquarelas, ferida aberta, sangue por todo lado, o porteiro nos garantindo que "vi coisas bem piores na guerra".

Bem, sim.

Mas não conseguíamos estancar o sangramento, no táxi a caminho do Hospital Americano o motorista não parava de olhar para trás para ver se não estávamos sujando de sangue o forro do banco, minhas duas mãos cheias de papel-toalha ensanguentado...

Em outra noite, quando estávamos a caminho do jantar, dei um pontapé na fedelha com força cuidadosamente calibrada enquanto cruzávamos a Pont Mirabeau, ela tinha passado o dia inteiro fazendo manha, enlouquecendo a nós dois, sua índole melhorou de forma instantânea, maravilhosa, essa tática só pode ser usada exatamente uma vez.

Na Cidade do México deitamos com a filha deslumbrante do embaixador americano ao lado de um córrego de montanha de águas gélidas e cristalinas. Bem, o plano era esse, mas, não deu muito certo. Tínhamos cerca de dezesseis anos e tínhamos fugido de casa, como reza a tradição, pegamos várias longas caronas com vários tipos sinistros, e ali estávamos na cidade grande tendo como únicos bens umas duas camisetas. Meu amigo Herman nos arranjou trabalho em uma fábrica de jukeboxes. Nossa tarefa era lixar as ranhuras nas jukeboxes americanas para que aceitassem as moedas mexicanas, maiores e mais grossas. O dia inteiro. Sem luvas.

Depois de mais ou menos uma semana fazendo isso, caminhávamos certo dia na rua onde fica o Hotel Reforma e ali estavam meu pai e meu avô, sorrindo. "Os garotos fugiram de casa", meu pai tinha dito ao meu avô, e meu avô tinha respondido "Eita! Bora atrás deles então". Raras vezes vi dois homens feitos se divertindo tanto.

Trinta e quatro graus nesta tarde, o mercado de ações está em polvorosa.

Em Berlim todos ficavam olhando, e eu não tinha como levar a mal. Você estava espetacular, a saia comprida, o cabelo comprido e escuro. Fiquei incomodado com os olhares, gente olhando pasmada para a felicidade sem saber se acreditavam ou não, sem saber se era possível confiar naquilo e por quanto tempo, e o que significava para eles, se aquilo os prejudicava de alguma forma, os diminuía de alguma forma, os criticava de alguma forma, pelo amor de Deus tirem isso da minha frente...

Acertei ao identificar um Matisse como Matisse ainda que fosse um Matisse atípico, você achou que eu era entendido, mas tinha sido pura sorte, passamos uma hora e vinte minutos encarando a exposição de Schwitters e depois fomos almoçar. *Vitello tonnato,* se lembro bem.

Quando Herman se divorciou em Boston... Carol ficou com a churrasqueira boa. Coloquei na Blazer para ela. Na traseira da Blazer havia caixas de papelão cheias de livros, utensílios de mesa, lençóis e toalhas, plantas e, por mais estranho que pareça, duas dúzias de cravos brancos e ainda viçosos, em caixas. Apontei para as flores. "Herman", ela disse, "nunca desiste".

Em Barcelona as luzes se apagaram. Durante o jantar. Velas surgiram e os lagostins brilhantes foram colocados diante de nós. Por que amo Barcelona acima da maioria das outras cidades? Porque Barcelona e eu compartilhamos uma paixão por caminhadas? Fui feliz ali? Você estava comigo? Estávamos celebrando meu centésimo casamento? Foi por aí. Mostre um homem que não se casou cem vezes e mostrarei um infeliz que não merece este belo mundo criado por Deus.

Almoçando com o Espírito Santo, louvei o mundo, e o Espírito Santo ficou satisfeito. "Temos aquele probleminha em Barcelona", Ele disse, "as luzes se apagam bem no meio do jantar". "Percebi", falei. "Estamos resolvendo", Ele disse, "que cidade maravilhosa, uma das melhores que temos". "Uma grande cidade", concordei. Em um êxtase de admiração pelo que existe tomamos nossa sopa singela.

Amanhã, tempo bom e mais calor, mais calor e tempo bom, muito bom...

CONSTRUÇÃO

Fui até Los Angeles e, quando chegou a hora, voltei, tendo resolvido o assunto de trabalho relativamente importante que tinha me levado até Los Angeles, algo relacionado a um contrato, um contrato insalubre, o qual assinei depois que novos parágrafos foram aditados e rubricados por todas as partes, uma tarefa enfadonha de rubricar incontáveis cópias de documentos reproduzidos em papel vegetal, nada agradável ao tato. Um dos advogados usava um chapéu de caubói feito de palha trançada, com uma fita de couro de cobra. Era bronzeado em excesso. A fita do chapéu exibia como destaque a cabeça de uma cascavel de boca escancarada e presas que se podiam tocar. Helen fez uma brincadeira a respeito, ela cuida de alguma coisa no escritório da Costa Oeste, não sei bem o que é mas ela é tratada com deferência considerável, todos parecem acatar suas determinações, uma mulher atraente, é claro, mas também uma mulher que manifesta certa autoridade, uma autoridade silenciosa, se eu tivesse tempo teria perguntado a alguém "qual era" a dela, como se diz, mas eu precisava voltar, não se pode ficar o tempo todo em escritórios de advocacia em Los Angeles. Embora fosse janeiro e, em outros lugares, houvesse neve, até nevascas a temperatura estava entre dez e quinze graus e a folhagem, o conjunto de árvores de aparência estranha, não árvores, mas algo entre uma árvore e um arbusto gigante, que distingue a cidade, que esconde tudo que é menos atraente que as árvores — me refiro às edificações locais —, servindo de biombo ou anteparo entre o olho e as edificações locais, muitas delas sem dúvida admiráveis, a folhagem cumpria sua função com eficácia, tornando Los Angeles um lugar agradável, discreto e verde, fato que constatei antes de meu retorno de Los Angeles. O voo de volta de Los Angeles foi rotineiro, muito calmo e suave, noturno. Tomei uma caneca de sopa quente de macarrão com frango que a comissária de bordo teve a gentileza de me preparar; estendi a lata de sopa de macarrão com frango e ela (imagino, não sei os detalhes) aqueceu o conteúdo no micro-ondas e em seguida me trouxe a caneca de sopa quente de macarrão com frango que eu tinha entregue a ela em forma enlatada, e também uma série de drinques que ajudaram a tornar o voo ainda mais calmo e suave. O avião estava com metade da lotação, houve um atraso de meia hora na decolagem que passei admirando uma frase em uma revista, frase esta que era a seguinte: "[Nome do filme] explora questões de amor e sexo sem jamais ser pudico." Fiquei admirando essa frase por toda a meia hora que nos mantivemos em solo esperando autorização no meu retorno de Los Angeles, pensando em respostas adequadas, como "Bem, pelo menos *isso* nós evitamos", mas nenhuma resposta que eu pudesse imaginar estava à altura ou poderia estar à altura do texto original que arranquei da revista, dobrei e coloquei, dobrado, no bolso do meu casaco para analisar melhor em algum ponto do futuro em que eu estivesse precisando rir um pouco. Então desembarquei e carreguei a mala pelos túneis quase desertos do aeroporto até chegar à fila dos táxis, peguei um táxi conduzido por um negro que, alegou, estava abandonando o ramo dos táxis para abrir um serviço de entregas e que naquela mesma manhã tinha recebido uma caminhonete Toyota 1987 com esse propósito, e assim que o turno de trabalho chegasse ao fim não apenas mostraria a caminhonete Toyota 1987 para a mãe como também buscaria o seguro do veículo. Pediu minha opinião sobre a situação econômica e respondi que tudo continuaria indo bem, em termos nacionais, por um bom tempo, mas que a economia local, que no caso significava a região inteira, eu achava que não iria muito bem por conta de problemas estruturais. Então ele me contou uma história de quando estava na selva do Vietnã com um camarada que já estava ali havia dezessete meses e recebeu uma carta da esposa na qual ela anunciou estar grávida, mas que não tinha feito (citando literalmente) "nada de mais", e que o colega, no meio da selva, tinha então ficado maluco, e eu perguntei "dezessete meses, o que ele estava fazendo ali há dezessete meses?" porque o período de serviço era de um ano, e ele respondeu "Ele pediu para ficar mais" e eu perguntei "Pediu para ficar mais?" e ele respondeu "É, ficar mais" e eu falei *"Então ele já estava maluco antes de receber a carta"*, e ele disse "Bingo!" e ambos caímos na risada sem maldade. Ele me deixou na frente do meu prédio, subi e preparei uma caneca meio espessa de sidra quente com especiarias usando um pacotinho de sidra quente com especiarias em pó que ganhei de brinde quando comprei a garrafa de sidra de maçã Tree Top que estava na geladeira, e tirei a gravata, e fiquei sentado ali, na minha casa, no meu retorno de Los Angeles.

Pensei sobre a comida que comi em Los Angeles e sobre o que precisava fazer a seguir, no dia seguinte, nos próximos dias seguintes, e sobre o plano de longo prazo, é claro. Fiquei ali sentado no cômodo escuro sem camisa (tinha tirado a camisa) pensando na comida que comi em Los Angeles, nos turnedôs à Rossini sem nada de mais, os *huevos rancheros* simples demais em um restaurante muito caro que ainda assim servia *huevos rancheiros* em *pratos de metal*, e café em *canecas esmaltadas azuis com rachaduras*, o nome do lugar era Chuck Wagon. Café da manhã com Helen, ela com certo ar de autoridade cuja origem não se conseguia definir de imediato e eu estava cansado demais após uma longa noite em Los Angeles, cansado demais ou não interessado o bastante para fazer as perguntas, seja aos colegas dela, aos meus colegas ou à própria Helen, que teriam me permitido definir a origem de sua autoridade em Los Angeles, Los Angeles representando para mim um lugar para onde alguém vai em caso de necessidade, em raras ocasiões, para assinar e/ou rubricar ou renegociar qualquer coisa que exija esse tipo de atenção. Reparei em pouquíssima coisa do lugar, em arbustos ou árvores, enxerguei um pouco do mar pela janela do meu quarto de hotel, enxerguei uma velha de roupão verde na sacada do prédio em frente, no mesmo nível, décimo primeiro andar, e me perguntei se seria hóspede ou uma daquelas pessoas que cuidam da limpeza; se fosse uma daquelas pessoas que cuidam da limpeza parecia improvável que tivesse ido ao trabalho de roupão verde e tenho certeza de que estava usando um roupão verde, mas não parecia hóspede nem inquilina, tinha uma aparência inclinada, arruinada, recurvada e derrotada, daquele tipo que define as pessoas que não estão vencendo. Raramente me engano sobre esse tipo de coisa, a memória eidética, como se diz; enxerguei uma figura qualquer, possivelmente feminina, no alto do templo mórmon, a figura parecia estar conduzindo as pessoas para algum lugar, adiante, imagino; enxerguei vários quadros não pintados na rua, pela janela da limusine na qual fui transportado de um lugar a outro, em sua maioria Pietás, uma criatura segurando outra nos braços, a maioria em pontos de ônibus. Los Angeles.

 Pensei sobre areia ainda que não tenha visto areia em Los Angeles, me disseram que havia praias ali por perto; o pouco de mar que eu tinha enxergado pela janela do hotel em Wilshire sugeria areia, mas não vi areia durante minha estadia não muito longa em Los Angeles, onde assinei vários documentos relacionados ao plano de longo prazo, sobre o qual fiquei pensando no escuro sem camisa ao voltar de Los Angeles. Comparei mentalmente nossa cidade com Los Angeles, uma competição na qual nossa cidade não se mostrou inferior, pode ter certeza, uma pesagem de valores na qual nossa cidade não se aproveitou de uma balança adulterada, pode ter certeza. Superamos Los Angeles em termos de manicômios, pra começo de conversa. Isso sem falar em nossas grandiosas alamedas e restaurantes (onde jamais, jamais serviriam *huevos rancheros* em pratos de metal) e nosso excelente prefeito que costuma enfrentar a Câmara Municipal com uma Bíblia Sagrada entre os dentes cerrados. Mas eu não tinha a menor intenção de entrar em uma escaramuça mental contra a cidade de Los Angeles, então desloquei a mente para o problema em questão, o plano de longo prazo.

Estava refletindo sobre o plano de longo prazo, me pressionando com toda sua imensidão, o plano de longo prazo de oitocentos e setenta e seis milhões de dólares pelo qual fui repetidas vezes criticado por meus colegas e pelos colegas deles e, quem sabe, pelos colegas dos colegas dos meus colegas, com ênfase especial no amplo estacionamento subterrâneo, quando minha mãe telefonou para perguntar como se chama a página esquerda de um livro. Minha mãe vive me ligando às duas da madrugada, porque tem dificuldades para dormir. "Reto", respondi, "se não for reto é verso, não lembro qual é qual, melhor pesquisar, tudo bem com você?" Minha mãe respondeu que estava tudo ótimo menos os pesadelos horríveis que ela tinha quando conseguia dormir, pesadelos horríveis que envolviam o plano de longo prazo. Eu tinha levado o plano de longo prazo de oitocentos e setenta e seis milhões de dólares para casa uns meses antes, para mostrar para minha mãe, ela estudou as muitas centenas de páginas impressas e então anunciou que, muito provavelmente, aquilo lhe daria pesadelos. Minha mãe é discípula de Schumacher, o cara de "o negócio é ser pequeno", discípula de Mumford, discípula (recuando no tempo) de Fourier, e mais recentemente discípula de François Mitterrand, ela vive querendo saber por que não temos um presidente como ele, um socialista genuíno que também fala francês muito bem. Minha mãe é meio desligada das realidades atuais, acredita que propriedade é roubo e acredita que meu pai me ensinou coisas erradas (ainda que eu acredite que muito do que meu pai me ensinou, à sua maneira bastante ousada e dramática, à sua maneira bastante ousada e dramática e vamos admitir, exagerando demais a própria importância, se provou muito útil mais tarde — a esgrima, a compra alavancada, o capítulo 11 da lei de falências —, ainda que, se ele realmente me amasse teria, talvez, enfatizado mais os sistemas de ar-condicionado, a produção, a venda, a instalação e a manutenção de sistemas de ar-condicionado). Meu problema com o plano de longo prazo não era ético, como no caso da minha mãe, mas prático: Por que estou fazendo isso?

Não é fácil, não é nada fácil levar a vida fazendo esse tipo de pergunta, esse tipo de pergunta pungente e insalubre que envenena e torna pungente (detesto pungência!) toda e qualquer lata de sopa de macarrão com frango ou caneca de sidra quente com especiarias, afligindo igualmente manhã, tarde e noite (não durmo melhor que minha mãe), contaminando calma, seriedade e vontade de vencer. *Em nome dos Estados Unidos*, repito para mim mesmo, *em nome dos Estados Unidos*, e às vezes funciona, mas às vezes não; *em nome dos Estados Unidos* é melhor que *porque eu posso* e nem tão bom, nem tão docemente persuasivo, quanto *movimento de forças históricas*, que em si é tanto menos convincente que *e o que mais poderia fazer?* ou *por que não?* Onde, eu me pergunto, onde em toda essa "construção" (e o amplo estacionamento subterrâneo, para ficar apenas nele, vai se estender daqui até St. Louis, ou quase isso), onde em tudo isso está a (e não deixamos de perceber, não deixamos de perceber, as associações construtivas que se agrupam em torno da palavra "construção", as conotações imensamente afirmativas e congratulatórias que se apegam como ferrugem intrusa à palavra "construção") resposta à pergunta Por que estou fazendo isso? E o que mais poderia fazer? Por que não?

Restava ainda o mistério de Helen, cujos estados de ânimo, estados de ânimo agressivos, estados de ânimo apreensivos, estados de ânimo celebratórios, rancorosos e contemporizadores precisavam ser explorados, explorados de forma meticulosa. Meticulosidade é a chave para evitar perguntas insalubres e capazes de arruinar a vida, perguntas desconcertantes, insalubres e capazes de arruinar a vida que ameaçam o princípio da construção. A construção é como um garotinho crescendo, um idoso diminuindo o ritmo ou um homem de meia-idade estrebuchando na sopa, onde não raramente encontro aquela lagosta fervente, eu mesmo. Ao se espalharem (margarina, doença), as cercanias físicas podem ser como um transbordamento de razões ambíguas ou como uma irrupção do divino (Nova Jerusalém, amplo estacionamento subterrâneo), ou como decomposição no sentido de esbulho de um pântano ou Éden existente, sem arbustos, sem construções, essas são as três categorias sob as quais a construção pode ser quantificada, a palavra "quantificada" em si lembrando uma análise de solo. Mas gastar (e de modo algum quero me deter sobre a palavra "gastar") o tempo pensando nessas questões faz com que a pessoa se esqueça de outras questões, a questão das letras de câmbio, por exemplo, da alavancagem e do uso honesto de materiais, e da densidade e dos códigos de edificações, que variam terrivelmente de um lugar a outro, e das minúcias fiscais e da proporção áurea e da lei de 1% para a arte e 100% dos bairros nobres e de becos sem saída e da Wiener Werkstätte e dos selantes e juntas de vedação e do descascamento rápido e da secagem das tintas e da chanfradura dos vidros e de como dobrar um prego e de como dormir bem, à noite, no amplo *marché aux puces* da minha missão...

No dia seguinte, parando somente para instruir minha secretária, Rip, a contratar o serviço de entregas de Hubie, o ex-taxista, que tinha me dado seu cartão, peguei um avião e voltei a Los Angeles para começar a entender o mistério de Helen.

CARTAS AO *EDITORE*

O *Editor de* Shock Art *nem precisa mencionar que a impressionante fecundidade da polêmica LeDuff-Galerie Z ao longo das cinco últimas edições incendiou com vigor os dois lados do Atlântico. Não imaginamos que alguém se interessaria pelo assunto, mas parece que tocamos em uma questão sensível. É uma complicação terrível publicar um periódico internacional sobre arte em dois idiomas simultâneos, e a dissonância não perdeu a oportunidade de se manifestar. Aceitaremos somente mais uma troca de correspondência sobre essa questão, endereçada à nossa redação na Viale Berenson, 6, 20144 Milão (Itália), e ponto final. Em seguida apresentamos uma magra amostra das repercussões recentes.*

Nicolai PONT
Editore

SENHORES:

Esta investida busca responder à resposta de Doug LeDuff ao nosso anúncio de 29 de dezembro, publicado em seu periódico, e que deu margem a tanta raiva. A cólera do sr. LeDuff não surpreendeu quem o conhece. Todavia nada de novo foi provado por essas imprecações, que em sua maior parte nem ao menos respondem nossa argumentação e se desfazem em casuística e em vagas ameaças. Não estamos nem de longe intimidados! As questões de considerável interesse levantadas em nosso anúncio original permanecem incólumes. É patente que o sr. LeDuff julga obtusos os leitores de *Shock Art*, juízo que não compartilhamos. Nossa afirmação de que as obras do americano sr. LeDuff são pura cópia das obras de nosso artista Gianbello Bruno pode ser demonstrada através de pareceres implacáveis de especialistas, do tipo que o sr. LeDuff não seria capaz, por motivos óbvios, de produzir. Os fruidores da cena artística contemporânea, porém, estão mais do que qualificados para formarem sua própria opinião. Não precisamos ir além da exposição de 1978 na Galerie Berger, em Paris, em que se apresentou pela primeira vez a série "asterisco" de Bruno, para demonstrar o que vem ocorrendo. O americano alega estar pintando asteriscos desde 1975 — ao que respondemos: se é mesmo o caso, onde estão esses asteriscos? Em quais coleções? Em que exposições? Com qual documentação? Ao passo que as valiosas realizações de Bruno estão inteiramente documentadas, tanto em portfólio quanto em outros materiais impressos, como veio à luz em nosso anúncio original. Que LeDuff, com sua inconveniência, tenha se imiscuído junto a colecionadores de quatro continentes, não prova nada, muito menos justifica deixar o assunto de lado.

É natural que a postura inteiramente americana dos defensores de LeDuff, para quem apenas os Estados Unidos existem, fique aqui evidente na avaliação dos protagonistas, que parece justa, mas na verdade é tendenciosa ao extremo a favor de sua terra natal. A manifestação do sr. Ringwood Paul na edição mais recente, em que ele destaca (corretamente) que os asteriscos de LeDuff têm seis pontas, enquanto os asteriscos de Bruno têm todos cinco pontas, não é um "nocaute". Ao reivindicar uma originalidade plástica rigorosa para LeDuff com base nisso, o sr. Paul demonstra apenas a estupidez das opiniões arraigadas. É coisa simples, após "tomar emprestado" um conceito de outro artista, incluir uma ligeira melhoria, mas não é tão simples excluí-la sem que alguém perceba! Por fim, a afirmação da estimada crítica (mais uma vez americana, notamos!) Paula Marx de que o efeito moiré atingido tanto por Bruno quanto por LeDuff mediante a sobreposição de inúmeros asteriscos a inúmeros outros asteriscos é um melhoramento criado por LeDuff e somente depois adotado por Bruno, é categoricamente falsa. Será preciso aplicar a datação por carbono-14 nessas *peintures* mais recentes para determinar a verdade, como se fôssemos arqueólogos que se defrontam com uma cultura extinta? Não, temos entre nós pessoas vivas com excelente memória. Apelar a referências ao "idealismo" da *œuvre* de LeDuff nessa questão é o equivalente a dizer "sim, quase sempre ele veste camisas limpas". Mas a camisa limpa de LeDuff dissimula algo que inspiraria nada além de ceticismo quanto a essa *œuvre*.

Bernardo BROWN
H. L. AKEFELDT
Galerie Z
Milão

Senhores:
Só rindo dessa história toda. O que esses americanos querem? Vêm para cá, e todo mundo os coloca nos melhores hotéis com toalhas finas, mas eles reclamam e reclamam. Aproveitam as atenções imerecidas da burguesia rica e depois voltam voando pros Estados Unidos, mais ricos e com ideia de voltar de novo para de novo assaltar nossa burguesia. Doug LeDuff é um porco e um moleque, e os inimigos dele também.

Pino VITT
Roma

Caro Nikki...
Deixe que eu sublinhe a frivolidade do debate LeDuff-Galerie Z, que você tem permitido manchar as páginas da revista por já muitos

meses? Não me cabe avaliar se foi ou não admirável a decisão de publicar os anúncios da Galerie Z difamando LeDuff (que, em minha opinião, não passa de um mascate de papel de parede vagabundo), embora isso tenha sido sem dúvida incrível, apesar de sua boa-fé. Posso apenas indicar, dos anais da história, que tanto LeDuff quanto Bruno imitaram as obras-primas de Magdeburg Handwerker (14 de maio de 1938).

Hugo TIMME
Düsseldorf

SENHORES:

Os membros do Grupo SURFACE (Basileia) estão resolutos em seu apoio ao descomunal mestre americano Doug LeDuff.

Gianni ARNAN
Michel PIK
Zin REGALE
Erik ZORN
Basileia

EDITORE (se houver):
Shock Art
MILÃO

Os interesses poderosíssimos do cartel internacional de galerias--críticos-colecionadores só tem a ganhar com as confusões das picuinhas LeDuff-Galerie Z. Como podem ter ignorado Elaine Grasso, cuja obra, já com muitos anos no campo dos parênteses, tem suma pertinência?

Magda BAUM
Roterdã

Senhores:

Shock Art tem servido de inocente útil neste incidente. O asterisco tem uma longa procedência, e não foi de modo algum formulado nem por LeDuff nem por Bruno. O asterisco (do grego *asteriskos*, estrelinha) se apresenta na mitologia clássica como o sinal que Hera, enfurecida com mais uma das incontáveis infidelidades de Zeus, aplicou na fronte do deus enquanto ele dormia, para que ele se lembrasse, ao fitar o espelho pela manhã, de que deveria estar em outro lugar. Rogo ao *signore* Pont que publique minha carta para que as pessoas saibam disso.

G. PHILIOS
Atenas

Caro Pont:

Gentileza sua me convidar para tecer comentários no belo debate em curso na sua revista. Um mero crítico não costuma ser requisitado a dar opinião nessas coisas, ainda que possa ter opiniões bem mais válidas do que os envolvidos, por conta do longo e cuidadoso treinamento em evitar o cansaço do envolvimento passional — se ele o possuir!

Assim sendo, com calma e sem a menor predisposição a favor ou contra as partes envolvidas, examinemos as questões com um olhar sereno. O argumento de LeDuff (em *Shock Art* #37) de que uma imagem, uma vez vinda à tona nas águas internacionais da arte, é um peixe sujeito a ser apanhado com impunidade por qualquer um, que em seguida pode torná-lo seu, não convenceria nem mesmo uma ostra. Questões de primazia não podem ser esbatidas dessa forma, e se ele estivesse escrevendo de uma perspectiva europeia compreenderia isso muito bem, e sentiria vergonha. A brutalidade do estupro americano dos espaços de exposição e dos órgãos de informação artística ao redor do mundo desagregou-lhe os sentidos. Os aspectos históricos já foram repisados o suficiente pelos outros, mas ainda resta uma categoria a ser explorada — a do psicológico. O fato de LeDuff estar reproduzido em todos os museus, em todos os jornais, de não ser possível lançar os olhos sobre alguma coisa sem topar com essa abundância em estado bruto — LeDuff, LeDuff, LeDuff (enquanto o pobre Bruno, o verdadeiro progenitor, se alimenta de sobras de hortaliças) — o que isso causou no próprio LeDuff? Fez com que se transformasse em um artista morto, chamando atenção para si mesmo das maneira mais deselegante. Mas não se pode abafar a verdade para sempre. Quando a verdadeira história do baixo estímulo ótico for composta, Bruno será vindicado.

Titus Toselli DOLLA
Palermo

GRANDES DIAS

Quando eu era pequena fazia bolos de lama, enfiava barbantes dentro de tocas de lagostim e ficava balançando na esperança de que o lagostim fosse idiota o bastante para agarrá-los e se deixar arrastar para a luz. Rosnava e chorava, tomava sorvete e cantava "How High the Moon". Arrancava asas de grilos e fazia peças perdidas de Scrabble boiarem na água das valetas. Tudo perfeito e banal e perfeito.

— Plumagens de sossego e êxtase.
— Eu estava me preparando. Ficando pronta para o grande dia.
— Dia gélido com sal nas calçadas.
— Esboçando posturas e formando belos discursos.
— Atirando moedas em uma linha traçada na poeira.
— Fazendo e desfazendo penteados com meu cabelo lustroso e abundante.
— Temos um ferido. Center com Um-Oito.
— Amarrava foguetes de sinalização às extremidades e entrançava bengalas doces no meu cabelo lustroso e abundante. Ficando pronta para o grande dia.
— Pois não nego que estou um pouco fora de mim.
— Panes ainda não compreendidas no sistema.
— Ah aquela banda de palhaços. Ah suas doces melodias.
— Amiga muito excelente e querida. Boba como as notícias do recesso de verão.

— Minhas exigências não foram satisfeitas. Um, dois, três, quatro.
— Admiro sua prontidão e sua celeridade. Mas lamento seu medo e sua prudência.
— Sempre vale fazer um esforço, sempre.
— Sim, isso a gente faz. Das tripas coração. Isso ninguém pode negar.
— O secretário de Estado se importa. E o secretário do Comércio.
— Sim, eles estão informados. Não estamos desguarnecidos. Soldados e policiais.
— Temos um ferido. Esquina da Mercer com Um-Seis.
— Prestando muita atenção. Uma visão clara do que pode ou não ser feito.
— Progresso se estendendo ao futuro distante. Represas e aquedutos. A força impressionante dos poderosos.
— Organizando nossos desejos mais profundos como uma mãe previdente que vai a uma loja que no dia seguinte estará fechada.
— A melhor coisa é a amizade.
— Uma das melhores. Uma das melhores de todas.
— Eu me apresentei em um auditório. Sozinha sob as luzes escaldantes.
— O auditório coalhado de rostos admirados. Exceto alguns.
— Julia estava lá. Julia desgraçada.
— Olha, mas você gosta dela, não?
— Bem, quem não gosta de olhos violeta?
— É preciso fazer um esforço, se dar ao trabalho, planos, esquemas, diretrizes, linhas mestras.
— Bem, quem não gosta de joelhos assanhados?
— Sim, ela perdeu o brilho. Sumiu de vez.
— As tensões da cidade agindo sobre uma sensibilidade essencialmente não-urbana.
— Mas eu amo a cidade e não admito que a caluniem.

— Bem, eu também. Mas afinal de contas. Mas enfim.
— Acho que Julia anda transando com Bally.
— Sim, ouvi falar, ele não sabe guardar segredo.
— Mas que belos ossos dos quadris, é preciso admitir.
— Eu lembro, ainda os sinto me pressionando como antes em tardes quentes, noites frias e febris assim-que-acordamos.
— Sim, Bally é uma lembrança e tanto para todas.
— Meu melhor fantasma. Sobre quem eu mais penso, em tempos amargos ou bons.
— Tentando combinar minhas cores. Tentando usar de contraste. Tentando anular.
— Respeito suas diversas fases. Seu discurso doce e uniforme.
— Passei algum tempo fora e achei todos por lá afáveis, tranquilos e bons.
— Espécie não culminante de atividade em última análise desprovida de afeto.
— Que você imita de forma tão graciosa em auditórios de todos os tamanhos.
— E ainda assim, com meu bom humor realmente mágico! e minha aparência alegre e despreocupada, causei muitos problemas.
— Acho que é verdade. Em termos estritos.
— Saltando de quatro até o meio do mato, latindo como uma desvairada e mordendo tudo que aparecia na frente...
— Você também guarda linhas?
— Em noites livres e férias remuneradas. Aproveitando ao máximo meu tempo aqui neste planeta. Apassamanando, costurando, tecendo, soldando.
— Batizando nenês, Lou, Lew, Louis.
— E os dedos dos pés, dedos maravilhosos, que dedos tem aquele homem.
— Decorados com anéis e elásticos.

— Gosta de branco. Vestidos brancos, baby-dolls, aventais, flores, molhos, tudo branco.

— Ele era muito galinha, isso sim. Galinha.

— Uma vez fui caçar com ele, faisões, ele acertou um com aquela espingarda cara. O bicho explodiu que nem um travesseiro de penas.

— Tem que ficar parada só olhando enquanto os olhos deles ficam procurando sei lá o quê. E aí dizer "belo tiro!"

— Ah, eu podia ter me saído melhor, bem melhor, fui negligente.

— Ou pior, não se atormente, podia ter sentado com essa bundinha linda em lugares bem piores, sob o jugo de criaturas mais deploráveis.

— Eu estava fazendo um esforço. Minha especialidade.

— Nisso você é excelente. Primeira classe mesmo.

— Nunca deixo de surpreender a mim mesma. Coloco quadros na parede e esteiras antiderrapantes debaixo dos tapetes.

— Admiro muito você. Admiro mesmo. Até o último fio de cabelo.

— Como aprendemos estudando as carreiras de todas as grandes figuras do passado. Heráclito e Lancelote do Lago.

— Polindo as maçanetas com Brasso e trazendo a perca em seu ninho de algas.

— E não só isso. E não só isso.

— Fazendo cócegas quando eles querem cócegas. Quando não querem, se abstendo.

— Homens grandes e admiráveis. Sem desdenhar dos pequenos e ignóbeis. Tratando cada situação com equidade, sempre caso a caso.

— Isso isso isso isso isso.

— Conheci um cara com o estômago na ponta da língua. Lidei com o problema usando de astrologia em seus aspectos medicinais. O estômago dele isso, o estômago dele aquilo, meu Deus do céu como enchia o saco, enchia demais o saco. Lidei com isso usando de astrologia em seus aspectos medicinais.

— Cada um, cada qual. Pão feito em casa e atenção personalizada.
— É preciso ter alguma coisa além de nós mesmas. Um gato, muitas vezes.
— Eu podia ter me saído melhor, mas fui burra. Quando a gente é jovem às vezes é burra.
— Isso isso isso isso isso. Eu lembro.
— Bem, vamos beber.
— Bem, por mim vamos.
— Tenho Goldwasser, gim Bombay e Old Jeb.
— Bem, eu tomaria um scotch.
— Também tenho.
— Envelhecendo e ficando menos bonita com a idade.
— É, eu percebi. Perdendo o viço.
— Vou é me sentar na casa enrugadora e me enrugar. Ficar mais velha e pior.
— Depois que a gente perde o viço, nunca mais ganha de volta.
— Às vezes por obra do sol num dia de verão.
— Enrugando tanto que fica parecida com um peru assado.
— Como no caso do Oni de Ifé. Vi ele na tevê.
— Olha esse quadro.
— Sim, adorável. Qual o nome?
— *Vulcano e Maia.*
— Sim. Ele pegou ela de jeito. Ela está se debatendo para fugir.
— Vigorosamente? Vigorosamente. Sim.
— Quem pintou?
— Spranger.
— Nunca ouvi falar.
— Bem.
— Sim, pode pendurar. Onde quiser. Naquela parede, ou naquela ou naquela.
— Obrigada.

— Acho que consigo progredir trabalhando muito, prestando atenção nos detalhes.

— Era minha opinião. Já foi minha opinião.

— Lendo um monte de livros e tendo boas ideias.

— Bem, não é nada mau. Digo, é um jeito.

— Fazer alguma coisa maravilhosa. Não sei o quê.

— Como um baixista dedilhando as cordas grossas do instrumento com dedilhadas vigorosas.

— Vasos sanguíneos explodindo no meu rosto por baixo da pele o tempo todo.

— Mágoa por críticas maldosas, todas bem fundamentadas.

— Lavando e voltando a lavar meu cabelo lustroso e abundante.

— Para Leatherheart eu dou as costas. Minhas costas lustrosas e abundantes.

— Isso mata eles de rir, não?

— Pelo menos sabem que estou na cidade.

— À vontade na cama com ruminações noturnas pululantes de fluidos hostis.

— São verduras numa panela.

— São confetes na piscina.

— São juntas universais na *vichyssoise*.

— São cambaleios ao luar.

— Ele me contou coisas horríveis no início da noite daquela dia enquanto estávamos sentados lado a lado esperando que a chuva desbotasse a aquarela do papel aquarelado. Esperando a chuva deixar o papel limpo, bem limpinho.

— Pegou minha mão e me conduziu por todos os cômodos. Muitos cômodos.

— Conheço bem demais.

— A cozinha é especialmente esplêndida.

— De fato.

— Uma dúzia de filipinos com bandejas.
— Quase isso.
— Bandejas com comestíveis. Vestíveis. Legíveis. Colecionáveis.
— Ah, que imbecil você é. Que grande imbecil.
— Adeus, madame. Se desejar mergulhe a mão na pia de água benta ao sair e compareça também à caixa de esmolas bem à direita da porta.
— Figos e amor-me-quer. Quanto a isso serei sincera.*
— Ultrapassei e muito o tempo que se costuma reservar a um orador. Muito.
— Na Cidade do México. Usando a jaqueta preta com *conchos* de prata. E calças rosa-fogo.
— Visitei uma academia por lá, meu rabo parecia duas corcovas, cuidaram disso.
— Você estava fazendo um esforço.
— Correr de manhã também, tomar chá-verde ao meio-dia, estudar economia doméstica, finanças, consertos de aparelhos.
— Nascida em cocho de ouro.
— Sim. Precisando ir adiante, precisando progredir.
— Seguido pela manifestação do hábito infantil de bater a cabeça.
— Ultrapassei e muito o tempo que se costuma reservar a, ou para, um orador. Não seria desonesto afirmar que estavam encantados. E petrificados. Umas risadas inconvenientes uma vez ou outra, mas não me incomodei.
— E a Eminência chegou?
— De táxi. Com sua veste escarlate.
— Ele é uma Eminência das boas.
— Sim, muito boa. Tive permissão para beijar o anel. Ele ficou sentado no meio do público, como se fosse só mais um na plateia. Só mais um qualquer. Encantado e petrificado.

---

* Verso de "Gerontion", de T. S. Eliot, em tradução livre.

— Rodopiando e gingando sob a luz vermelha e atirando véus no chão e atirando luvas no chão...
— Um dos meus pontos altos. Gritaram por dez minutos.
— Que orgulho de você. Não me canso de falar. Orgulho de você.
— Ah, bem, sim. Concordo. Isso mesmo. Sem dúvida.
— Hein? Tem certeza? Tem certeza absoluta? Olha só esse quadro.
— Sim, que fantástico. Qual é o nome?
— *Tancredo socorrido por Hermínia.*
— Sim, ela está enxugando o sangue com um trapo enorme, parece uma garota tão simpática, Deus do céu, ele está bem louco, não é?, tem um cavalo morto ou moribundo no canto superior esquerdo. Quem pintou?
— Ricchi.
— Nunca ouvi falar.
— Bem.
— Vou levar. Pode empilhar com os outros e encostar naquela parede, ou naquela ou naquela...
— Obrigada. Para onde mando a conta?
— Para onde quiser. Onde seu coraçãozinho desejar.
— Olha, odeio ser colocada nessa posição. Servil e subserviente.
— Céus! Eu não tinha percebido. Deixa que eu levanto você.
— Talvez daqui a uns dias. Uns dias ou uns anos.
— Banhar você em geleia real e óleo de osso.
— E se algum dia perdoei você pelos sucessos estrondosos.
— Meus.
— E se algum dia consegui suportar seus triunfos em série.
— O céu. Um retângulo cinzento em primeiro plano e, atrás disso, um retângulo marrom-escuro. E, atrás disso, um quadrado de prata banhada a ouro.
— Preciso tomar vergonha na cara, ganhar dinheiro grosso.

— Sim, estou queimando a cabeça, queimando a cabeça.
— Anuênio e quinquênio.
— Como assim?
— Não sei, só uns termos jurídicos que aprendi sei lá onde.
— Agora que estou dando uma boa olhada em você...
— À noite, junto à lareira...
— Acho você absolutamente deliciosa. Vem morar comigo. Vamos comer bolinhos com brilhantina, cobertos de brilhantina amarela...
— Sim, eu me sinto tão leve e livre aqui. Não é todo dia que a gente se sente assim, nem toda semana.
— Ontem à noite, às duas, o cão que latia no apartamento de cima parou de latir. Os donos voltaram. Fui até a cozinha e passei uma hora latindo para o teto. Acho que me entenderam.
— Tem um ferido. Esquina da Water com Oito-Nove.
— Mais uma chafurdada?
— Já chafurdei o bastante por hoje, obrigada. Controle é a chave.
— Controle era a chave. Agora é a devassidão.
— Nunca chegarei à devassidão.
— Trabalhe muito e se concentre. Tente Palhaço, Bebê, Megera Infernal, Bruxa, o Cavaleiro Sorridente. Deus ajuda quem...
— Erupções roxas no meu rosto por todo lado como se tivessem grampeado aqui e ali com grampos roxos...
— Mágoa por críticas maldosas, todas bem fundamentadas.
— Ah, aquela banda de palhaços. Ah, suas doces melodias.
— O céu. Um retângulo de luz. Por trás do qual, um marrom sereno. Uma barra amarela, vertical, no canto superior direito.
— Eu te amo, Harmonica, de um modo excepcional.
— Puxa vida, acho que é sério. Acho que é sério mesmo.
— É *Pórcia ferindo a coxa*.
— É *Wolfram encarando a esposa que aprisionou com o cadáver do amante*.

— Se precisar de um amigo conte sempre comigo.
— Sua presença graciosa e infinitamente acolhedora.
— Julia é a melhor. A melhor que já vi. A mais refinada.
— Não possuo o músculo do ciúme. Em lugar nenhum.
— Oh, é tão boa. Incomparável.
— Uns pensam uma coisa, outros pensam outra.
— Não tem melhor mesmo, pode acreditar.
— Bem, não sei, eu não vi.
— Bem, gostaria de ver?
— Bem, não sei, eu não a conheço muito bem, e você?
— Bem, conheço o suficiente para perguntar.
— Bem, então por que não pergunta se não vai ser um incômodo ou se não é uma hora errada ou algo assim.
— Bem, pensando bem deve ser a hora errada porque ela não está aqui e alguma hora em que ela estiver aqui provavelmente será uma hora melhor.
— Bem, eu gostaria de ver agora mesmo porque ficar apenas falando a respeito me deixou com vontade de ver. Se é que você me entende.
— Ela me falou que não gosta de ser chamada apenas com esse intuito por pessoas que ela não conhece e de quem talvez nem gostasse se conhecesse. Estou avisando.
— Ah.
— Entende?
— Entendo.
— Eu poderia ter me saído melhor. Mas não sei como. Poderia ter me saído melhor, limpado melhor, cozinhado melhor, sei lá. Melhor.
— Você sorri. E os anjos cantam. Lá lá lá lá lá lá lá lá lá lá lá.
— Estraguei tudo. Estraguei tudo.
— Tinha um palhaço no casamento que ele celebrou, parado ali com a fantasia voluptuosamente branca, tendo aos pés tambor e

corneta. Ele disse "Harry, você aceita..." e a coisa toda. Os convidados aplaudiram, a banda de palhaços tocou, foi um evento brilhante.

— Nossas muitas luas de paciência e acolhimento. Truques e trambiques de arrepiar bolcheviques.

— Os convidados aplaudiram. Acima de nossas cabeças, uma enorme tenda com listras vermelhas e amarelas.

— O travesseiro não detonado e o lençol simples e direto.

— Frutifiquei, selvagemente.

— Pintando centenas de mulheres mortas em uma imitação apaixonada de Delacroix.

— Velejando após o almoço e depois de velejar, gim.

— Não entre no celeiro vermelho, ele disse. Entrei no celeiro vermelho. Julia. Balançando-se em uma corda do palheiro até a sala dos arreios. Encarada por cavalos com olhos amplos e acolhedores. Eles davam a impressão de saber.

— Fez as malas às pressas chegando à estação quase à meia-noite contando os centavos na bolsa.

— Sim. Recobrando a cidade, mais uma vez mergulhado em atividades.

— Você precisa ter algo além de si mesmo. Uma causa, interesse ou objetivo.

— Eu me instruí em certas áreas, uma, duas, três, quatro. Estudei o *Value Line* e me afundei no pó.

— O tipo de coisa que você faz tão bem.

— Adquiri bustos de certos notáveis em mármore, prata, bronze. O secretário da Defesa e o chefe do Estado-Maior das Forças Armadas.

— De vez em quando me lamuriava em ouvidos de amigos e cavernas telefônicas.

— Mas cerrei fileiras. Cerrei fileiras.

— Fez um esforço. Fez o esforço.

— Amolecer o que é duro. Enrijecer o que é mole. Esconder o que enegreceu com o uso sob uma nova pintura. Conferir os tomates e seus compassos vermelhos no manual. Alentar os desalentados. Arranjar um jarro e ir para trás do celeiro para dividir com quem estiver por lá, camponês ou nobre.

— Às vezes tenho sorte. Em praças ou tavernas.

— Novinho em folha. Quer dizer, em bom estado.

— Exceto se o participante afirmativamente preferir de outro modo.

— O que isso quer dizer?

— Sei lá. Só uns termos jurídicos que aprendi sei lá onde.

— Você é o sol da minha vida.

— Brinquedos brinquedos quero mais brinquedos.

— Sim, eu deveria imaginar que quereria.

— Aquela chafurdada que recebe o nome de caso amoroso.

— O veludo cinza desbotado do sofá. Ele brincou de ficar com minha calcinha na boca, entre os dentes. Passou meia hora andando assim.

— Que gosma é essa aqui no balde?

— Pão no leite, prova.

— Acho que podia fazer uma boquinha.

— Uma salada de visco que a gente improvisou.

— Fica firme, fica perto. Só existe um jeito e é até o fim.

— Quer comprar uma cinta-liga? Tenho, obrigado. Diminua os prejuízos, tente outra cidade, saia em busca da árvore mais alta.

— Bem, é uma tarde límpida, prenhe de azaleias.

— Sim, eles têm orgulho das azaleias. Promovem competições, copas.

— Obliterei uma esperança e amornei um ardor. Promessas reluzindo como camarões banhados de luz logo abaixo da superfície da água.

— Espiei sua arcada dentária e percebi o tom saudável do tecido rosado.
— Recuei até uma mesa que se virou esparramando cinzeiros e exemplares antigos de jornais importantes.
— O que devo fazer? Qual sua recomendação? Devo tentar me encontrar com ele? O que vai acontecer? Pode me falar?
— Sim, é cuidar e ter bondade. Também temos bolinhos de milho fritos e morcilha.
— Ofereceram-me com lascívia algo puro e branco.
— Mas ele às pressas e usando as mãos num encabulado passo de chotiça voltou a cobrir.
— Bem assim. Todo dia. Nada contra fazer o trabalho se obtiver resultados.
— Tínhamos um cachorro porque achávamos que ia nos manter juntos. Um cachorro bem comum.
— Funcionou?
— Não, foi só mais uma das ideias idiotas que tivemos porque achávamos que ia nos manter juntos.
— Ignorância medular.
— Eu o vi mais uma vez, estava na mesma reunião que eu, tinha adquirido um hábito irritante de tossir na gola do casaco sempre que...
— Tossia.
— Sim, ele levantava a gola e tossia nela, uma mania esquisita e muito irritante.
— Então as velas se apagando uma a uma...
— A última vela escondida detrás do altar...
— A porta do tabernáculo entreaberta...
— O livro se fechando com estrondo.
— Fiquei pronta para o grande dia. O grande dia chegou, muitas vezes na verdade.
— Cada vez trazendo lembranças da última.

— Não. Elas não interferem, na verdade. Talvez como uma ligeira pátina de coisas acontecidas e superadas. Cada grande dia se basta, tem suas próprias máquinas bélicas, algazarras e senhores inexperientes. Paira a hesitação de que aquele dia em particular não será o que deve ser. Quase sempre é. Isso é singular.

— Ele me falou coisas horríveis ao anoitecer daquele dia, nós dois sentados lado a lado esperando que a chuva lavasse o papel aquarelado. Esperando que a chuva lavasse as aquarelas do papel aquarelado.

— O que dizem as crianças?
— Tem uma coisa que as crianças dizem.
— O que dizem as crianças?
— Dizem: Você vai sempre me amar?
— Sempre.
— Vai sempre se lembrar de mim?
— Sempre.
— Vai se lembrar de mim daqui a um ano?
— Sim, vou.
— Vai se lembrar de mim daqui a dois anos?
— Sim, vou.
— Vai se lembrar de mim daqui a cinco anos?
— Sim, vou.
— Toc-toc.
— Quem bate?
— Viu?

A NENÉM

A primeira coisa errada que a neném fez foi arrancar páginas dos livros dela. Aí criamos uma regra segundo a qual cada vez que arrancasse uma página de um livro ela teria de ficar quatro horas sozinha no quarto, com a porta fechada. Estava arrancando cerca de uma página por dia, no início, e até que a regra funcionava bem, ainda que o choro e a gritaria por trás da porta fechada enchessem o saco. Ponderamos que era o preço a se pagar, ou parte do preço a se pagar. Mas aí ela aprendeu a agarrar as coisas com mais força e passou a arrancar duas páginas de uma só vez, o que significava oito horas sozinha no quarto, com a porta fechada, o dobro de incômodo para todo mundo. Mas ela não parava. E aí com o passar do tempo vieram os dias em que ela arrancava três ou quatro páginas, o que a deixava sozinha no quarto por até dezesseis horas de uma só vez, interferindo com a amamentação e deixando minha esposa preocupada. Mas eu acreditava que uma vez estabelecida uma regra ela precisa ser cumprida, é preciso manter a consistência, senão as crianças nunca aprendem. Nessa altura ela tinha uns catorze ou quinze meses. Muitas vezes, claro, ela pegava no sono depois de mais ou menos uma hora de gritaria, era um alívio. O quarto dela era muito bonito, com um belo cavalinho de balanço em madeira e praticamente uma centena de bonecas e bichos de pelúcia. Não faltavam coisas para fazer naquele quarto se a pessoa usasse bem o tempo, quebra-cabeça e tudo o mais. Infelizmente às vezes quando abríamos a porta descobríamos que ela tinha arrancado mais páginas de mais livros enquanto estava ali dentro, e essas páginas precisavam ser somadas ao total, era preciso ser justo.

O nome da neném era Baila Rina. Demos à neném um pouco do nosso vinho, tinto, branco e azul, e tivemos uma conversa muito séria com ela. Mas não adiantou nada. Preciso admitir que ela ficou bem esperta. A gente chegava perto quando ela estava brincando no chão, nos raros momentos em que ficava fora do quarto, e ali estava um livro aberto ao lado dela, e a gente dava uma conferida e tudo parecia perfeitamente nos conformes. E aí a gente olhava melhor e descobria uma página com um cantinho rasgado, seria fácil confundir com desgaste normal, mas eu sabia o que ela tinha feito, ela tinha arrancado o cantinho e engolido. Aí isso também precisava ser somado, e era. Eles fazem o possível e o impossível para sacanear a gente. Minha esposa comentou que talvez estivéssemos sendo meio rígidos e que a neném estava perdendo peso. Mas argumentei que a neném tinha uma longa vida pela frente e precisava viver nesse mundo com os outros, precisava viver em um mundo onde havia muitas, muitas regras, e quem não aprende a jogar dentro das regras acaba perdendo o contato com a realidade e ficando sem nenhum caráter, marginalizado por todos e condenado ao ostracismo. O período ininterrupto mais longo em que a deixamos no quarto foi de oitenta e oito horas, e terminou quando minha esposa arrancou a porta das dobradiças com um pé de cabra ainda que a neném ainda estivesse nos devendo doze horas porque estava de castigo por conta de vinte e cinco páginas. Recoloquei a porta nas dobradiças e instalei uma tranca enorme, uma tranca com uma ranhura, que só abria com o uso de um cartão magnético, e fiquei com o cartão.

Mas as coisas não melhoraram. A neném saía do quarto totalmente transtornada e corria na direção do livro mais próximo, *Boa noite, Lua* ou algo assim, e começava a arrancar uma página atrás da outra. Sério, levava uns dez segundos para esparramar todas as trinta e quatro páginas de *Boa noite, Lua* pelo chão. Mais as capas. Comecei a ficar meio preocupado. Quando calculei tudo que a neném devia, em termos de horas, ficou claro que ela não sairia do quarto antes de 1992, e olhe lá. E ela andava bem pálida. Fazia semanas que não ia ao parque. Estávamos em meio a uma crise ética, por assim dizer.

Resolvi a crise declarando que *tudo bem* arrancar páginas de livros, e mais, que tudo bem *ter arrancado* páginas de livros no passado. É uma das coisas gratificantes da paternidade — temos muitas jogadas ao nosso dispor, e todas valem ouro. A neném e eu nos sentamos no chão, lado a lado e felizes da vida, arrancando páginas de livros e às vezes, só pela diversão, saímos para a rua e espatifamos juntos algum para-brisa.

JANEIRO

A entrevista foi conduzida, muito convenientemente, em St. Thomas, nas Ilhas Virgens Americanas. Thomas Brecker alugava uma pequena villa, diante da qual florescia uma buganvília, nos arredores de Charlotte Amalie. Brecker usava uma gravata vermelho-alaranjada com uma camisa de algodão azul-clara e parecia muito à vontade. Uma das pernas está envolta por um suporte ortopédico, herança da poliomielite infantil, que não parece inibir seus movimentos, vigorosos e atléticos. Tem sessenta e cinco anos e publicou sete livros, de *Cristianismo e cultura* (1964) ao mais recente, *A possibilidade da crença*, pelo qual recebeu o prêmio Van Baaren, concedido anualmente pela Fundação Groningen da Holanda. Enquanto conversávamos, em um dia mormacento de junho de 1986, fomos servidos por um criado que nos trazia bebidas geladas sobre uma bandeja de plástico marrom como as que se encontram em refeitórios. De tempos em tempos fomos interrompidos pelo filho de seis anos de Brecker, Patrick, que parecia não gostar nem um pouco de perder o pai de vista.

ENTREVISTADOR
Você começou como jornalista, pelo que sei. Pode nos contar alguma coisa sobre essa época?

BRECKER

Não cheguei bem a ser jornalista, ou melhor, não fui jornalista por muito tempo, foram só uns dois ou três anos. Isso foi num jornal pequeno da Califórnia, de média circulação, um jornal diário do grupo Knight-Ridder em San Jose. Comecei fazendo as coisas de sempre, tribunais, polícia, prefeitura, até que me enquadraram como setorista de religião. Fiz isso por dois anos. Não era um cargo invejado, a redação nutria um certo desprezo por ele, estava um grau acima de ser redator de obituários, que chamávamos de papa-defunto. E naquela época era muito difícil publicar qualquer coisa que pudesse ser interpretada como uma crítica a qualquer religião, mesmo quando se estava lidando com os problemas de alguma igreja específica. Então muita coisa não podia ser mencionada: aborto, doença mental entre o clero, comportamento fratricida entre igrejas da mesma confissão. Agora isso tudo mudou.

ENTREVISTADOR

E foi assim que você se interessou por religião.

BRECKER

Sim. Foi uma experiência ótima e sou muito grato por ela. Comecei a pensar sobre religião de um viés bem mais prático do que antes, analisando o que uma igreja oferecia ou podia oferecer às pessoas, o que as pessoas obtinham da igreja em termos cotidianos, e especialmente seus efeitos sobre o próprio clero. Vi pessoas se debatendo com dilemas horrendos, padres gays, pastores obrigados a dissuadir pessoas a fazerem aborto em situações em que o aborto era obviamente a única solução sensata, como digamos no caso de uma grávida de treze anos, mulheres com uma vocação intensa para o sacerdócio, mas que só podiam se tornar enfermeiras ou professoras — cheguei às questões teóricas por intermédio dessas questões mais práticas.

ENTREVISTADOR
Você se formou na UCLA, se bem me lembro.

BRECKER
Sim. Em química, imagine só. Minha graduação foi em engenharia química, mas quando me formei não havia empregos e aceitei a primeira coisa que me ofereceram, um bico que pagava cinquenta dólares por semana em um jornal de San Jose. Aí depois de trabalhar no jornal eu voltei para a universidade, primeiro para estudar antropologia filosófica e depois religião. Acabei no Instituto de Teologia de Harvard. Isso foi no final da década de 1940.

ENTREVISTADOR
Seu orientador de doutorado foi Tillich.

BRECKER
Não. Eu o conheci, e naturalmente ele teve uma importância enorme para todos nós. Ficou em Harvard até 1962, creio. Tinha um apartamento na Chauncy Street, em Cambridge, no segundo andar, promovia uns seminários informais em casa, compareci a alguns. Mas ele não orientou minha tese, quem fez isso foi um homem chamado Howard Cadmus.

ENTREVISTADOR
Sua tese tinha a acédia como tema.

BRECKER
Nos anos 1940, tópicos como esse pairavam no ar, podemos dizer. E é interessante, claro, essa espécie de doença, de torpor, a pessoa se pergunta como ela surge e como lidar com ela, e ela é real e se relaciona, ainda que negativamente, com a religião. Talvez o tema

estivesse na moda, mas ainda acredito que foi uma tese respeitável, uma obra respeitável ainda que não brilhante.

ENTREVISTADOR
Qual o argumento central da tese?

BRECKER
A ideia de que a acédia é um movimento em direção a alguma coisa, em vez de, como se costuma pensar, um movimento de afastamento. Argumentei que a acédia é uma reação positiva a uma exigência extraordinária, por exemplo, a exigência de abraçar *a boa nova* e se tornar uno com o corpo místico de Cristo. É uma exigência extraordinária por ser tão desconcertante em termos de mudar a vida de alguém — fora do comum, fora do corriqueiro. A acédia é muitas vezes encarada como uma espécie de rabugice diante da existência; tentei identificar seus traços positivos. Por exemplo, ela impede certos tipos de insanidade, de loucura coletiva, ela impede um certo tipo de erro. Você não se entusiasma, logo não sai à rua para se juntar a um grupo de linchamento — em vez disso fica definhando num sofá com a cabeça entre as mãos. Eu estava tentando demarcar uma posição para os descomprometidos que ainda assim, ao mesmo tempo, se relacionavam de algum modo com a religião. Não sei se eu estava certo ou errado, agora nem importa muito, mas foi isso que eu tentei fazer.

A acédia recusa determinados tipos de relações com os outros. É claro que existe uma perda concomitante — de estar com os outros, de intersubjetividade. Na literatura, um bom exemplo é Huysmans. Poderíamos argumentar que ele era apenas um representante de um tipo de dândi do século dezenove, mas isso seria ignorar a questão central, a saber, alguma coisa o conduziu até aquela posição. Como sempre, o medo tem seu papel. Defendi que a acédia era uma manifestação do medo, e acredito que isso seja verdade. Neste caso seria um medo da necessidade de se sujeitar, de fazer parte da cultura, de perder tanto de si mesmo para a cultura.

ENTREVISTADOR
"A necessidade de se sujeitar" é um conceito que você critica de forma consistente.

BRECKER
Ele tem partes, como qualquer outra coisa. Há um alívio na sujeição à autoridade, e isso é um benefício psicológico. Ao mesmo tempo, consideramos a sujeição uma diminuição do indivíduo, uma renúncia do ser individual, e é isso que criticamos. É um paradoxo que se relaciona com benefícios conflitantes. Por exemplo, quanto da sua própria autonomia você renuncia em prol da autoridade devidamente constituída, seja ela civil ou eclesiástica? E isso sem mencionar qualquer espécie de coerção. Pagamos impostos porque isso envolve um sistema coercitivo de razoável eficiência, mas pense em quanta lealdade você dispensa a um governo que na maioria das vezes se dedica a objetivos que você, como indivíduo, usando seu melhor juízo, considera completamente insanos. E o quanto você se sujeita a uma igreja, muito possivelmente a uma gestão temporária e bastante equivocada de uma igreja, seja uma sacristia local com dez diáconos de inteligência suspeita ou mesmo Roma em si? Cristo nos exorta a não atirar a primeira pedra, e isso é lindo, mas em algum momento alguém precisa se manifestar e dizer que tal e tal coisa não fazem o menor sentido — o que equivale a atirar pedras.

Por outro lado, quanto valor deve ser atribuído ao ser individual? O fato de *sermos* seres individuais me parece importante, de sermos construídos dessa forma, seres únicos. E isso é também a raiz de muitos de nossos problemas, é claro.

ENTREVISTADOR

Você é notório pelas críticas à religião contemporânea, mas também pelo que poderia ser chamado de aversão estética a alguns aspectos da religião moderna.

BRECKER

Se você está falando de tele-evangelismo e coisas desse tipo, ser crítico é uma perda de tempo. Parto do princípio de que sou um tolo e um ignorante que tem sua verdade e não é apenas um artifício retórico, e tendo afirmado isso, posso também dizer que esse tipo de espetáculo não me faz pensar em muita coisa. O conteúdo é tão escasso que praticamente não existe algo a ser dito. Um sociólogo poderia tirar proveito do fenômeno para seus estudos, mas a coisa para por aí. Enfatizo a tristeza no fato de tanta gente obter algum sustento de algo que na verdade é uma forma muito rarefeita de religião. Por outro lado, pessoas como Harvey Cox, ao falar sobre "religião popular", que me parece significar religião em formas não tradicionais ou tradições mescladas ou até o que se poderia chamar de formas degeneradas, também têm sua razão — isso não pode ser desconsiderado, é algo que precisamos levar em conta. Não que Cox estivesse falando especificamente da televisão. Ele está pensando, a partir de Tillich, sobre a teologia da cultura como um todo. Sua generosidade é admirável, e não afirmo isso querendo dizer que suas ideias não mereçam o mesmo adjetivo.

ENTREVISTADOR

Ainda assim, a coisa toda, os milhões de pessoas assistindo àquilo e mandando dinheiro pelo correio são um exemplo do que você caracteriza como necessidade de se sujeitar.

BRECKER

É isso, certamente. Mas eu prefiro falar de sujeição na outra ponta da escala — os bispos católicos em relação a Roma, ou Santo Agostinho, ou qualquer dos santos clássicos, figuras muito fortes, se dobrando ao que acreditam ou sentem ser a vontade de Deus. Aqui temos as pessoas mais sofisticadas que se pode imaginar, pessoas para quem a religião foi uma preocupação central ao longo da vida, pessoas que em todos os sentidos fizeram por merecer o direito de falar a respeito desse tipo de questão, e o que encontramos é uma sujeição jubilosa. A outra ponta da escala em relação àquilo que estávamos chamando de loucura coletiva. Isso precisa ser respeitado, mas ao mesmo tempo pode ser examinado, porque o efeito final é precisamente a sujeição. O que pode ser dito a respeito desse tipo tão instruído, tão sofisticado de sujeição? Que reflete uma humildade distintiva, até mesmo admirável? Sim, reflete. Ou que é uma abdicação da responsabilidade? Também é isso, ou pode ser.

ENTREVISTA

Então é uma questão de grau. Do quanto abrimos mão.

BRECKER

A questão é, antes disso, o que seria próprio do homem. O modo correto de abordar essas questões pode ser defendido de tantas maneiras, e foi, que há de se perdoar os indivíduos que abandonam a coisa toda, desistem inteiramente da religião, e muita gente faz isso. Mas ainda assim a questão permanece. Seria uma postura particular algo fundamentado ou, em vez disso, uma questão de personalidade, ou mesmo de orgulho, o *non serviam*? Se for uma postura fundamentada, como lidar com a finitude da razão humana? Em que deveríamos confiar, na razão ou na autoridade? Na autoridade ou na mentalidade individual?

ENTREVISTADOR

Voltando ao medo, por que é um elemento tão central em seu esquema?

BRECKER

Está relacionado ao problema da finitude, do qual o medo é um aspecto. Uma mente sem limites não teria medo, nem mesmo medo da morte. Não haveria nada a temer. A morte, por exemplo, seria compreendida de modo tão perfeito que não poderia conter nada capaz de perturbar a mente. É o tipo de coisa buscada pelas religiões orientais. Obviamente nunca chegaremos lá, a esse tipo de serenidade, por conta dos limites da compreensão humana.

Mas somos deveras engenhosos, deveras engenhosos. Uma das mais refinadas invenções religiosas é o conceito de remissão. Eu incorro no erro, confesso, e você me concede remissão, ou alguém me concede remissão. Essa purificação — em si uma ideia bastante humana, essa limpeza — é interessante. Impede que nos tornemos cada vez piores, que nos tornemos vítimas do nosso próprio veneno, em certo sentido. Torna possíveis novas direções. É um conceito terrivelmente maravilhoso, e existem outros tão bons quanto, dos quais a ideia de vida após a morte é apenas o primeiro exemplo. A vida-após-a-morte pode ser vista como algo coercitivo, ou como algo que concede esperança, ou como pura metáfora, ou como fato absoluto. Qual a verdade sobre essa questão? Não sei.

ENTREVISTADOR

Mas as pessoas podem obter essa mesma remissão através da psiquiatria. Ainda que, admito, com maior dificuldade.

BRECKER

E talvez maior eficácia. Mas como algo imediato, o fato da remissão é sublime. Ainda que também nisso exista uma desvantagem, a saber, o fato de restaurar a pessoa às fileiras dos abençoados, e a ideia da existência de uma classe de pessoas que concordamos em julgar abençoadas são um tanto preocupantes. Existe algo de psicologicamente preocupante em existirem *os abençoados*. Prefiro a noção de que somos todos pecadores, de um ponto de vista psicológico. Um pecador que se reconhece como tal está sempre tenso, cauteloso, moralmente falando.

ENTREVISTADOR

Que influência você diria que seus livros tiveram? Quem você considera seu público?

BRECKER

Profissionais de uma determinada área e leitores comuns lidam de formas diferentes com os livros. Tento escrever para ambos. Digamos que eu escreva um livro, um livro a respeito das coisas que estamos debatendo. E você se senta para ler meu livro. Mas digamos também que você é um especialista e vai direto ao índice remissivo — para mais ou menos conferir de onde vem meu livro, se é que as coisas podem ser colocadas assim. E passando os olhos pelo índice remissivo você percebe, digamos, referências a Alfred Adler, Hannah Arendt, Martin Buber, Dostoiévski, Huizinga, Konrad Lorenz, Otto Rank, Max Weber e Gregory Zilboorg. Então você sente que leu o meu livro, ou pelo menos tem uma boa noção de suas origens, por assim dizer. Em seguida você poderia fazer o grande favor de folhear o livro em busca de ideias fora do comum etc. etc. Ou para ver em que pontos eu me enganei.

Quanto à influência, creio que é muito ligeira, minúscula. Ainda não conheci alguém que tenha sido influenciado de forma significativa pelos meus livros. Já conheci muitas pessoas dispostas a debater pontos específicos, o que me deixa em certa desvantagem. Não estou tão interessado em distinguir cristologias variantes ou debater ideias religiosas específicas, como por exemplo as técnicas de expiação.

ENTREVISTADOR
Você seria capaz de aceitar uma objetividade desinteressada enquanto decididamente normativa em relação ao cristianismo histórico?

BRECKER
Nunca me deparei com uma objetividade desinteressada. É preciso examinar cada tradição no contexto de sua particularidade histórica específica, e esta invariavelmente cria obstáculos ao que se poderia chamar de viés desinteressado. Muitas vezes a validade é estabelecida mediante a construção de um critério, de uma série de critérios, os quais então são satisfeitos. Esses critérios podem ser muito elaborados. É um procedimento elegante.

A "boa nova" é sempre o anúncio de uma acomodação do particular no universal. Tenho desde sempre uma tendência a não querer ser absorvido no universal, o que equivale a declarar que tenho desde sempre uma resistência a todas as formas de religião. Mas não ao pensamento religioso, que julgo da maior importância. É um paradoxo, talvez vantajoso, não sei. Olhando para mim mesmo, talvez identifique certa húbris, o pecado do orgulho, mas esse sentimento existe e ao menos posso observá-lo, tentar compreendê-lo, tentar avaliar sua extensão. Ou seja, existem outros que se sentem assim? Outro paradoxo, um movimento em direção ao universal: não quero ser o único a estar em maus lençóis. Ou talvez esteja buscando uma validação externa etc., etc.

ENTREVISTADOR
Sobre a questão do...

BRECKER
Lembre-se de que eu era o oposto de uma figura carismática, de maneira alguma um líder, nem mesmo um pregador. Talvez por ter sofrido de pólio e andar de muletas, a coisa toda. Um psiquiatra poderia dizer que a poliomielite é a base da minha psique na medida em que me afastou dos outros, de forma involuntária, e esse afastamento bem que pode ter persistido na forma de hábito mental. Seria curioso se isso estivesse por trás da minha suposta carreira. Há um excesso de variáveis que nos permitem julgar a qualidade de nosso próprio pensamento. A verdade reside apenas em Deus, e um tantinho em mim, como diz o provérbio.

E na minha área não existe progresso, são feitas adições, mas nada que possa genuinamente ser descrito como progresso. A religião não é suscetível ao *aggiornamento,* não pode ser atualizada, ainda que em termos de esforço intelectual o impulso não seja pouca coisa. É um dos prazeres da profissão, estar sempre em dúvida.

BRECKER
Penso bastante sobre minha própria morte, via de regra prestando atenção em possíveis sintomas — pontadas no peito — e me perguntando: chegou a hora? É parte de ter mais de sessenta anos, e minha maior preocupação não é quando, mas como. Isso... odeio a ideia de abandonar meus filhos. Gostaria de seguir vivendo até que eles se tornem independentes. Acho que os tive muito tarde.

BRECKER
Heráclito disse que a religião é uma doença, mas uma doença nobre. Gosto disso.

JANEIRO 303

BRECKER
Ensinamentos de qualquer natureza sempre são passíveis de erro. Digamos que eu ensine aos meus filhos uma mnemônica simples para os dias dos meses, assim: "Trinta dias tem setembro, abril, junho e novembro, os outros todos têm trinta e um, exceto janeiro, que não tem nenhum." E meus filhos a ensinem aos seus filhos e a outras pessoas, e ela venha a se tornar a forma convencional de pensar sobre os dias dos meses. Bem, nesse caso teríamos um probleminha, correto?

BRECKER
Posso viver sem certezas. Gostaria de ter tido fé.

BRECKER
O ponto central da minha carreira talvez seja eu ter obtido tão pouco. Falamos que alguém teve "uma longa carreira" e em geral isso é encarado como algo admirável, mas e se forem trinta e cinco anos de insistência no erro? Não sei que valor aferir ao que fiz, talvez o correto seja valor nenhum. Se eu tivesse feito alguma coisa com soja, se tivesse conseguido aumentar a produtividade de um hectare de soja, aí eu saberia ter feito alguma coisa. Não tenho como dizer isso.

Impressão e Acabamento:
LIS GRÁFICA E EDITORA LTDA.